아빠가 선물한 여섯 아빠

아빠가 선물한 여섯 아빠

브루스 파일러 지음 | 박상은 옮김

21세기북스

아버지께,
계속 걸으시기를 바라며

차례

내 아이들을 위한 아빠 위원회를 개최하며

_____에게

아시다시피 제 왼쪽 대퇴골에 암으로 의심되는 7인치가량의 종양이 발견되었습니다. 어느 날 오후, 저는 맨해튼의 요크가街에서 그와 같은 진단을 들었습니다. 암일지 모른다는 이야기를 듣고 상가 입구의 계단에 앉아 린다와 부모님께 전화를 걸었습니다. 눈물이 쏟아지더군요. 병원에 맡겨놓은 목발을 찾아 간신히 집으로 돌아왔습니다. 침대에 누워 몇 시간 동안 하늘을 보면서, 앞으로 제 삶이 어떻게 달라질지 온갖 상상을 해보았습니다.

그때 에덴과 타이비가 낄낄거리며 뛰어 들어와, 거울 앞에 서서 세 살 때 추었던 춤을 추기 시작했습니다. 아이들은 동요 '장미꽃 주변을 돌아요Ring-around-the-rosy', '호키 포키Hokey pokey'의 율동과 발레 동작을 뒤섞어 둥글게 원을 그리며 돌았습니다. 그리고 점점 더 빠르게 돌다가 급기야 바닥에 나뒹굴며 웃음을 터뜨렸습니다. 그 모습을 보고 있노라니 가슴이 미어질 듯했습니다. 앞으로 아이들과 산책을 할 수도 없을 테고, 발레 리사이틀을 볼 수도 없을 테죠. 함께 그림을 그리며 장난을 칠 수도 없고, 아이들의 남자 친구를 만나줄 수도 없고, 결혼식 때 손을 잡고 식장 안으로 걸어 들어갈 수도 없겠죠.

그 후 며칠 동안 저는 매일같이 눈물을 쏟고 한밤중에 넋두리를 늘어놓았습니다. 희망과 두려움이 교차하는 혼란스러운 나날이었죠. 의사를 만나고, 보험금 협상을 벌이고, 이런저런 결정을 내려야 했습니다. 그러면서 앞으로 다가올 제 미래는 셋 중 하나라는 사실을 깨달았습니다. 1년을 허비하든가, 한쪽 다리를 잃든가, 아니면 죽든가.

그러는 동안 이상하게도 괜찮다는 생각이 들었습니다. 앞으로 제 미래가 어떻게 되든, 이제까지 저는 충만한 삶을 살았고 세계 여러 나라를 누비고 돌아다녔으며 10권의 책을 썼습니다. 그렇게 생각하니 마음이 평온해졌습니다.

린다도 괜찮을 것입니다. 많은 고통과 불편을 겪겠지만 결국에는 열정과 기쁨이 넘치는 삶을 살아갈 방법을 발견할 테니까요.

하지만 에덴과 타이비에게는 자꾸 마음이 쓰입니다. 아이들이 얼마나 힘들게 살아갈지 걱정이 됩니다. 아이들은 제가 어떤 사람이었는지 궁금해할까요? 제가 무슨 생각을 했는지 궁금해할까요? 제게 인정과 사랑을 받을 기회가 없었던 것을 아쉬워할까요? 아이들에게 제 목소리를 들려줄 수 있다면 정말로 좋겠습니다.

며칠 후 새벽에 문득 잠에서 깼는데, 아이들에게 제 목소리를 들려줄 방법이 떠올랐습니다. 그러고는 어렸을 때부터 지금까지, 제 삶의 각 시기를 대표할 만한 여섯 사람의 이름을 써내려가기 시작했습니다. 이들은 저를 가장 잘 알고 저와 같은 가치관을 지닌 사람들입니다. 그리고 제 인격 형성에 지대한 영향을 미치고 저를 지금의 삶으로 인도한 사람들이자 함께 여행하고 함께 공부한, 기쁨과 슬픔을 함께한 사람들입니다. 제 목소리를 아는 사람들인 거죠.

그날 아침, 저는 이 편지를 쓰기 시작했습니다. 저는 제 아이들이 풍성한 삶을 살 거라고 믿습니다. 아이들에게는 사랑하는 가족이 있고, 따뜻이 맞아주는 가정이 있을 겁니다. 언제나 서로 함께할 겁니다. 하지만 저는 곁에 없을지도 모릅니다. 아이들에게는 아빠가 없을지도 모릅니다. 그렇다면…….

당신이 제 아이들의 아빠가 되어주지 않겠습니까?

당신이 저 대신 아이들의 이야기를 들어주지 않겠습니까? 아이들의 질문에 일일이 답해주지 않겠습니까? 이따금 점심을 사주지 않겠습니까? 시내에 들렀을 때 축구 경기에 데려가주지 않겠습니까? 아이들의 발레 리사이틀을 봐주며 웃어주지 않겠습니까? 아이들이 자라면 새 신발을 사주지 않겠습니까? 아니면 새 휴대전화나, 지금 당장은 생각이 안 나지만 아이들이 원하는 물건들을 사주지 않겠습니까? 아이들이 고민할 때 조언을 해주지 않겠습니까? 제가 바라는 대로 아이들을 엄격하게 다뤄주지 않겠습니까? 위기에 처했을 때 도와주지 않겠습니까? 그리고 세월이 흐르면, 아이들을 가족 모임에 초대해주지 않겠습니까? 꿈을 이루는 데 도움이 될 만한 사람을 소개해주지 않겠습니까? 아이들이 어떤 결정을 내릴 때 저라면 어떻게 생각했을지 말해주지 않겠습니까? 제가 아이들을 얼마나 자랑스러워했을지 이야기해주지 않겠습니까? 제 목소리가 되어주지 않겠습니까?

그날 저는 침대에 누워서, 어깨를 들먹이며 흐느끼는 저 때문에 린다가 잠에서 깨어나지 않기를 바라며 이 사람들의 모임을 '아빠 위원회'라 부르기로 마음먹었습니다.

아빠 위원회. 여섯 명의 남자들. 모두 바쁘고 할 일이 많겠지만,

이들이 한뜻으로 모인다면 장차 아빠 없이 자라날지 모르는 제 딸들에게 아버지 역할을 해줄 수 있을 겁니다.

물론 제 병이 완전히 나아서 장차 우리 모두가 가족 모임을 갖기 바랍니다. 하지만 제가 어떻게 되든 위원회는 계속 유지되었으면 합니다. 제 딸들이 당신을 통해 세상을 알아갔으면 합니다. 타이비와 에덴이 이 모임을 통해 저를 알아갔으면 합니다. 아이들이 아빠 위원회를 통해 자신을 알아갔으면 합니다.

이런 요청이 꽤 부담스러울지 모릅니다. 하지만 여기에 지나치게 많은 시간이나 물질이나 마음을 쏟을 필요는 없습니다. 몇 마디 말과 몇 가지 행동, 열린 문과 따스한 환영의 포옹으로 충분합니다. 그것만으로도 당신의 존재는 아이들이 살아가는 데 늘 든든한 안내자가 되어줄 겁니다. 당신의 목소리는 제 목소리와 하나가 될 겁니다.

비록 글로 쓰기는, 그리고 생각하기는 고통스럽지만 우리 삶의 현시점에서 떠올린 이 갑작스러운 아이디어는 린다와 제게 큰 힘과 위안이 되었습니다. 지난 세월 동안 당신이 제게 가르쳐준 귀중한 교훈들을 우리 딸들이 배운다고 생각하니 정말로 기쁩니다. 그리고 앞으로 우리 모두가 더 가깝게 지낼 구실이 생겨 가슴이 설렙니다. 우리 가정의 한가운데에 당신을 초청하여 아버지다운 조언을 들을 수 있게 되어 영광입니다. 무엇보다도, 이 모임의 주체가 제가 될 수도 있다는 것을 압니다.

사랑합니다,
브루스

현재의 시간과 과거의 시간 모두
미래의 시간 안에 있으리. _T. S. 엘리엇

더 이상 걸을 수
없게 된다면

자전거는 밝은 오렌지색이었다. 슈윈에서 제조한 '스팅레이' 브랜드로, 바나나처럼 휘어진 안장과 조그마한 앞바퀴, 그리고 손잡이가 높아 자전거에 탄 사람이 오랑우탄처럼 보여 '원숭이걸이'라고 불리는 핸들이 달려 있었다. 고속 주행이 가능하도록 개조한 오토바이를 본떠 만든 스팅레이는 1970년대 미국에서 가장 인기 있는 자전거였다. 부모님은 내 다섯 번째 생일을 몇 달 앞두고 이 스팅레이를 사주셨다. 그 후 스팅레이는 내가 가장 아끼는 물건이 되었다.

그러던 어느 날, 나는 자전거 때문에 목숨을 잃을 뻔했다. 우리 가족이 조지아 주 서배너 남부에 있는 동네로 이사 온 지 얼마 안 되었을 때였다. 이곳 거리 이름들은 온통 독립전쟁 시절의 남군 장군들의 이름(존스턴, 매클러스, 얼리, 스튜어트 등)을 따 붙여졌다. 전쟁이 끝나고 한 세기가 지났지만, 여전히 의식 있는 서배너 사람들이 '잃어버린 대의(남부 독립의 꿈을 가리킴―옮긴이)'를 기념하는 장소에 모여들 거라는 발상은 많은 남부 사람들이 민권운동이 끝나갈 무렵까지도 얼마나 궁지가 대단했는지를 보여준다. 우리 가족은 '리Lee' 대로 330번지에 있는, 치장벽토를 바른 현대식 농장 주택에 살았다. 부모님이 지으신 집이었다.

어느 날 늦은 오후에 나는 친구 스코티 수틀리브와 동네 이곳저곳을 돌아다니다 존스턴가 근처에서 목련나무가 줄지어 서 있는, '피켓 서클Pickett Circle'이라고 하는 아늑한 장소를 발견했다. 다른 어떤 거리에서도 볼 수 없는 근사한 곳이었다. 마치 비밀 장소를 발견한 기분이었고, 나중에 꼭 다시 와보고 싶었다.

집으로 돌아가면서, 하버샴 도로(우리 동네를 둘로 나누는, 교통량이 많은 2차선 도로다) 갓길을 따라 자전거를 타고 달리다가 좋은 생각이 떠올랐다. 왜 리 대로에서 U턴을 하느라 귀중한 시간을 낭비한단 말인가? 하버샴 도로에서 U턴을 하면 더 빠를 걸……. 그래서 스코티가 리 대로를 향해 서툰 솜씨로 페달을 밟을 때(스코티, 넌 절대 스파이가 될 수 없을 거야!) 나는 재빨리 방향을 틀었다. 그리고 바로 앞에서 달려오던 세단에 부딪혔다.

끼익!

쾅!

내 스팅레이는 찌그러져서 저쪽으로 날아갔고, 내 몸뚱이는 만신창이가 되어 다른 쪽으로 날아갔다. 잠시 나는 그렇게 중앙선을 가로지른 채 도로 위에 누워 있었다. 머리 밑 아스팔트의 온기가 느껴졌다. 길모퉁이에 사는 폴리 메딘이 차고에서 뛰어나오는 것이 보였다.

곧 내 얼굴 위로 그녀의 그림자가 졌다. "앤디! 앤디!" 그녀가 형의 이름을 부르며 말했다. "괜찮니?"

"저는 브루스예요." 나는 간신히 대답하고는 정신을 잃었다.

다음 날, 병원에서 눈을 떠보니 몸을 움직일 수가 없었다. 가슴에서부터 왼쪽 발가락까지, 그리고 다시 가슴에서부터 오른쪽 무릎까지 깁스를 한 상태였다. 오른쪽 무릎에서 왼쪽 발가락까지는 쇠막대로 연결돼 있었다. 내 몸에서 가장 큰 뼈인 왼쪽 대퇴골이 부러진 것이다. 두 달간 누워 지내야 한다고 했다.

부모님은 내 방에 커다란 접이식 테이블을 놓고 그 위에 장난감을 전부 올려놓을 수 있게 해주셨다. 장난감더미의 제일 꼭대기에는 작년에 귀환한 아폴로 11호의 복제품이 놓여 있었다. 중학교 미술 선생님인 어머니는 깁스에 그림을 그리고 싶어 하셨지만 나는 깁스를 풀기 하루 전날까지는 허락하지 않았다. 그해 유월절 만찬은 내 방에서 했다. 아피코멘 무교병을 감출 때가 되자(감춰놓은 아피코멘 무교병을 찾는 사람에게 상이 주어지기 때문에 어린아이들에게는 이때가 가장 즐거운 시간이다), 아버지는 내게 눈을 감으라고 하시고는 내 머리를 살짝 들어 올리셨다. 무교병을 내 베개 밑에 감춰놓으신 것이다.

지금까지 내게 일어난 가장 흥미로운 의학적 사건이 바로 이 대퇴골이 부러진 일이었다. 새로운 의사를 만나면 여러 페이지에 걸쳐 병력을 기록한 서류에 몇 자만 더 적어 넣으면 되었다. 사실 나는 더는 부러진 다리에 대해 생각하지 않게 되었다. 그게 문제가 될 때는 새 신발을 신어볼 때뿐이었다. 회복과 동시에 급속한 성장이 이루어진 탓에 왼발이 오른발보다 1.5배 더 커졌기 때문이다. 그러나 나는 대체적으로 건강했다. 나는 나이보다 어려 보였고, 거의 병원을 찾지 않아도 될 정도였다.

게다가 나는 '걷기'를 통해 다른 인생을 살게 되었다. 20년 넘게 세계 각지를 여행하면서 그곳에서 경험한 것들을 글로 써냈다. 일본의 한 지방에서는 중학생들을 가르쳤고, 영국에서는 학위를 땄다. 게다가 유랑 서커스단에서 광대로 활동하기도 하고, 가스 브룩스Garth Brooks(미국의 컨트리 가수-옮긴이)와 내슈빌의 스타들과 함께 미국 전역을 종횡으로 누비기도 했다. 최근 10여 년 동안은 성경에 나오는 지역들을 돌아보려고 포연砲煙을 뚫고 중동 일대를 돌아다녔다. 터키의 아라라트 산에 오르고, 이집트의 홍해를 건너고, 예루살렘의 동굴을 탐사하고, 하늘길을 통해 바그다드를 방문하고, 이란을 가로질렀다.

그렇게 해서 완성된 책《성경 속 명소를 걷다Walking the Bible》는 베스트셀러가 되었고, 같은 제목의 텔레비전 시리즈물이 전 세계에 방영되었다. 나는 '걷는' 사람으로 알려졌다. 그 꼬리표는 여간해선 떼어낼 수 없는 것이어서(경험주의자이고 싶다는 나의 바람에 부합하는 것이기도 하다), 사고 후 38년이 지난 6월의 마지막 목요일 나는 출판사 관계자와 식사를 하면서 아이디어 하나를 냈다. 앞으로 10년 동안 미국 역사의 여정을 돌아보자는 것이었다. 이제 나는 역사의 발자취를 좇아 미국 전역을 누빌 것이다.

우리는 그 아이디어에 건배했고, 나는 집으로 돌아와 잠자리에 들었다. 그러나 다음 날 아침 나는 아내 이외의 다른 누구에게도 알리지 않고 맨해튼의 어퍼이스트사이드에 있는 뉴욕장로회 병원에 골주사 검사를 받으러 갔다. 사실 이 검사는 잘 모르는 의사가 권유한 일이었다. 1년 전 우리 가족의 주치의가 그만두겠다고 했을 때 나는 마지막으로 건강 검진을 받았고, 모든 게 정상이었다. 그 후 9개월 동안 의사를 찾지 않았는데, 그전에도 이런 일은 흔했다. 그러다 5월에 새로운 의사를 만났고, 그녀는 처음 만난 자리에서 혈액검사를 하자고 했다.

　다음 날 의사에게서 전화가 왔다. 내 알칼리성 인산분해효소의 수치가 235로, 조금 높다는 것이었다. 이 일을 어떻게 생각해야 할지 알 수가 없었다. 그런 용어는 처음 들어보았기 때문이다. 의사는 알칼리성 인산분해효소는 간이나 뼈의 이상 유무를 알려준다고 설명했다. 그리고 내가 원래 알칼리성 인산분해효소의 수치가 높은지도 모른다면서 전에 검사해본 적이 있는지 물어왔다. 곧바로 예전 주치의에게 전화해보니 지난해 7월에는 90으로, 매우 정상이었다. 새 주치의에게 수치를 알려주자, 그녀는 "흠," 하더니 잠시 후 이렇게 말했다. "그거 놀랍군요. 다시 한 번 검사해보는 게 어떨까요? 검사실에서 실수한 것일지 모르니까요."

　하지만 실수가 아니었다. 검사를 다시 해도 비슷하게 높은 수치가 나왔고, 또 다른 검사를 통해 간에는 아무 이상이 없는 게 밝혀졌다. 그렇다면 뼈가 문제인 것이다. 의사는 노인들에게서 흔히 볼 수 있는, 뼈와 관절이 퇴화하는 질병인 파제트 병Paget's disease은 아닐 거라고 했다. 그러다 갑자기 생각났다는 듯이 골주사 검사를 권했다. "그냥 확실히 해두기 위해서예요. 분명 아무것도 아닐 거예요."

　핵의학과는 뉴욕 병원 2층에 있었다. 나는 사람들로 붐비는 복도에 놓인 바퀴 달린 테이블 앞에 앉았다. 간호사가 손등의 정맥에 주사바늘을 찔러 넣고 스리마일 섬 원자력발전소 사고 때 사용한 양만큼의 방사선 추적자를 내 핏속에 흘려 넣었다. 오싹한 느낌이 들었고, 입 안에서 금속 맛이 났다. 그런 다음 세 시간 동안은 물을 많이 마시고 소변을 자주 봐야 했다.

점심시간이 지난 후 나는 거대한 로봇 장님거미처럼 보이는 것들로 가득 찬 널찍한 방으로 안내되었다. 그리고 몸에 지닌 금속 물질을 전부 제거한 상태에서 좁은 테이블에 눕혀졌다. 누군가 내 몸을 묶고 담요를 덮어주자 기계의 돌출부에 달린 거대한 금속판이 내 코에서 약 4센티미터 위까지 내려왔다. 골주사 검사는 기본적으로 엑스레이 검사와 정반대다. 엑스레이 검사는 우리 몸에 방사선을 주입하여 영상을 얻지만 골주사 검사는 우리 몸 안에 주입된 방사선을 빼내어 영상을 얻는다. 엑스레이 검사는 1초도 안 걸리는데, 골주사 검사는 한 시간 이상 걸린다.

다리 위에 기계를 설치한 상태로 35초쯤 지났을까, 기계를 조작하던 기사가 갑자기 기계 제어실 바깥으로 고개를 내밀고 물었다. "최근에 왼쪽 다리를 다친 적이 있나요?" 나는 침을 꿀꺽 삼킨 뒤 별일이 없기를 바라며 대답했다. "다섯 살 때 대퇴골이 부러졌어요." 기사는 고개를 끄덕이고는 밖으로 나가서 20분간 다른 기사들과 열띤 토론을 벌였다. 문 바깥에서 대화를 주고받는 그들의 모습이 내다보였다. 이윽고 기사 두 명이 내 다리를 여러 각도에서 다시 검사했지만, 걱정스럽게 검사 결과를 묻는 내 질문에는 대답을 회피했다. "내일 의사 선생님께 물어보세요."

다음 날은 토요일이었기 때문에 검사 결과를 말해줄 의사가 없었다. 월요일이 돌아올 때까지(2000년은 걸린 것 같았다) 나는 다리를 거의 움직일 수 없었지만, 의사는 별로 걱정하지 않는 눈치였다. "암 같지는 않아요." 그녀가 말했다. "하지만 이런 건 전에 본 적이 없어요. 엑스레이를 찍어봐야겠어요." 화요일에 엑스레이를 찍고 나자 의사의 어조가 달라졌다. "다리에 비정상적인 혹 덩어리가 있어요." 그녀가 선언했다.

"종양인가요?"

"모든 비정상적인 혹 덩어리는 종양을 의미해요. 그 밖의 다른 것일 리가 없지요."

하지만 그녀는 내게 자기공명영상촬영MRI을 하라고 지시했고, 이번에 나는 공식적인 판독이 이루어질 때까지 기다리지 않았다. 나는 필름을 우리 가족과 친분이 있는 정형외과 의사 베스에게 보냈다. 그녀는 뉴욕 병원에서 몇 블록 떨어진 병원에서 근무했다. 나는 하루 종일 요크가를 왔다 갔다 했다. 오후 햇살이 이스트 강의 물결 위로 부서지던 바로 그때, 베스에게서 전화가 왔다. "필름을 보았어요." 그녀가 말했다. "우리 병원 최고의 방사선과 선생님에게도 보여드렸는데, 우리 두 사람의 의견이 같아요." 그녀는 잠시 적당한 단어를 찾느라 말을 멈췄다.

"다리의 혹이 양성 종양과 일치하지 않아요."

나는 그 자리에 멈춰 섰다. '일치하지 않다'는 부정적 표현이 훨씬 더 파괴적인 의미로 다가올 때까지 잠시 기다렸다. 그 말은 단 한 가지를 의미했다. 베스는 내가 생각할 수 있도록 기다려주었다.

"암이군요."

베스가 뭐라 말했지만 나는 더 이상 듣지 않았다. 나는 목발을 가지러 그녀의 사무실에 가야 했다. 가서 그녀가 말하는 방사선과 의사를 만나야 했다. 아내에게 전화를 걸어야 했다.

그러나 몸을 움직일 수가 없었다. 나는 상가 입구의 계단에 주저앉았다. 근 40년 전 하버샴 도로의 뜨뜻한 도로 위에 누워 있을 때와 똑같았다. 상상할 수 있는 가장 강력한 무엇에 부딪힌 줄은 알았지만 그 다음에 어떻게 될지는 몰랐던 그때와 똑같았다. 게다가 종양이 같은 다리의 같은 뼈, 같은 위치에 생기다니, 어떻게 이런 우연이 있을 수 있단 말인가. 그러나 한 가지는 이미 알고 있었다. 나는 평생 동안 꿈을 꾸고, 여행을 하고, 걸어 다녔다.

이제 다시는 걸을 수 없을지도 모른다.

스무 개의 손가락
스무 개의 발가락

다른 신혼부부들처럼, 우리도 아이를 갖는 문제에 대해 의논했다. 의논을 하면서 우리는 꿈에 부풀었고, 두려움에 휩싸였다. 아이의 이름을 무엇으로 정할지도 생각해보았다. 때로는 아직 소식이 없느냐고 노골적으로 물어오는 양가 어머니들을 향해 눈을 동그랗게 떠 보이기도 했다. 어느 날 늦은 시각에 변호사이자 보스턴의 현자인 장인어른 앨런에게서 전화가 왔다. 장모님 데비가 서른이 넘은 딸이 임신이 안된다며 매일 밤 냉동 난자나 대리모에 관한 정보를 얻으려고 인터넷을 뒤지는 게 분명했다. 우리는 그런 것들이 전혀 필요가 없었지만 데비와 앨런은 언제나 걱정했다.

"바쁜가?" 앨런이 우려보다는 기대가 섞인 목소리로 물었다.

"린다!" 나는 소리쳐 아내를 불렀다. "당신 아버지가 우리가 성생활을 하는지 궁금해하시는데?"

"자네, 농담하나?" 앨런이 말했다. "피임을 하지 않는다고 약속하면 데비가 가서 촛불을 밝혀줄 걸세!"

사실 우리는 따로 계획이 있었다.

린다와 나는 6년 전, 맨해튼 23번가의 고급 식재료 시장 외곽에서 미팅을 통해 만났다. 그때 린다는 윤기 흐르는 검은색 실크 바지를 입고 굽이 높은 검은색 에나멜 구두를 신고 있었다. 구릿빛 얼굴 위로 흘러내린 긴 머리카락은 소피아 로렌을 연상케 했다. 짙은 갈색의 커다란 눈동자와 하얗게 빛나는 미소는 매력적인 라틴계 여성처럼 보였고, 이탈리아나 타히티 여인으로 보이기도 했다. 그녀는 나의 살아 있는 여권이었다.

그렇지만 린다는 보스턴 교외의 평범한 가정, 즉 가족 간 유대가 끈끈하고 스테이션 왜건과 식구들이 좋아하는 냄비요리 레시피가 있고, 밤에 냉장고 문을 열어둔 채 머그잔에 아이스크림을 담아 먹는 습관이 있는 가정에서 자라났다. 다시 말해 나와 매우 비슷했다. 또 여행을 좋아하는 그녀는 최근 개발도상국의 젊은 기업가들을 돕는 비영리기구 '인데버Endeavor'를 출범시켰다. 하지만 그녀는 집에 있는 것도 좋아했다. 단어 게임을 좋아하고 일요신문의 크로스워드 퍼즐을 푸는 것을 좋아했으며, 민트초코칩 아이스크림에 녹색 색소가 들어간 것을 한탄했다.

우리는 만난 지 4년 후 대서양이 내려다보이는 발코니에서 약혼했는데, 이튿날 린다는 서배너에서 결혼식을 올리고 싶다고 말해서 나를 놀라게 했다. "당신이 자라난 고장은 유서 깊고 사람들 간에 정이 넘치는 곳이잖아요. 우리 가족에게 보여주고 싶어요." 그렇지만 린다는 결혼식 때 모로코의 공주처럼 보이고 싶어 했다. 그래서 이듬해 6월, 우리는 카펫을 깔고 오렌지색과 보라색이 섞인 웨딩케이크를 준비해서 미크베 이스라엘 시나고그(유대교 회당 – 옮긴이)의 250년 역사상 최초로 베두인을 주제로 한 결혼식을 거행했다. 린다가 그동안 생각해온 메뉴를 연회 관계자에게 이야기하자, 그는 "팔라펠(아랍의 여러 나라에서 먹는 야채 샌드위치 – 옮긴이)이 뭔가요?"라고 되물었다고 한다.

그 다음 해, 우리는 바쁜 가운데에서도 아이를 갖기로 했다. "언제가 호기인지는 알 수 없지만," 나는 할머니가 증시에 대해 충고할 때 하는 말투를 흉내 냈다. "노력은 해봐야지." 그리하여 우리는 아기를 갖기 위해 노력했고, 다행히 몇 주 후에 긍정적인 초기 반응이 나타났다. 린다는 약국에 가서 임신 진단 시약을 사왔다. 설명서에 따르면 시약에 소변을 묻혀 붉은 줄이 하나 나타나면 임신이 안 된 것이고, 두 줄이 나타나면 임신이 된 거라고 했다.

처음에는 붉은 줄이 하나는 진하게, 하나는 흐릿하게 나타났다. 그것이 무엇을 의미하는지 몰라서 린다는 다시 한 번 시도했고, 그 다음 날에도, 그 후에도 한 번 더 시도했다. 하지만 결과는 매번 같았다. 구글 검색창에 '임신 진단 시약'과 '흐릿한 붉은 줄'을 쳐 넣자 55만 7000개의 항목이 떴다. 우리와 같은 문제로 고민하는 사람들이 꽤 많은 것 같았다.

마침내 린다는 약국 세 군데를 돌며 임신 진단 시약을 한 아름 사들고 왔다. 나는 우스갯소리로, 하버드 대학과 예일 대학을 다닌 여자와 결혼한다는 것은 세상의 모든 임신 진단 시약을 시험해봐야 직성이 풀리는 아내를 얻는 것을 의미한다고 말했다. 린다는 '임신'이라는 글자가 나타나는 임신 진단 시약을 찾아낸 후에야 비로소 만족했으며, 그제야 우리는 임신이 되었음을 알았다.

얼마 후 린다는 먹은 음식을 게워내기 시작했다. 하루에 한 번도 아니고 두 번씩이나. 때로는 세 번을 토할 때도 있었다. 케밥을 조금만 먹어도 식중독 증상을 일으키는 나와 달리, 린다는 어린 시절 이후로 토한 적이 없었기 때문에 불안해했다. 나는 욕조에 걸터앉아 린다의 등을 두드려주었고, 짭짤한 크래커를 박스로 사다놓았다. 시간이 지나자 린다는 이런 괴로운 상황을 받아들였고, 웃으며 이야기하기까지 했다. 비상하는 관리자에게, 아기를 위해 참을성을 발휘하는 것은 위기 상황에 적응하는 훈련이 되었다. 이것은 린다가 어머니로서 배운 첫 번째 교훈이었다.

임신 8개월 반 즈음에 우리는 산부인과를 방문했다. 진료실에 젊은 여의사가 들어와 두꺼운 파일을 건넨 후 참을성 있게 우리의 질문에 대답해주었다. 그 다음은 아기 초음파를 볼 차례였다. 린다가 진찰대 위에 눕자 뭔지 모를 회색 영상이 스크린 위에 나타났다. 의사는 오랜 침묵 후에 딸꾹질 기미를 보이며 말했다. "음, 쌍둥이로군요. 제가 이제까지 말한 것들은 전부 잊으세요."

린다와 나는 말하는 것을 좋아하는 편이지만, 이 소식에는 할 말을 잃었다. 이런 일은 상상도 못한 것이었다. 우리는 쌍둥이를 낳는 문제에 대해서는 의논한 적도 없었고, 의논할 생각조차 못했다. 일반적으로 쌍둥이는 집안 내력으로 알려져 있지만 우리는 둘 다 직계 가족 안에 쌍둥이가 없었다. 쌍둥이 임신의 또 다른 일반적인 원인은 불임 치료제인데, 우리는 불임 치료제를 사용한 적도 없었다.

그런데 쌍둥이를 임신한 것이다.

혹은 쌍둥이가 아닐지도 모른다. 의사의 설명에 따르면 우리의 쌍둥이는 같은 주머니 안에 있는 듯한데, 이는 한 태아가 다른 태아의 양분을 앗아갈 수 있는 위험한 상황이었다. 잠시 후 '선택적 감수술'이라고 하는 무시무시한 표현을 들었다. 그로부터 몇 분 뒤 우리는 택시를 타고 뉴욕에서 아기 초음파를 가장 잘 본다는 병원으로 향했다.

"우습지 않아요?" 린다가 말했다. "우리는 정상적으로 하는 일이 없다니까요!"

"그런데 어느 쪽이 더 나쁠까?" 내가 말했다. "둘 다 당신을 닮은 게 더 나쁠까, 둘 다 나를 닮은 게 더 나쁠까?"

우리는 웃음을 터뜨렸다.

그때 알았다. 웃음만이 이 상황을 견뎌낼 수 있다는 것을.

몇 시간이 지난 후 우리는 쌍둥이가 서로 다른 낭 안에 있다는 기쁜 소식을 접했고, 곧 보다 전문적인 의사로 담당의를 바꿨다. 우리는 이 소식을 가족들에게 알려주었다. "린다가 단일융모막 이중양막 일란성 쌍태아를 자연 임신했어요." 이 말의 의미를 아는 사람은 아무도 없었다. 사실 우리도 마찬가지였다. 나는 서점에 가서 관련 서적을 한 아름 사다가 밤을 새다시피 하며 탐독했다. 그런데 위험을 경고하는 이야기가 대부분이었다. 유산 위험이 높고, 선천적 기형이 될 가능성이 높으며, 한 태아가 다른 태아의 성장을 방해할 확률이 높다고 했다. 나는 이 책들을 린다가 읽지 못하도록 전부 쓰레기통에 버렸다.

우리는 현실에 적응했고, 금세 몇 주가 지났다. 보통은 출산 때까지 40주가 걸리지만 쌍둥이는 36주가 걸린다. 내 친구 하나는 쌍둥이를 임신하고 26주 만에 진통이 오는 바람에 병원에 입원해서 아기가 오랫동안 뱃속에 머물도록 다리를 들어 올린 채 누워 있어야 했다. 린다의 담당의인 마크 골드는 그런 가능성을 사전에 배제하려고 25주째에 린다에게 침대에 누워 지내라는 처방을 내렸다. 린다는 극히 예외적인 경우를 제외하고는 소파나 침대에서 지냈다. '가택 연금'이라는 표현이 어울릴 법한 상황이었다.

그 무렵 린다가 설립한 국제기구는 세 대륙의 7개국에서 활동하고 있었는데, 린다는 소파에서 일을 해야 했다. 내가 속옷 바람으로 집안을 돌아다니며 음식을 나르고, "소파에 편안하게 앉아 있으라고!" 하면서 린다를 나무라는 동안, 여러 재계 인사들과 자선가들이 우리 집 거실로 모여들었다.

36주째에 나는 린다에게 초콜릿과 땅콩버터로 만든 케이크를 사주고, 그녀의 배에 낙서를 했다. 어렸을 때 내가 깁스를 풀기 전날 어머니가 그 위에 그림을 그렸듯이, 나도 출산이 임박한 린다의 배에 낙서를 한 것이다. 우리는 서둘러 아기 이름을 지었다. 어머니는 늘 우리 형제들의 이름인 앤드루, 브루스, 캐리가 허리케인 이름 붙이듯 알파벳 순서대로 지은 것이라고 농담조로 말했지만, 사실 우리들의 이름은 당시 미국의 유대인들이 흔히 하던 식으로 친척들의 이름을 딴 것이었다. 브루스 스티븐이라는 이름은 내가 태어나기 3년 전에 돌아가신 외할아버지 벤저민 '부키' 새뮤얼 에입스하우스를 기리기 위해 지어진 이름이다.

나는 자라면서 내 이름을 그다지 좋아하지 않았다. 지나치게 서구 문화에 동화된 느낌을 주었기 때문이다. 그래서 린다와 나는 정반대

방향으로 알아보기로 했다. 유대교 경전 쪽으로 관심을 돌려보았지만, 경전에 나오는 여인들의 이름은 얼마 되지 않았다. 그러던 중 에덴동산에 관한 텔레비전 프로그램을 촬영하러 터키의 유프라테스 강에 갔을 때 린다가 쌍둥이 딸들 중 하나의 이름을 에덴으로 하자고 제안했다. 에덴은 친숙하면서도 이국적이고, 여성적이면서도 강인한 느낌을 주었다.

그 후 여섯 달 동안은 에덴과 어울릴 만한 이름을 찾으며 보냈다. 우리는 둘 다 여행을 좋아했기 때문에 에덴이란 이름이 파라다이스, 곧 지리적 공간을 의미한다는 점이 마음에 들었다. 어느 날 린다가 불쑥 말했다. "타이비는 어때요?" 타이비는 조지아 주 해안에서 조금 떨어진 곳에 있는 섬으로, 파일러가家 사람들이 4대에 걸쳐 여름휴가를 보낸 곳이다. 그곳은 파라다이스와 대비되는 곳이기도 했다. 어릴 적 우리는 그곳을 '별 볼일 없는 서배너 비치'라고 불렀다. 하지만 우리는, 특히 린다는 그 섬을 몹시 좋아했다.

하지만 그렇다고 해도 아기 이름을 타이비로 하는 데는 문제가 있었다. 성도 잘못 발음하기 쉬운데('Feiler'는 필러가 아니라 파일러로 발음해야 한다), 이름까지 그러면('Tybee'는 티비가 아니라 타이비로 발음해야 한다) 얼마나 곤란하겠는가. 또한 타이비는 크릭 인디언Creek Indians 말로 '소금'을 뜻하기도 한다. 사랑 노래에 어울릴 만한 예쁜 이름이 아닌 것이다. 하지만 결국 린다가 이겼다. "그 애는 이 문제를 극복할 만큼 충분히 흥미로운 아이일 거예요."

임신 38주째, 우리는 마지막으로 아기 초음파를 보러 레녹스힐 병원에 갔다. 린다는 살이 20킬로그램쯤 더 쪘는데, 대부분 복부에 있는 살의 무게였다. 그녀는 오렌지색 셔츠 안에 지구를 품은 것처럼 보였다. 방사선과 의사는 쌍둥이를 얼마나 오래 뱃속에 품고 있을지에 대해, 가능한 한 오래 뱃속에 두어야 한다는 쪽과 준비가 되면 바로 낳아야 한다는 쪽의 주장이 팽팽히 맞서고 있다고 설명했다. "저는 준비가 되면 바로 낳아야 한다는 쪽입니다." 의사는 그렇게 말한 뒤 스크린을 힐끗 보고는, 분명 자신의 주장을 뒷받침할 근거를 찾는 듯한 목소리로 선언했다. "오, 뭔가 보이는데요……. 양수가 부족하군요! 당장 내일이라도 아기가 나올 것 같아요."

심장이 두방망이질을 쳤다. 우리는 산책 삼아 파크가를 걸어 내려갔다. 수선화가 노란 병아리처럼 고개를 까닥이고, 튤립이 몇 줌의 크레용 같은 싹을 틔우고 있었다.

4월 15일 오전 8시 30분, 린다가 유도분만에 들어갔다. 정오 무렵 양수가 터졌고, 늦은 오후까지 진통이 시작되었다. 린다는 5시가 막 지나서 수술실로 향했다. "힘주세요. 끙! 끙! 끙!" 간호사들이 바퀴 달린 침대를 밀면서 외쳤다. 간호사들이 침대와 씨름하는 동안 우리도 맞받아 외쳤다. "끙! 끙! 끙!" 우리는 웃음을 터뜨렸다.

"좀 조용히 하세요!" 간호사 데스크에 있던 수간호사가 인상을 찌푸렸다. "병원에서 웃음소리가 너무 크잖아요."

린다와 나는 서로를 바라보았다. 우리는 딸들이 웃음 속에서 태어나기를 원했다.

수술실 안은 보다 차분한 분위기였다. 모니터와 형광등, 플라스틱 인큐베이터, 적외선등 사이로 사람들이 열다섯 명쯤 모여 있었다. 린다의 머리에 헤어캡이 씌워졌다. 골드 박사가 린다의 다리 저편으로 사라졌고, 간호사들이 머리 쪽에 모여 섰다. 줄곧 심장이 쿵쾅거렸다. 린다가 임신한 동안 우리 딸들 중 하나는 자궁 경부에서 가까운 곳에 있었기 때문에 쌍둥이 A라는 별칭을 얻었다. 더 먼저 나오리라는 뜻에서 지어진 이름이었다. 그러나 실제로는 쌍둥이 B가 더 활동적이어서, 린다가 예측한 대로 마지막 순간에 쌍둥이 B가 A를 밀어내고 오후 6시 14분 세상에 태어났다. 쌍둥이 중에서 더 위트가 있는 타이비 로즈였다.

간호사가 내게 아기를 안겨주었다. 아기는 흰색 바탕에 파란색 줄무늬가 들어간 담요에 싸여 있었다. 조금 어두운 피부색과 검은 머리카락이 엄마를 닮은 듯했다. 나는 아기의 귀에 시를 속삭여주었다. 그러는 사이 수술실 한쪽에서는 일대 혼란에 휩싸였다.

나는 지난 수년간 친구들로부터 처음 아기를 받아든 순간이 생애 최고의 순간이었다는 말을 들어왔다. 마치 신의 얼굴을 들여다보는 듯한 느낌이었다고 말이다. 그러나 나는 신을 떠올릴 여유가 없었다. 린다가 고통 중에 있었고, 쌍둥이 A가 위험했다.

불현듯 품 안의 아기와 아내 뱃속의 아기 사이에서 마음이 나뉘었다. 그러나 그때 나는 쌍둥이에 관한 한 감정이 분리될 수 없다는 사실을 알게 되었다. 하나를 생각하면 늘 다른 하나가 마음에 걸리기 마련이다.

"심장박동이 약해지고 있어요." 골드 박사가 말했다. "수술 준비를 해야겠어요."

그제야 나는 그곳에 그토록 많은 사람들이 모여 있는 이유를 깨달았다. 무언가 잘못될 경우 제왕절개를 해야 하기 때문이다. 린다는 지난 몇 달간 자연분만을 하든, 제왕절개를 하든 크게 상관없지만 그 두 가지를 다하는 것만큼은 피하고 싶다고 말해왔다. 그렇게 되면 부작용과 회복 기간이 두 배로 늘어날 터였다. 그런데 지금 그런 상황을 앞두고 있는 것이다.

"아니요!" 린다의 머리맡에 있던 수간호사가 외쳤다. "해낼 수 있을 거예요."

그 말과 함께 린다가 더 힘을 주기 시작했다. 나중에 나는 쌍둥이를 출산하는 산모에게 제왕절개의 가능성을 거론하며 위협하는 것이, 산부인과에서 흔히 써먹는 수법임을 알게 되었다. 물론 골드 박사는 나중에 자신은 그런 수법을 쓰지 않았다고 주장했다. 사실이야 어떻든 그 방법은 효과를 거두어서, 쌍둥이 B가 태어난 32분 후에 쌍둥이 A가 태어났다. 에덴 엘리노어가 태어남으로써 우리 가족이 드디어 완성되었다.

린다가 손가락 두 개를 들어 올리며 환한 미소를 지었다. 그녀는 우리 딸들을 38주 동안 뱃속에 품고 있다가 38시간 만에 자연분만으로 낳았다. 나는 허리를 굽혀 그녀와 이마를 맞대고 속삭였다.

"드디어 해냈어, 여보. 스무 개의 손가락과 스무 개의 발가락이 모두 온전해."

나는 에덴을 안으러 갔다. 아기는 녹색 줄무늬가 있는 담요에 싸여 있었다. 피부색과 머리카락 색이 옅은 게, 나를 더 많이 닮은 듯했다. 나는 에덴의 귀에 앞서 타이비에게 들려준 것과 똑같은 시를 속삭여주었다. 그러고는 린다에게 돌아오니 골드 박사가 절개 부위를 봉합하고 있었다. 갑자기 그가 시계를 들여다보며 말했다.

"흠, 세금 신고일이로군요. 아이가 둘이나 생겼으니 허리가 휘겠는걸요."

그 말과 함께 수술실 안 가득히 웃음소리가 퍼졌다. 우리 딸들은 그렇게 웃음소리가 가득한 가운데 세상에 첫발을 내디뎠다.

상 실 의   해 _ 1

7월 15일

가족 및 친지 여러분께

케이프코드의 처갓집 뒤뜰에는 매일 아침, 안개가 서서히 걷힙니다. 안개가 걷힌 후엔 날이 밝아오면서 화강암 암석에 맺힌 이슬이 드러나지요. 지난 며칠간은 스너그 항구 일대의 하늘이 온통 잿빛이었는데, 마침내 마법처럼 구름이 갈라지면서 화창한 날씨를 되찾았습니다.

　　이런 식으로 연락을 드리게 되어 죄송합니다. 하지만 최근 여러 가지 일들로 상황이 여의치 않았습니다. 제 왼쪽 대퇴골에 7인치가량의 골육종이 생겼다고 합니다. 보다 직접적으로 말씀드리자면 골암에 걸린 것이죠. 제 경우는 매우 희귀한 악성 종양이라고 합니다. 벌써 중심 뼈대와 주변의 허벅지 근육의 상당 부분을 침식해 들어갔습니다. 무릎과 엉덩이는 안전한 듯하지만, 갈비뼈와 폐에는 전이 가능성을 나타내는 초기 증상이 보입니다. 우리는 암의 발생이 다리에만 국한되어 있다고 믿지만, 상황은 매우 유동적이어서 언제라도 달라질 수 있습니다.

　　종양은 지난 5월에 실시한 정기 혈액검사를 통해 우연히 발견되었습니다. 알칼리성 인산분해효소 수치가 너무 높게 나와서 간이나 뼈에 이상이 있음을 알았고, 그 후 다른 검사를 통해 뼈에 문제가 있음을 알게 된 것입니다. 제 경우 한 가지 특이한 점은, 대체적으로 통증이 없다는 것입니다. 이런 유형의 종양에 걸리면 통증을 느끼거나 몸이 붓거나 뼈에 금이 가는 게 보통이거든요. 그런 점에서 우리는 운이 좋은 셈입니다. 최근 어떤 종양학자가 제게 말했듯이, "종양을 빨리 발견한 주치의에게 영광이 있기를" 바랍니다.

친절한 친구들이 신속하게 연락을 취해준 덕에, 린다와 저는 뉴욕에 있는 메모리얼 슬로언케터링 병원의 정형외과 과장인 존 힐리 박사와 상담을 했습니다. 힐리 박사는 이 분야에서 '그분'이라거나 '그이', '구루' 등 다양한 이름으로 불리더군요. 그는 오십 대 초반의 온화한 신사로, 편안한 미소에 나비넥타이를 매고 1분에 대략 세 단어를 말하는, 특이하면서도 매력적인 인물이었습니다. 박사가 하는 말 한 마디 한 마디에 집중하다 보면(우리는 정말 집중해서 들었습니다!), 시간이 여간 길어지는 게 아닙니다. 또 그는 예일 대학의 에즈라 스타일스 칼리지 동문이고, 저와 마찬가지로 십 대 때 서커스단에서 활동했다고 합니다.

힐리 박사는 우리와 몇 시간에 걸쳐 대화를 나눴는데, 대화가 중간쯤 이어졌을 때 제 다리의 암에 대해 "최악의 경우에도 치료가 가능하리라고 봅니다"라고 말했습니다. 또 "이건 전쟁이고, 저는 이 전쟁에서 이길 작정입니다"라는 말도 몇 번인가 했답니다.

힐리 박사는 제 다리에 생긴 암이 제가 다섯 살 때 자전거를 타고 가다 당한 교통사고와 관계가 있으리라고 생각합니다. 그때 다친 부위와 똑같은 곳에 암이 발생했기 때문입니다. 그리고 보통 대퇴골 골육종은 무릎이나 엉덩이 근처에 발생하는데 제 경우에는 중심 뼈대에 발생했기 때문입니다. 린다와 저는 옛날에 부러진 뼈가 완전히 낫지 않았거나 염증이 남아서 그것이 40년이 지난 지금 암으로 발전했는지도 모른다고 생각했지만, 힐리 박사는 그 반대일지 모른다고 생각합니다. 힐리 박사가 어떻게 해서 대퇴골이 부러졌느냐고 물었을 때 저는 유일하게 합리적인 설명이라고 생각되는 대답을 했습니다. "차에 치였습니다."

그러자 힐리 박사는 "하지만 왜 하필 그 뼈가 부러진 거죠?"라고 물었습니다. 그는 제가 왼쪽 대퇴골이 약해지는 유전적 성향을 타고 났을지 모른다고 말했습니다.

어쨌거나 그때 이후로 제 왼쪽 대퇴골에는 매년 미국의 어린아이들이 부러뜨리는 무수히 많은 뼈들과 구별되는 뭔가가 일어났습니다. 그리하여 어느 시점에 세포가 돌연변이를 일으켰고, 암이 발생한 것입니다. 매년 골육종에 걸리는 미국인이 600명쯤 되는데, 그중 85퍼센트가 25세 미만입니다. 골육종에 걸리는 성인은 1년에 100명도 채되지 않습니다(매년 유방암에 걸리는 미국인이 20만 명이고, 전립선암에 걸리는 미국인이 19만 명이라는 점을 한번 생각해보십시오). 그 결과 골육종 치료법, 특히 성인 환자를 대상으로 한 골육종 치료법에 대해서는 알려진 바가 거의 없습니다. 이런 희귀한 질병의 치료법으로 노벨의학상을 타려는 사람은 아무도 없을 테니까요.

25년 전에 골육종 진단을 받았더라면 의사들은 제 다리를 자르고 암이 다른 곳으로 전이되지 않기만을 바랐을 것입니다. 테드 케네디의 아들 테디는 열두 살 때 이 병으로 다리를 잃었습니다. 이 병에 걸린 환자들의 생존율은 15퍼센트에 불과합니다. 하지만 1980년대에 이르러 의사들은 특정한 화학요법으로 환자의 생존율을 4배까지 끌어올릴 수 있게 되었습니다.

이 화학요법을 적용하기에 앞서 먼저 제 다리에 생긴 종양을 제대로 검사해볼 필요가 있겠죠. 앞으로 몇 주 동안 생검(생체 조직의 현미경 검사-옮긴이)을 할 겁니다. 힐리 박사는 제 다리를 절개하여 뼛조각을 떼어낼 겁니다. 그리고 그 뼛조각을 병리과에 보내 검사를 마치면 그 다음부터 치료가 시작됩니다. 아마도 대략 두 달에서 넉 달가량 화학 치료를 받고 수술을 받은 뒤 다시 넉 달간 화학 치료를 받을 거라고 합니다. 수술은 종양을 떼어내고 그 주변에 뼈와 근육을 보강하는 식으로 이루어질 텐데, 죽은 사람의 뼈나 금속으로 만든 대퇴골 대체재를 삽입한다고 하는군요. 뼈는 낫겠지만 근육은 그렇지 않을 거라고 합니다. 운이 따라준다면 다리를 잘라내지 않아도 될 것 같고, 무릎과 발도 정상적으로 기능할 것 같습니다. 비록 몸을 움직이는 데 평생 동안 불편이 따르겠지만요. 힐리 박사가 말한 것처럼 "달리지 말고 걸어야 하고, 계단보다는 평지가 나을 겁니다."

짐작하셨겠지만 이 소식은 우리를 큰 충격에 빠뜨렸습니다. 힐리 박사의 설명이 끝나자 간호사가 들어와 서류를 작성하라고 했습니다. 나는 그녀에게 잠시 린다와 단둘이 있게 해달라고 부탁했지요. 간호사가 나간 후 저는 진찰대 위에 무너지듯 주저앉았습니다. 그동안 암이 아니기를 바라고 또 바랐습니다. 화학 치료를 받지 않아도 되기를 간절히 소망했습니다. 그런데 그런 바람에 금이 갔습니다. 소망이 뭉개졌습니다.

나는 상실의 해 벽두에 서 있습니다.

힐리 박사가 해준 이야기도 아주 잘해야 그렇다는 말입니다.

그래, 어떻게 지내느냐고요? 그럭저럭 견디고 있습니다. 암 치료에 집중하고 있죠. 조짐이 좋을 때도 있고 좋지 않을 때도 있습니다. 우리는 울기도 많이 울었고 서로에 대해, 또 우리의 삶과 딸들을 향한 우리의 꿈에 대해 밤늦게까지 많은 이야기를 나눴습니다. 쉬운 일은 아니었습니다. 우리는 영웅이 아니니까요. 이런 상황에 익숙해서 잘 대처하는 사람이 되기를 바라는 이는 아무도 없을 것입니다. 그리고 우리는 늘 잘 대처하지 못합니다.

그러나 우리에겐 의지가 되어주는 사람들이 많습니다. 우리를 사랑하는 두 집안이 있고, 많은 친구들이 있고, 서로가 있습니다. 그리고 우리가 영양보충제와 관련해 14가지 항목으로 이루어진 계획을 세우고 긍정적인 방향과 부정적인 방향 모두에서 다양한 시나리오를 상상하게 해주는, 창의적인 사람들이 있습니다. 게다가 우리는 벌써 웃을 일을 발견했습니다. 슬로언케터링 병원의 골암 전문의 진료실에는 대체 왜 환자들을 위해 비치해둔 잡지들 제일 위쪽에 〈테니스 위크〉를 놓아둔 것일까요?

린다는 좀 어떠냐고요? 린다는 밤하늘에 빛나는 별과도 같은 존재입니다. 제가 암에 걸린 것을 알고 나서 우리가 가장 먼저 포기해야 했던 건 결혼 5주년을 기념해 낸터컷 섬으로 여행을 떠나는 일이었습니다. 3년 전 우리 딸들이 태어난 이후 처음으로 단둘이 떠나기로 한 여행이었지요. 린다는 아쉬운 마음을 누르고 눈물을 삼키고 심호흡을 한 후 당면한 문제에 뛰어들었습니다. 이런 상황을 겪어본 사람은 알겠지만, 부부 중 한 사람이 병들었을 때 환자보다 더 힘든 것은 옆에서 간병을 하는 배우자입니다. 린다는 자기 일 하랴, 아이들 돌보랴, 또 가끔씩 심술을 부리는 절름발이 남편(심술부리는 남편은 늘 겪어왔지만 절름발이 남편은 또 다른 새로운 일이랍니다!) 간호하랴 많이 힘들 겁니다. 화학 치료는 누구에게도 유쾌한 일이 못 된답니다.

그건 그렇고, 린다가 이끄는 비영리기구 인데버는 쑥쑥 뻗어나가고 있습니다. 설립 10주년을 맞은 작년에는 기구가 지원하는 나라가 10개국으로 늘었습니다. 돌아오는 주간에는 한 민간재단으로부터 꽤 많은 액수의 기부금을 받기로 되어 있는데, 그렇게 되면 보다 빠르게 성장해나갈 것입니다. 제게는 린다가 이 일에 되도록 많은 시간을 내고, 앞으로 몇 달간 잡혀 있는 수차례의 해외 출장을 포기하지 않는 게 매우 중요합니다. 삶은 변화하지만 멈추지는 않습니다. 그런 점에서 저는 이 글을 읽고 계시는 모든 분께, 린다의 사기를 북돋아주고 그녀가 계속해서 많은 사람들에게 희망을 심어줄 수 있도록 도와달라고 부탁드립니다.

아이들은 어떻게 지내느냐고요? 에덴과 타이비 모두 잘 지냅니다. 세 살이라는 나이는 남녀의 성별이 뚜렷해지는 때인 것 같습니다. 아이들은 발레와 공주님, 컵케이크, 그리고 모든 종류의 핑크색과 보라색에 열중하고 있습니다. 사실 에덴과 타이비는 핑크색 레오타드(체조나 무용 또는 피겨 스케이팅을 할 때 입는, 몸에 붙는 옷-옮긴이)와 보라색 타이즈를 매우 좋아한답니다. 우리는 지난 3년간 여자아이들이 좋아하는 색과 남자아이들이 좋아하는 색의 구별 없이 키우고 싶었지만, 아이들이 파스텔 색을 좋아하면서 모든 노력이 허사가 되어버렸습니다.

지난 몇 주간 아이들은 볼링과 뱃놀이, 미니 골프를 즐겼습니다. 모두 태어나서 처음 해보는 것들이었지요. 아마도 그중 하나는 마지막이 될 겁니다. 얼마 전에 새 모터보트 다루는 법을 익힌 외할아버지 앨런이 아이들을 보트에 태우고 겨우 항구 근처에서만 맴돌자, 에덴이 조바심을 내며 이렇게 말했거든요. "언제쯤 더 빨리 갈 수 있어요?"

우리는 제 병과 관련하여 아이들에게 무엇을 어떻게 말해야 할지 전문가와 상담했습니다. 그리하여 처음에는 솔직하게 말하되 자세히 알려주지는 말고 모두가 "아빠는 아파요. 의사 선생님이 고쳐주실 거예요. 병이 나을 거예요"라고 말하기로 했죠. 그런 다음 아이들의 행동에 달라진 점은 없는지 주의 깊게 살폈습니다. 주의가 산만해지지는 않았는지, 공격성이 늘어나지는 않았는지, 악몽을 꾸지는 않는지 하는 것들을요. 아이들은 이미 아빠가 목발을 짚고 있는 것을 보았던 터라 적응을 하더군요. 이번 주에 린다와 저는 뉴욕에서 의사들과 상담을 하고 며칠 만에 케이프코드로 돌아와서 아이들을 만났습니다. 그런데 에덴이 "돌아와서 정말 기뻐요"라고 말하는 게 아니겠습니까. 아이들이 자랑스럽고 사랑스럽습니다. 언젠가 이 아이들의 손을 잡고 결혼식장에 걸어 들어갈 수 있기를, 그리고 함께 여행을 하며 이 세상을 조금이라도 보여줄 수 있기를 고대합니다.

무엇을 도와주면 좋겠느냐고요? 이렇게 물어봐주신 많은 분들께 진심으로 감사드립니다. 우리의 솔직한 대답은, 우리가 여러분의 질문에 깃든 진실한 마음에 경의를 표하고 있다는 겁니다. 그리고 필요한 도움이 어떤 것인지 정직하면서도 현실적이고 의미 있는 지침을 생각해내려고 애쓰고 있다는 겁니다. 우리는 구체적인 것이 우리의 삶에 도움이 된다는 것을 알고 있습니다("어머니, 샤워할 때 쓸 의자가 있으면 좋겠어요", "캐리야, 서류를 정리하려고 하는데 고리 세 개짜리 바인더가 필요해", "형, 머리카락이 빠지기 전에 내 사진을 찍어줄 수 있겠어?"). 우리에게 무엇이 필요한지 생각할 시간을 주시면 기꺼이 여러분의 도움을 받아들이도록 하겠습니다.

　여기까지가 첫 번째 주에 생각해본 것들입니다. 벌써부터 이메일과 전화가 쇄도하기 시작했습니다. 우리는 받은 이메일을 하나도 빼놓지 않고 읽는답니다. 의사와의 상담과 보험금 협상 등으로 바쁘고 몸이 힘들 때가 많아서 일일이 답장을 쓰지는 못하지만, 여러분의 배려가 늘 위로가 되고 힘이 된다는 것을 알아주시기 바랍니다. 앞으로는 제 상태를 알려드리는 편지를 정기적으로 보내드릴 생각입니다.

　그동안 여러분이 올 여름 창밖으로 맑은 하늘을 볼 수 있기를, 모든 일이 순조롭기를, 그리고 원하는 만큼 빨리 드넓은 바다로 나아갈 수 있기를 바랍니다.

　그때까지 저를 위해 산책을 해주세요.

사랑합니다,
브루스

어린아이처럼
처음인 것처럼 여행하라

1983년 여름, 네덜란드 북부의 아쉼뷔르흐 성. 유스호스텔 지하 디스코장의 번쩍이는 붉은 조명 사이로 마이클 잭슨의 음악이 요란하게 울려 퍼졌다. 나는 디스코장 뒷문을 빠져나와 성 주변의 호수 건너편에 있는 목장을 바라보았다. 고등학교를 졸업하고 몇 주 후 유럽에서 실시한 6주짜리 교환학생 프로그램을 막 시작한 참이었다. 이것은 나의 첫 해외여행으로, 할머니의 졸업 선물이었다. 우리는 네덜란드와 독일, 이탈리아, 스위스, 프랑스 등지를 둘러볼 예정이었는데, 그날은 항공편이 쉬었기 때문에 네덜란드에 체류 중이었다.

디스코에 딱히 취미가 없던 나는, 옛날에 농노들이 출입하던 쪽문을 통해 성을 빠져나와 우리의 공동 인솔자인 제프와 어울렸다. 그는 32년 전 부모님이 버몬트 주 퍼트니에 학생들을 대상으로 차린 여행사에서 일했다. 키가 크고 호리호리한 체격에 뾰족한 콧날과 더부룩한

갈색 머리칼을 지닌 제프는 삽으로 거름을 퍼 나르기를 좋아하는 버몬트의 시골 농부처럼 보였다. 그러면서도 브로드웨이의 화려한 불빛 속에서 자라난 아버지와 네덜란드인 어머니 사이에 태어나 국제적인 감각을 익힌, 프랑스어를 유창하게 구사하는 대학 4학년생처럼 보이기도 했다. 모험심이 가득한 장난꾸러기였던 제프는 내가 그의 장난에 속아 넘어갈 만큼 순진하고 여행 경험이 없다는 것을 한눈에 알아보았다.

"소를 쓰러뜨려본 적 있어?" 제프가 물었다.

"소, 뭐라고요?" 내가 말했다.

"소는 서서 잠을 자지. 그래서 바람을 등지고 밀면 쿵 소리를 내며 넘어진다고."

그 말이 참말인지 생각해볼 겨를도 없이 우리는 어느새 호수를 건너뛰고 가시철조망을 타 넘고 있었다. 쇠똥이 굴러다니는 진창을 지나 우리 둘은 꾸벅꾸벅 졸고 있는 불쌍한 소에게 다가갔다.

그때 나는 평생 열정을 쏟아부을 수 있는 취미를 발견했다. 그것은 예기치 못하게 시작되어 결코 끝나지 않을, 여행이라는 취미였다.

암 선고를 받고 처음으로 아빠 위원회를 구상했을 때, 나는 이 아이디어를 린다에게 이야기하지 않으려고 마음먹었다. 그런 생각은 그녀를 몹시 고통스럽고 우울하게 할 터였다. 우리는 모든 걸 긍정적으로 생각해야 했다. 순간순간을 살아야 했기 때문이다. 하지만 24시간도 지나지 않아서 마음이 흔들렸다. 그리고 미완성 단계에 있는 생각을 린다에게 털어놓기가 무섭게 그 생각은 나만의 것이 아니라 우리의 것이 되었다. 사실 그것은 린다의 것이었다. 언젠가 위원회의 아빠들과 우리 딸들 사이의 관계를 매개할 사람은 린다였기 때문이다.

그러나 내 생각보다 린다의 생각이 더 중요하게 작용하리라는 것을 인정한 후에도 고민은 계속되었다. 린다는 아빠 위원회 후보자들에 대해 "좋은 사람이긴 하지만 지금의 당신을 대표하지는 못하잖아요"라거나, "훌륭해요. 하지만 당신의 이런 면은 어쩌고요?"라고 문제를 제기했다.

그래서 우리는 가이드라인을 마련했다.

첫째, 집안사람들은 배제하기로 했다. 세상에서 나랑 가장 친한 사람은 우리 형이고, 내겐 처남과 사촌도 있다. 그러나 그들은 이미 자연적으로 우리 딸들과 관계를 맺고 있으며, 앞으로도 가족 모임을 통해 지속적으로 교류할 것이다.

둘째, 남성에 한하기로 했다. 나는 십 대 이후로 여성들과 특별한 우정을 나누는 축복을 누려왔으며, 친한 친구들의 절반은 여성이다. 그러나 우리 딸들에게는 엄마가 있으므로 나의 빈자리를 채워줄 아빠들의 목소리가 필요하다고 결론지었다.

셋째, 알고 지낸 기간보다는 친밀도를 더 중시하기로 했다. 어쩌면 최근에 사귄 친구들이 내가 어떤 사람이고 어떤 아빠가 되고 싶어 했는지 더 잘 이해할 수도 있겠다는 생각이 들었다.

넷째, 내 삶의 각 단계별로 친구들을 한 명씩만 선정하기로 했다.

마지막으로, 모든 면에서 아빠다워야 했다. 우리는 아빠 위원회의 인원을 몇 명으로 할지 미리 정해놓지는 않았지만, 그리고 실제로 자녀를 둔 아빠인지 여부에 대해서도 개의치 않았지만 대신 내 성품의 각기 다른 일면을 간직한 사람들을 물색했다. 린다의 바람대로, "난관에 봉착해서 아이들이 '아빠라면 어떻게 생각했을까요?' 라고 물을 때 연락할 수 있는 사람"을 찾아보았다. 그리하여 결국 나의 일부를 구현한 사람들을 선택했다.

제프 슘린은 처음부터 명단에 올라 있었다.

소가 어슬렁거리는 풀밭에 잠입한 이후부터 제프와 나 사이의 관계는 점점 더 끈끈해졌다. 시간이 흐른 뒤 제프와 그의 동생은 부모님이 하시던 여행 사업을 물려받았고, 제프는 목가적인 마을 퍼트니에 정착하여 사진작가와 결혼해서 두 아이를 두었다. 현재 그는 의용소방대 대원이자 도시 행정위원으로 봉사하고 있으며, 매일 일정한 시간 동안 트랙터를 몰고 농사일을 한다. 물론 삽으로 거름을 퍼 나르기도 한다.

제프와 친해진 이후 퍼트니 마을은 장작을 패고 사과를 따고 단풍나무 시럽을 맛보는, 동화 속의 놀이터 같은 곳이 되었다. 잡화점에서는 통조림 파스타와 초콜릿 음료를 팔았다. 그곳에 가면 호머 프라이스(로버트 매클로스키가 쓴 동명의 동화 속 주인공으로, 도넛을 끊임없이 만들어내는 기계를 관리하느라 고생한다 – 옮긴이)와 그의 도넛 기계가 된 듯한 기분이 들곤 했다. 나는 여자 친구와 헤어지거나 서평이 안 좋게 나올 때마다 그곳을 찾았다.

제프는 그렇게 내 성장기의 여름에 나와 친구가 되었다. 그는 나의 캠프 카운슬러였다. 산꼭대기까지 누가 더 빨리 가나 시합을 하기도 하고, 나를 연못 속에 빠뜨리기도 하고, 나무 뒤에서 나타난 사슴이 내 모자를 잡으려 달려들 때 실수로 내 머리에 총을 쏠 뻔하기도 했던…… 또한 제프는 외국 유학과 린다와의 결혼을 권유한 인생 코치이기도 했다. 그는 내가 마음으로부터 존경한, 그리고 존경받아 마땅한 나의 큰형이었다.

내가 암에 걸렸을 때 엽서를 보내온 사람도 제프였다. 그는 눈이 오거나 햇볕이 쨍쨍하거나, 휴가 때나 평일에나 매일같이 엽서를 보냈으며, 내가 병을 앓는 동안 계속해서 엽서를 보내겠노라고 말해주었다.

나는 우리 딸들이 제프의 이런 자질을 본받았으면 한다. 이웃의 소중함을 아는 이의 다정함, 생의 절반을 해외에서 보낸 이의 열린 마음을 배웠으면 한다. 제프는 우리 딸들에게 마을 사람들과 어울리는 법을 알려줄 것이고, 보다 넓은 세상을 경험하게 해줄 것이다.

제프는 아이들에게 여행하는 법을 가르쳐줄 것이다.

암 진단을 받은 몇 주 후, 우리 가족은 짐을 챙겨서 91번 고속도로를 타고 농장으로 향했다. 그날 오후 제프는 우리 딸들을 트랙터에 태워주었고, 달아난 돼지들을 뒤쫓을 수 있게 해주었다. 나중에 제프와 나는 푸른 언덕을 배경으로 사과 과수원이 내려다보이는 버려진 헛간으로 갔다. 우리는 접이의자를 꺼내 앉았다. "내가 할 수 있는 최선은 이걸 읽는 거예요." 나는 이렇게 말한 후 숨을 깊이 들이마시고 아빠들에게 보내는 편지를 읽기 시작했다. 목이 메어 말을 잇기가 힘들었다.

"당신이 아이들의 아빠가 되어주지 않겠습니까?"

"제 목소리가 되어주지 않겠습니까?"

갑자기 늙어버린 기분이었다. 하지만 안심이 되기도 했다. 제프를 바라보니, 눈에는 눈물이 그렁그렁했고 몸은 딱딱하게 굳어져 있었다. 그를 너무 힘들게 한 것 같아서 마음이 아팠다.

편지를 마저 읽고 나자 눈앞의 경치가 더 이상 아름답지 않았다.

땅바닥이 마치 장지葬地 같았다. 우리는 원치 않는 장소에 도달한 여행자들이었다.

"그러지." 제프는 잠시 내가 잊고 있었던 편지 속 질문에 자상하게 대답했다. "그렇게 하고말고." 그는 잠시 멈췄다가 다시 말을 이었다. "나는 말을 잘하는 사람이 못돼. 그냥 행동으로 보여주는 아빠가 되겠네."

불현듯 내 아이디어는 더 이상 내 것이 아니었다. 린다의 것도 아니었다.

그것은 제프의 것이 되었다.

아빠 위원회라는 생각은 이제 그 자체로 생명력을 지니게 되었다.

1949년, 제프의 아버지 조지 슘린은 유럽에서 여름을 보내고 배를 타고 돌아오는 길이었다. 그는 퍼트니 고등학교의 영어 선생님이었다. 어느 날 밤 폭풍이 거세게 일어 뉴암스테르담호의 승객 대부분은 잠을 청하러 갔다. "바텐더까지 멀미를 했지"라고 제프가 설명했다. "아버지는 카드놀이를 할 사람들을 찾았는데, 그중 한 사람이 브리티시컬럼비아 대학에서 공부하던 우리 어머니였어. 어머니도 위장이 튼튼하고 브리지 게임을 할 줄 알았거든." 이듬해 여름, 두 사람은 파리에서 일주일을 함께 보냈다. 그 다음 해에 조지가 근무하는 학교의 교장선생님이 두 사람에게 학생들을 인솔하여 유럽에 다녀오라고 제안했다. 단, 결혼을 해서 떠나야지, 그렇지 않으면 학생들에게 본이 되지 않을 것이라는 말과 함께. 두 사람이 함께 지낸 날이 열흘도 채 안 됐을 때의 일이었다.

"두 분은 그해 여름 무언가 재미난 것을 하기 위해 떠났고, 곧 경험을 통한 배움의 가치를 깨달았네." 제프가 말했다. "그리고 그것이 우리 가족의 핵심 철학이 되었지. 공동체 생활을 통한 성장과, 배움에 있어 몰입의 중요성 말이네." 몇 년 후 제프의 부모는 퍼트니 학생 여행사를 차렸고, 얼마 안 가 수백 명의 회원이 생겨났다. 제프와 형제들은 곧 가족 사업에 동참해야 했다. "여행 온 사람들이 떠날 때마다 아버지는 뉴욕으로 차를 몰고 가서 그들을 전송하셨어." 제프가 말했다. "아버지는 종종 센트럴파크사우스의 바비존 플라자 호텔에서 연설을 하셨지. 방 뒤쪽에서 우리가 미친 듯이 뛰노는 가운데 말이야."

"뭐라고 말씀하셨는데요?"

"버스에 탄 사람들이 각자 따로 놀거나 남들이 가본 곳만 구경하는 단체 관광과, 아버지가 권하는 관광의 차이점에 대해 말씀하셨네. 모험을 해볼 것과 가족과 함께 살 것, 불편한 일을 해볼 것 등을 말씀하셨지. 외모에서도 그렇고 말하는 방식에서도 그렇고 아버지에게서는 위엄이 느껴졌어. 아버지의 말씀을 듣다 보면 여행이 진지한 문화 체험이라는 느낌이 들곤 했지."

제프는 대학생 때부터 여행 그룹을 인솔했다. 외국어를 잘하는 데다 소년다운 호기심이 가득해서 여행 가이드로는 아주 그만이었다. "물론 관광 명소에도 들렀지만," 제프가 말을 꺼냈다. "나는 주로 학생들을 데리고 조그만 골목길을 돌아 파리의 잘 알려지지 않은 곳을 구경하거나, 자전거를 타고 브르타뉴의 해변으로 가서 밤에 모닥불을 피워놓고 프랑스 아이들과 함께 어울리곤 했어."

"거기에 무슨 의미가 있을까요?"

"여행을 해본 사람이라면 누구나 가장 좋았던 때는 생각지도 않은 경험을 했을 때라고 말할 거야. 비오는 날 기분도 울적한데 박물관에 가려고 아침부터 서두르다가 막상 도착해서 보니 문이 닫혀 있다고 생각해보게. 그럴 땐 재빨리 생각을 바꿔야 해. 사방을 둘러보고 노인들이 체스를 두고 있는 조그만 카페에 들어가 보는 걸세. 코코아를 마시며 옆자리에 앉은 사람들에게 이제까지 살아온 이야기를 들려주는 거야. 그들이 살아온 이야기도 들어주고 말이지. 그러면 생각지도 못한 유대감이 싹튼다네. 박물관에 가거나 여행 안내서를 읽거나 테이프를 듣는 것보다 훨씬 의미 있는 일이지."

1983년 내가 지원서를 써 보냈을 때 제프는 세 번째 여행을 준비하던 중이었다.

"자네는 나의 경험주의 철학을 빛내주기에 아주 그만인 인물이었지." 제프가 회상했다. "첫째, 자네는 여행 경험이 없었어. 둘째, 자네의 지원서는 '나는 사람들과 어울리는 것을 좋아합니다'라는 말로 시작했네. 처음부터 자네는 내가 무슨 아이디어를 내도 그것을 시도해볼 준비가 돼 있었어. 내가 노래로 분위기를 띄우려고 하면 자네는 자기표현에 서툰 나와는 좋은 대조를 이뤘지. 자네한테는 온 세상이 무대였으니까. 자네는 열렬히 호응해주었고, 곧이어 자네와 내가 가스펠 송을 부르면 다른 학생들도 따라 부르곤 했어. 게다가 우리는 무의미한 일들도 많이 했지. 단지 지그재그로 가기 싫다는 이유만으로 스위스 알프스의 등산로를 이탈한다든가 하는 식으로……."

나는 그해 여름에 특히 기억에 남은 두 가지가 있다고 말했다. 하나는 다소 보수적이고 늘 사람들에게 좋은 인상을 심어주고 싶어 하는 평소의 나로서는 마법처럼 여겨지는, 도가 지나친 장난들이었다.

네덜란드에서 소를 쓰러뜨리려 한 일이라든가 피렌체에서 주차장에 있는 작은 차를 번쩍 들어 올려 반대 방향으로 돌려놓은 일, 파리의 오페라 하우스에 열린 문틈으로 숨어들었다가 '오페라의 유령'을 찾아 지하 터널을 전력 질주한 일 등……. 나는 그런 경험들이 무엇을 말해주느냐고 제프에게 물었다.

"내가 지도력을 발휘하는 방식이 미숙했음을 말해준다네!" 우리는 웃음을 터뜨렸다. "이건 진지하게 하는 말인데, 내 철학은 모험을 두려워 말고, 어리석어 보이는 무언가를 해보라는 걸세. 그때 우리에겐 파리 오페라 하우스의 뒷좌석에 앉아 있을 권리가 없었지. 하지만 누군가를 만났을 때 조금이나마 세상을 알고 싶어서 그랬다고 말한다면 얼마나 멋진 설명이 될 것인가? 게다가 쫓겨나기까지 했다면? 후손들에게 두고두고 들려줄 멋진 이야깃거리가 될 걸세. 그러니까 기회를 잡아야 해. 차를 돌려놔야 하고, 소를 쓰러뜨려야 해."

두 번째 추억은 네덜란드 흐로닝언에서 일주일간 민박을 한 경험이다. 첫날 저녁, 생선과 감자와 요구르트 등 놀라우리만큼 하얀 음식 일색이었던 식사를 마친 후 민박집 식구들은 텔레비전을 보러 가고 나는 화장실로 향했다. 그런데 문제가 생겼다. 변기의 물을 어떻게 내리는지 알 수가 없었던 것이다. 손잡이도 없고, 버튼도 없고, 레버도 없고, 로프도 없었다. 나는 천장 가까이에 물탱크가 있는 것을 보고 수동으로 변기 물을 내리기로 했다. 변기 뚜껑을 밟고 올라가 물탱크에 손을 뻗어 덮개를 벗기려는 순간, 바깥에서 문 두드리는 소리가 들렸다.

"괜찮니?" 누군가가 물었다.

"네, 괜찮아요." 나는 쾌활하게 대답했다.

식구들은 거실로 돌아갔다. 그런데 민박집의 어린 딸이 화장실 문에 몸을 바싹 기댄 채 이렇게 속삭였다. "파이프를 잡아당겨요!" 그날 밤 나는 울다가 잠이 들었다. 그 후 근처 언덕까지 자전거를 달리고 정육점 지하실에서 모슬린 주머니에 간肝 소시지를 담으면서 일주일을 보내는 동안 민박집 식구들과 어찌나 정이 들었던지, 헤어질 때가 되자 민박집 딸과 친구들은 커다란 성조기를 들고 미국 국가를 부르며 기차역까지 전송해주었다.

"우리 아버지가 그 이야기를 들으셨으면 감격의 눈물을 흘리셨을 텐데……." 제프가 말했다. "아버지가 센트럴파크사우스에서 하신 연설의 핵심이 그거거든. '여행은 쉬운 일이 아니다. 적응을 해야 한다. 하지만 손에 흙을 묻혀라. 지하실에 내려가라. 내려가서 주머니에 소시지를 담아라. 관광객이 되지 말고 여행자가 되어라.'"

"여행자란 어떤 사람을 말하는데요?" 내가 물었다.

"여행자란 익숙한 것들을 떠나 의식적으로 새로운 것들을 추구하는 사람을 말하지. 기꺼이 삶의 속도를 늦추고, 무언가를 성취해야 한다는 압박감에서 벗어나 색다른 일을 할 기회를 잡으려는 사람, 가정에서의 일상사, 즉 무엇을 먹고 언제 자고 어떻게 씻을 것인가 하는 것에서 자유로운 사람……."

제프는 계속해서 말을 이어나갔다. "시골 마을에서 치즈를 만드는 사람을 만나면 곧바로 헛간에 들어가 팔꿈치까지 유장乳漿에 담가보는 거야. 탄자니아에서 간이 화장실을 사용하고 지저분한 바닥에서 잠을 청하다가 벌레가 나타날 때마다 비명을 질러댄 다음, 결국 수마일 바깥에서 양동이로 물을 길어다 먹는 그곳 사람들도 나와 마찬가지로 행복하다는 것을 깨닫는 거지. 아프가니스탄의 환영 만찬에서 정체불명의 음식을 먹고서 나중에 그것이 염소의 위라는 걸 알게 되는 거야. 그곳 사람들이 단지 의사소통이 된다는 사실만으로도 감격하여 나를 위해 염소를 잡았음을 알게 되는 거지."

어느새 오후가 지나 저녁이 되었다. 집에서 가족들이 기다리고 있을 터였다. 우리는 자리에서 일어났다.

"그러니까 지금으로부터 10년 뒤에," 나는 말을 꺼냈다. "바비존 플라자 호텔에서 다시 만났다 쳐요. 우리 딸들은 첫 해외여행을 앞두고 있고, 형님에게는 아버님에게서 풍기던 것과 같은 위엄이 풍겨요. 그리고 나는……, 이렇게 말해서 미안하지만 거기 없어요." 이 말을 하고 나자, 잠시 우리가 만난 이유를 상기할 수 있었다. "그때 우리 딸들에게 무슨 말씀을 해주시겠어요?"

제프는 숨을 깊이 들이마셨다. "아마 이렇게 말하겠지. '얘들아, 너희들은 세상을 향해 열려 있는, 그리고 배움을 중시하는 환경에서 성장했단다. 너희들에게는 첨단 문명을 받아들일 기회가 많이 있을 거야. 하지만 나는 어린아이가 진흙이 고인 물웅덩이에 다가가듯 그런 기회에 다가가라고 말하고 싶구나. 고개를 숙여 물웅덩이에 비친 자신의 모습을 들여다보기도 하고, 그 안에 손가락을 집어넣어 보기도 하고, 손으로 물을 휘저어보기도 하고 말이야. 혹은 그 안에 뛰어들어 물장구를 치기도 하고, 그때의 느낌은 어떻고 물맛은 어떤지 알아보기도 하고…….'"

다시 한 번 제프의 눈이 네덜란드의 아쉼뷔르흐 성 뒤편에서 나와 어울리던 그날 밤처럼 반짝거렸다. 그의 표정이 '소를 쓰러뜨리러

가자'라고 말하는 듯했다. 사실 그날 우리는 소를 쓰러뜨리지 않았다. 그리고 소를 쓰러뜨리려는 사람은 아무도 없었다. 소가 서서 잠을 자는 일조차도 없었다.

"나는 아이들에게 이렇게 말하겠네. '나는 너희들이 물웅덩이 속으로 뛰어들기를 바란단다.'" 제프가 말을 이었다. "'그리고 거기서 나올 때는 진흙이 잔뜩 묻어 있기를 바래.'"

당신의 말을
우리가 듣고 있습니다

형은 거기에 총이 있다는 것을 알고 있었다. 아버지는 할아버지가 우울해하는 것을 눈치 채고 있었고, 어머니는 할아버지에게 일 외에 다른 출구가 필요하리라 생각했다.

1983년 3월 30일 수요일, 점심시간 직전에 에드윈 J. 파일러는 우리 집 바로 뒤편의 얼리가에 있는 자택의 서랍상 앞에 서 있었나. 그는 가족들에게 남기는 메모를 쓴 후 금색과 흰색의 타일로 장식된 욕실로 걸어 들어갔다. 우리가 기억하는 한 할아버지와 할머니는 같은 침실을 쓴 적이 없었다. 그것은 극히 남부적인 현상인지도 모른다. 떠돌이 외판원의 아들로 태어나 소읍의 변호사가 된 할아버지는 점잖고 고상한 것들을 동경했다. 정부로부터 명예로운 직함을 수여받은 할아버지는 볼티모어 출신의 우리 어머니를 처음 만났을 때도 "나를 '대령님'이라고 불러다오"라고 말해서 모두를 놀라게 한 적도 있었다. 할머니와 같은 침실을 쓰지 않는 것도 그처럼 격식을 중시하는 일면을 보여주는 것인지도 모른다. 아니면 드러내어 표현하지 못한 고통의 흔적인지도 모른다.

"그날 아침 그분과 두 시간 동안 함께 있었어요." 할아버지의 도서실 사서로 일하던 재지 잉그램이 회고했다. "파킨슨병이 더 악화되어 치매 증상을 보이셨죠. '다시는 사무실에 돌아오지 않을 거요'라고 말씀하셨어요. 저는 '그럴 리가요!'라고 대답했죠. 지금 생각해보니 제게 어떤 신호를 주신 거였어요."

욕실에 들어간 할아버지는 거울에 비친 자신의 모습을 보았을 것이다. 한때 명랑했던 안경 낀 얼굴과 넓은 콧방울과 앞니 사이의 벌어진 틈도 보았을 것이다. 어쩌면 잠시 그대로 서 있었을지도 모른다. 일흔여덟 살 생일을 12일 앞둔 때였다. 한 달 후면 내가 고등학교를 졸업할 터였고, 이듬해엔 결혼 50주년 기념일을 맞을 터였다.

할아버지는 관자놀이에 총을 쏘았다.

몇 발짝 건너편의 침실에 있던 할머니가 총소리를 듣고 달려와 보니 할아버지가 몸을 구부린 채 바닥에 쓰러져 있었다. 아직 살아 있었다. 할머니는 아버지에게 전화를 걸었다. "네 아버지가 권총 자살을 시도했어. 피를 어찌나 많이 흘렸는지⋯⋯." 아버지는 서둘러 병원으로 갔다. 의사는 "결코 예전과 같은 상태로 돌아갈 수 없을 겁니다"라고 말했다. 아버지는 할아버지의 소원을 들어 드리기로 했다. 연명 치료를 중단시킨 사람은 아버지였다.

"아버지는 우리의 부담을 덜어줄 생각이셨지만 오히려 평생 떨칠 수 없는 부담을 안겨주셨지"라고 아버지는 말했다.

세월이 흐르면서 할아버지가 남긴 녹음테이프에는 흠집이 생겼지만, 그 안에 담긴 할아버지의 목소리는 느릿하면서도 맑고 힘이 있었다. 그것은 옛 시골 마을의 정취를 담은 여름철의 흰 옥수수를 연상케 했다.

이 이야기는 1905년 4월 11일 미시시피 주 머리디언에서 태어난 에드윈 제이콥 파일러의 일대기가 될 것이다. 나는 이것을 20세기의 3분의 2라고 부르려 한다. 1905년부터 1970년 현재까지, 내가 태어나서 활동한 시기가 대략 20세기의 3분의 2를 차지하기 때문이다.

할아버지는 1970년부터 1982년 사이에 카세트테이프 28개에 자신의 어린 시절과 학창 시절, 그리고 다채로운 직업적 성취를 거둔 이후의 일들을 자세히 녹음해두었다. 그 무렵 할아버지는 갈색 포드 그라나다를 천천히 몰기로 악명이 높았는데, 차를 운전하면서 녹음을 하곤 했다. 할아버지가 돌아가신 후 아버지는 그 테이프 안에 든 내용을 글로 옮겨 적었다. 400쪽이 넘는 그 분서는 20년 넘게 아무에게도 읽히지 않은 채 가족 금고실 안에 보관되어 있었다. 내가 암에 걸리기 전까지는…….

나는 죽음에 직면하여, 갑자기 할아버지가 왜 그렇게 생을 마감하셨는지 몹시 알고 싶었다. 오래전부터 할아버지에 대해 품고 있던 의문들에 대한 해답을 그 테이프에서 발견할 수 있을지 궁금했다. 그리고 우리 딸들에게 도움이 될 만한 어떤 것, 이를테면 우리 가족에 대한 단서 같은 것들이 담겨 있는지도 궁금했다. 딸들에게 무슨 말을 들려줘야 할지를 고민하던 해에, 나는 먼저 오늘의 나를 있게 해준 조상들의 목소리에 귀를 기울여야 했다.

에드윈 제이콥 파일러는 미시시피 주의 머리디언이라는, 앨라배마 주에 인접한 철도 마을의 소박한 목조 가옥에서 성장했다. 그 집에는 중앙난방장치도 없었고 온수를 이용한 히터도 없었다. 할아버지는 "내가 태어날 무렵 마을에 전기가 보급되었다"라고 녹음테이프에서 말했다. 일주일 중 가장 즐거운 날은 화물열차가 얼음을 싣고 오는 날이었는데, 그날에는 가게에서 시원한 코카콜라를 주문할 수 있었기 때문이었다.

파일러 가문은 독일에 거주하다가 19세기에 미국으로 이민 와서 뉴욕을 우회하여 남부 깊숙한 곳까지 내려온 유대인들의 후손으로, 주로 식품이나 직물 사업에 뛰어든 사람들이 많았다. 증조할아버지 멜빈은 그런 회사 중 한 곳에서 외판원으로 일했는데, 한 달에 250달러 이상을 벌어본 적이 없었다. 할아버지의 말에 따르면, "수익이나 여윳돈이라고 할 만한 돈을 가져본 적이 없었다."

할아버지는 증조할아버지의 역경을 통해 교훈을 가슴에 새겼고, 훗날 어느 토요일 아침 가족이 경영하는 회사로 출근하는 차 안에서 우리에게 그것을 들려주었다. 바람직한 삶은 일하는 삶이며 최고의 가치는 노동이라는 것, 그리고 누구도 빼앗아갈 수 없는 한 가지 보물은 성실하게 일해왔음을 아는 데서 오는 자기 확신이라는 것이었다.

할아버지는 열악한 환경 속에서도 열심히 일했다. 야구공을 던질 수 있을 만큼 자랐을 때부터 일을 시작했는데, 세탁소에서 일하며 수금을 하러 다니기도 했고, 잡지를 팔기도 했고, 오페라 극장에 무대장치를 운반하기도(그리고 주변을 어슬렁대면서 여배우들에게 추파를 던지기도) 했다. 할아버지는 스탠리 제약회사라는 곳에서 만든, 98퍼센트가 알코올 성분인 위장약과 99퍼센트가 알코올 성분인 헤어토닉을 배달하는 일을 하기도 했다. "그 당시에는 그런 약품들을 파는 게 금주법 때문이라는 사실을 몰랐지."

할아버지는 자기계발에 몰두했다. 도서관에 가서 백과사전 한 질을 다 읽었고, 학교에서는 우수한 성적을 거둬 선생님들의 칭찬을 받았다. 1차 세계대전 종전 1주년 기념일에는 학생들이 예고 없이 등교 거부를 했는데, 할아버지는 "나는 비행기를 탈 생각이 전혀 없었던 것처럼 학교를 그만둘 생각도 없었다"라고 말했다. 등교 거부를 단행한 학생들은 2주간 정학을 당했고, "거의 전원이 낙제를 했다."

할아버지는 조지아 주립대학을 졸업한 뒤 법학대학원에 진학해서 성적이 상위 10퍼센트 안에 드는 우등생들의 모임인 '파이 카파 파이Phi Kappa Phi' 클럽의 회원이 되었다. 그리고 잠시 육군에서 복무하다가 서배너로 옮겨왔다. YMCA 안에 사무실을 얻고 일을 시작했지만 실망스럽게도 변호사를 찾는, 혹은 존경하는 사람들은 별로 없었다. 그래서 할아버지는 그가 가장 잘하는 것, 즉 '적응'을 했다. 사람들에게 유언장을 작성해주고 감옥에서 빼내주고 갱들과 포르노 작가들의 변호를 맡았다. 그러다가 행운이 찾아왔다. 증기선 한 척이 대서양에 가라앉았는데 이와 관련된 소송을 맡은 것이다. 그리고 철길에서 6미터 이내에 죽어서 누워 있는 소가 발견되면 철도회사가 배상하도록 되어 있는 법에 반대하여 철도회사를 변호하는, 누구나 선망하는 일을 맡게 되었다.

1959년 아버지가 할아버지와 함께 일하게 되었을 때 두 사람은 저소득층을 위한 대부업을 시작했다. 별 볼일 없는 에디 파일러가 마침내 오랫동안 갈망해오던 사회적 지위를 얻기에 이른 것이다. 할아버지는 테이프의 마지막 부분에서 이렇게 말했다. "나는 성공한 일들에 대해서만 이야기하고 실패한 일은 의도적으로 배제했다. 고생담을 늘어놓아 사람들을 지루하게 하고 싶은 생각은 없으니까. 성공담만으로도 이미 충분히 지루할 테니까!"

그러나 문서를 읽어 내려가면서 나는 할아버지의 성공에 어둡고 때로 슬프기까지 한 이야기가 스며 있음을 감지했다.

우선 할아버지는 소읍 생활의 불쾌한 이면, 즉 경찰서와 판사 사무실 사이에 돈이 오가는 것에서부터 밀주를 담그는 법에 이르기까지 대단히 솔직하게 묘사했다. 육군에서 서배너 인근에 군 기지를 건설할 계획을 세우자 할아버지는 친구와 함께 차로 종일 달려 콜럼버스로 가서 군인들이 어떻게 돈을 쓰는지를 살펴보았다. 할아버지는 당시 다섯 살이던 아버지를 데리고 갔지만 술집을 둘러보러 갈 때는 아기를 호텔에 두고(그것도 혼자!) 갔다. "집에 와서 아내에게 그 이야기를 했다가 얼마나 타박을 들었는지 모른다!"

또한 갑작스럽고 때 이른 죽음의 기억이 평생 할아버지를 따라다녔다. 최초의 기억은 타이타닉호의 침몰이었다. 그리고 미시시피 주 농산물 전시회 때 할아버지는 처음으로 비행기를 보았는데, 그 비행기가 추락하여 조종사가 죽고 말았다. 훗날 피츠버그에 있는 한 회사에서 할아버지와 그의 동료에게 비행기를 타고 날아와 회의에 참석할 것을 제안했지만, 할아버지는 비행기가 안전하지 못하다며 거절했다.

할아버지의 친구는 비행기를 탔다가 추락 사고로 숨을 거뒀다.

더 심각한 건, 할아버지가 은행 파산과 주식 거래에 대해 아주 세세한 부분까지 기억한다는 점이었다. 할아버지의 회고록은 때때로 어찌나 건조한지 우리 가족을 만나러 타이비 섬에 오셨을 때를 언급한 부분에 이르자 안도감이 느껴질 정도였다. 그러나 12년 동안 테이프 28개에 자신의 삶을 녹음하면서, 할아버지는 할아버지의 어머니에 대해 아무 말도 하지 않았다. 누이들에 대해서도 이야기하지 않았다. 아내의 이름을 언급한 적도 없으며, 연애 기간이나 결혼식에 대한 이야기도 하지 않았다. 우리 아버지에 대해 언급한 부분도 다섯 군데가 채 안 되었고, 삼촌에 대한 언급은 그보다 더 적었다. 우리 어머니 이야기는 아예 나오지도 않았고, 형과 나에 대해서만 딱 한 번 언급했을 뿐, 여동생에 대해서는 한마디도 언급하지 않았다. 여자들이 등장하는 경우는 훌륭한 비서를 구하기가 얼마나 어려운지 이야기할 때뿐이었다.

찢어지게 가난한 남부의 아들이었던 할아버지는 분명 가족을 사랑했다. 그러나 개인적인 감정에 전적으로 무관심했던 것은 결코 부인할 수 없다. 어쩌면 그것이야말로 내가 이제까지 찾아왔던 단서인지도 모르겠다. 할아버지는 자신을 어떤 관계로 규정하려 들지 않던 것뿐이다. 녹음테이프에서 할아버지는 일자리를 찾는 소년이었고, 승리를 갈구하는 변호사였으며, 성공 궤도에 진입한 사업가였다. 나는 늘 말년의 할아버지에게 말동무가 있었더라면 자신의 고통을 놓아 보낼 수 있을 거라고 생각했다. 그러나 회고록을 보니 문제는 훨씬 더 심각했던 것 같다. 할아버지에게는 자신의 이야기를 들어줄 사람이 아무도 없었다. 이 세상에 혼자라고 느꼈다.

어쩌면 그래서인지도 모른다. 파킨슨병이 더 심해지고 일을 하기 힘들어졌을 때, 자아에 대한 인식을 상실했을 때, 옆방에 있는 아내나 사업의 기틀을 다지기 위해 열심인 아들이나 인생의 전환점에 도달한 손자의 기분을 헤아리지 못한 것은……

할아버지는 일을 할 수 없었다. 더 이상 살아갈 이유가 없었다.

앰뷸런스가 병원을 향해 떠난 후 재지 잉그램은 얼리가 333번지로 가서 할아버지가 욕실 타일에 쏟아놓은 피를 닦았다.

"저는 그분을 좋아했어요." 재지가 설명했다. "제게는 아버지나 마찬가지였죠." 재지와 나는 지난 4반세기 동안 재지가 사용해온, 예전의 할아버지 사무실에 앉아 있었다. 재지는 사탕수수 시럽처럼 달콤한, 그리고 때때로 방울뱀이 깨무는 것처럼 톡 쏘는 듯한 어조로 말했다. "보여드리고 싶은 게 있어요."

그녀는 금고실로 들어가더니 종이를 한 장 들고 나왔다. 누렇게 바래고 고통으로 얼룩진 종이 위에 마치 어린아이가 쓴 것 같은 커다란 글씨체로 이렇게 쓰여 있었다.

이렇게 병든 상태로 계속 살아갈 수는 없다. 그래서 스스로 목숨을 거두기로 한다.

에드윈 J. 파일러

할아버지는 늘 살던 곳에서 생을 마감했다. 마지막 메모 한 장을 남기고. 할아버지의 마지막 행동은 양심적이고 프로답고 침착했다. 거기에는 역시 감정이 배제되어 있었다.

"한 가지 알려주고 싶은 게 있어요." 재지가 말했다. "그때는 당신이 고등학교 졸업을 한 달 앞둔 시점이었지만 저는 그분이 당신을 자랑스러워하셨다는 것을 알아요. 그분은 당신을 사랑하셨어요. 그걸 알아야 해요."

나는 아무 말도 하지 못하고 몸이 굳은 채 거기 앉아 있었다. 눈물이 뺨을 타고 흘러내렸다. 할아버지에게서 인정받기를 바란 적은 없었지만 그동안 줄곧 인정받기를 기다려왔다는 사실을 깨달았다.

병든 몸으로 할아버지의 사무실에 앉아 있자니 할아버지의 죽음이 달리 보였다. 더불어 가장으로서의 역할에 대해서도 달리 생각하게 되었다. 당대의 다른 많은 남자들, 특히 남부의 남자들처럼 할아버지도 병을 말없이 홀로 견뎌내야 하는 것으로 여겼다. 할아버지는 마음속의 근심조차도 가족들에게 털어놓지 않았다. 반면에 나는 가족과 친지들에게 정기적으로 편지를 쓸 뿐만 아니라 이메일도 보냈다. 이는 잘 알지도 못하는 사람들에게까지 내 이야기가 전해졌다는 뜻이다.

할아버지는 당신의 감정에 대해 이야기한 적이 없었다. 그런데 나는 온통 내 감정만을 쏟아놓았다.

'병든 상태로 계속 살아갈' 방법을 찾고자 하는 사람으로서, 나는 불현듯 할아버지가 아내 없이 혼자 잠을 청하던 침실이 보고 싶어졌다. 할아버지가 메모를 쓰던 그 서랍장과 마지막 순간 자신의 모습을 비춰보았을 거울 앞에 서보고 싶었다. 후대의 사람들이 무엇을 배웠는지 세대를 건너뛰어 소리쳐 말하고 싶었다.

"우리가 듣고 있어요, 할아버지."

"할아버지는 혼자가 아니에요."

8월 15일

가족 및 친지 여러분께

지난주에는 브루클린에 비가 내리더니 그 후로 며칠째 맑고 화창한 날씨가 이어지고 있습니다. 지은 지 125년 된 브루클린 다리는 산뜻해 보이고, 다리 한쪽의 저 유명한 산책로는 무지개가 끝나는 곳에 묻혀 있다는 금 항아리처럼 반짝거리네요.

  7월 31일, 10여 차례의 화학 치료 중 첫 번째 치료를 받으러 맨해튼의 메모리얼 슬로언케터링 병원에 갔습니다. 화학 치료는 1~3주 간격으로 받게 돼 있는데, 처음에는 심장에 무리가 갈 수도 있다고 해서 병원에 입원해서 치료를 받았습니다. 한 달은 족히 됨직한 시간이 흐른 후 약을 잔뜩 내주더군요. 간호사가 정맥주사로 시스플라틴을 투여하고 아드리아마이신(둘 다 항암제의 일종-옮긴이)이 든 주사기 세 대의 포장을 벗겼습니다. 주사기 속의 액체는 마치 녹은 막대사탕이나 셜리 템플(석류 시럽과 진저에일을 혼합한 무알코올 칵테일-옮긴이)과 같은 빛깔이었어요. 저는 항암제들에게 "살살 다뤄줘."라고 말한 후 눈을 감았습니다. 눈꺼풀 안쪽에서 눈물이 솟았지만 린다 앞에서 우는 모습을 보이고 싶지는 않았습니다. 앞으로 9개월 동안 항암제가 제 몸에 어떤 작용을 하느냐에 따라 남은 평생이 좌우될 것입니다. 얼마나 오래 살 것이며 삶의 질은 어떨지, 또 과연 살 수 있기는 한지 같은 것들 말입니다. 간호사는 제게 반응이 나타나는 것을 보았나 봅니다.

"괜찮으세요?" 그녀가 물었습니다.

"몸은 괜찮아요. 그런데 심리적으로 견디기가 힘들군요."

"너무 걱정하지 마세요." 그녀가 대답했습니다. "치료를 받으면 나아질 거예요."

왼쪽 대퇴골의 생검 결과 조골세포 골육종의 정도가 심각하다는 게 확인되었습니다. 수술을 담당한 힐리 박사의 말처럼 저는 '힘든 질환'을 앓고 있습니다. 소아 육종은 성인에게서는 좀처럼 찾아보기 힘든 병으로, 처음 5년 안에 폐로 전이될 확률이 30~40퍼센트에 이릅니다. 그 수치를 들은 날 아침은 제 생애 최악의 아침이었습니다.

그렇긴 해도 이런 종양에는 화학 치료가 효과가 있다고 하고, 완치가 되는 경우도 많다고 합니다. 의사들의 공통된 의견은 왼쪽 대퇴골에 7센티미터가량의 종양이 생겼다고 해서 죽지는 않는다는 것입니다. 종양은 나중에라도 제거하면 되지만, 혈액 속에 퍼져 있을지도 모르는 암세포가 더 큰 문제라고 하네요. 그런 연유로 우리는 당분간 종양을 그냥 두기로 했습니다.

슬로언케터링 병원의 종양학자 로버트 매키 박사는 껑충한 키에 말수가 적은 게 저와 닮았다고들 합니다(적어도 외관상으로요. 그것도 체중이 조금 덜 나간다면 말이죠). 힐리 박사가 흡사 《일리어드》에 나오는 활달한 전사 같다면, 매키 박사는 고결한 사회개량주의자 같아서, 에이브러햄 링컨으로 분한 그레고리 팩을 떠올리시면 딱 좋을 듯합니다. 매키 박사의 말로는 4~6개월간 화학 치료를 받은 후 종양을 제거하고 다시 3개월간 화학 치료를 받은 뒤에 물리 치료를 받아야 한다더군요. 암 치료를 받느라 한 해를 그냥 보낼 것 같습니다.

주로 십 대들에게 사용되는 치료법에 마흔네 살 된 남자가 어떻게 반응하느냐에 따라 치료의 세부 사항이 결정될 것입니다. 많은 분들이 이미 알고 계시겠지만, 화학요법의 기본 개념은 혈액 내에 독성이 강한 약을 흘려보내 성장과 분열이 빠른 암세포들을 공격하는 것입니다. 그런데 그렇게 되면 암세포만 파괴되는 게 아니라 머리카락도 빠지고 소화기관에도 이상이 생깁니다. 게다가 제게 처방된 항암제는 중추신경계에도 악영향을 미친다는군요. 항암제 주사가 들어가면 우리 몸은 주요 장기를 보호하려 하기 때문에 주변부가 손상을 입기 쉽습니다. 제 경우에는 손가락과 발가락에 마비가 올 수도 있고 영구적으로 청력을 상실할 수도 있지요. 따라서 금기 사항을 엄수해야 합니다. 스시도 먹지 말아야 하고 매니큐어를 바르거나 문신을 해서도 안 됩니다. 정말이지 오토바이를 타고 다니는 일본의 멋쟁이들은 어떻게 이런 생활을 견뎌낼까요?

부작용에 있어서는, 항암제 주사를 맞고 난 첫 주가 몹시 힘들었습니다. 속이 울렁거리고 가슴이 타들어가는 듯하고 입이 마르고 피곤했습니다. 그리고 머릿속에 멕시코시티 상공을 뒤덮은 스모그처럼 두터운 안개가 낀 듯한 증세가 나타났습니다. 저는 하루 종일 침대에 누워 있었습니다. 일어나 앉아 있는 시간은 30분도 채 안 되었고, 먹은 것이라곤 닭고기수프 반 그릇과 젤오(크래프트에서 만든 젤리 과자-옮긴이)가 전부였을 겁니다. 전화도 어쩔 수 없이 해야 했던 몇 통화를 제외하고는 일체 하지 않았습니다. 머릿속에 안개가 낀 듯한 이런 상태로는 발레를 하는 아이들 중에서 우리 딸들을 식별해내기도 힘들 것 같았습니다. 밸런타인데이 때까지 침대에서 누워 지내야 한다면 어쩌나 하고 걱정했죠.

7일쯤 지나자 에너지와 식욕이 놀랍게 왕성해졌습니다. 둘째 주에는 여남은 명의 친척들과 동해안 고속도로를 오가며 이삿짐을 옮기고, 집수리를 감독하고, 마이클 펠프스가 먹는 만큼(하루에 1만 2000킬로칼로리의 음식물을 섭취한다고 알려져 있음-옮긴이) 거대한 양의 음식을 먹어치웠습니다. 바비큐와 타코, 그리고 신시내티에서 보내온 그레이터 체리 아이스크림을 앉은 자리에서 다 먹었지요. 다시 주사를 맞을 때까지 한 주가 더 남았으니 그동안 힘을 비축할 수 있을 것 같습니다.

그래, 집안사람들 모두가 어떻게 지내느냐고요? 솔직히 그때그때 다릅니다. 모두들 무슨 일만 있으면 당장 행동에 돌입할 태세를 갖추고 있죠. 부모님과 처갓집 식구들, 형제들, 사촌들이 집안 살림과 아이들 양육을 도와주고 있습니다. 하지만 대부분은 린다의 몫입니다. 구토가 나서 새벽 두 시에 욕실로 달려가는 남편뿐 아니라 "디지털시계가 아침 일곱 시를 알릴 때까지 너희들 방에서 노는 거야!"라는 말의 의미를 아직 잘 이해하지 못하는 어린 딸들도 돌봐야 하니까요. 그런데 제가 최악의 상황일 때 린다가 그만 대상포진에 걸려 사흘간 근처의 호텔에서 따로 지내야 했습니다. 대상포진은 스트레스가 주된 원인이라고 하는데, 린다는 그녀의 말마따나 씩씩하게 병을 이겨냈답니다.

아이들은 새로운 생활 방식에 적응하고 있습니다. 저는 머리카락이 빠지는 게 항암제로 인한 부작용이 아니라 자발적인 선택이라는 것을 보여주려고 머리를 해병대 스타일로 깎았습니다. 아이들은 즉시 제 '짜브러운(아이들이 '짧은'과 '부드러운'을 합쳐 말한 것입니다)' 머리에 매료되었지요. 재미있는 이야기를 하나 더 보태자면, 할머니 두 분이 장차 제가 머리카락이 빠질 때를 대비해서 주인공이 대머리인 영화를 아이들에게 보여주기로 했다는 것입니다. 〈애니〉의 워벅스 아저씨와 〈왕과 나〉의 몽구트 왕이 후보에 올랐는데, 얼마 전 누군가가 〈왕과 나〉 마지막에 몽구트 왕이 죽는다고 지적하는 바람에 몽구트 왕은 후보에서 제외되었답니다.

처음 몇 주 동안은 에덴과 타이비에게 감정이입과 스트레스의 징후가 나타났습니다. 아이들은 제 목발을 뚫어지게 쳐다보면서 그것을 어떻게 사용하며, 목발을 짚는다는 게 어떤 의미인지를 알아내려고 애썼습니다. 에덴은 갑자기 다용도 반창고를 찾았고, 타이비는 이따금씩 다리를 절기 시작했습니다. 밤에 이불을 적시거나 악몽을 꾸기도 했지요.

며칠 전에는 새벽 네 시 반에 에덴이 타이비의 침대에 올라가 위아래로 뛰기 시작했습니다. 린다가 이 갑작스러운 소란을 해결하려고 위층으로 올라갔지만 곧 당황해서 어쩔 줄을 몰라 하더군요. 제가 거실로 나왔을 때쯤에는 에덴은 변기 위에 올라가 있었고 타이비는 울고……, 그야말로 혼란스럽기 짝이 없었습니다. 저는 아는 지식을 총동원해서 아이들을 진정시키려고 해보았습니다. 위협도 해보고, 칭찬점수로 회유도 해보고, 재미난 이야기를 들려주겠다고도 해보았습니다. 그렇지만 아무 효과가 없었습니다. 오히려 사태만 더 악화되었지요. 타이비는 브라질의 삼바 음악을 듣고 싶어 했고, 에덴은 디즈니의 만화영화에 나오는 사랑 노래를 듣고 싶어 했습니다.

더 이상 참을 수가 없었습니다. 저는 린다에게 화를 내고, 타이비에게 소리를 지르고, 에덴을 들어 올려 아이의 침대 위에 내동댕이쳤습니다. 그러고는 흐느껴 울기 시작했습니다. 악몽도 이런 악몽이 없었습니다. 제 병 때문에 주변 사람들 모두의 삶이 파괴되고 있었으니까요. 린다가 고통을 겪고, 딸들이 제멋대로가 되었습니다. 제 삶은 좌초되었습니다. 우리 가정은 심리적 문제들의 전시장이 되었습니다.

잠시 후 저는 에덴의 방에서 나오면서 불쑥 이렇게 말했습니다. "할 말이 있거든 서재로 오너라." 놀랍게도 5분 뒤에 에덴이 서재로 따라왔습니다. 에덴은 바닥에 앉아 있던 제 무릎에 기어올라 오른쪽 다리에 걸터앉았습니다. 저는 에덴의 기분이 어땠을지 생각해보았습니다. 에덴은 먼저 언니에게 화가 났고, 그 다음엔 엄마에게 화가 났습니다. 아이는 괴물이 우리 집에 침입해서 저녁 식탁에 함께 앉아 있다가 우리를 잡아먹는 꿈에 대해 이야기했습니다. "우리는 사라졌어요"라고 에덴이 말했습니다. "걷지 못했기 때문이에요."

'걷지 못했다'는 말이 버섯구름처럼 피어올라 사방을 내리덮었습니다. '걷기'란 우리 가정을 상징하는 행위입니다. 걷기는 아빠가 늘 해왔던 일입니다. 아이들이 걸음마를 하기 이전부터 말이죠. 린다는 아이들에게 제가 걷기와 관련된 책을 썼다고 알려주었습니다. 그런데 이제는 제가 할 수 없는 일이 되어버렸고, 에덴의 악몽 속에서 에덴도 다른 가족들도 할 수 없는 일이 되어버렸습니다. 에덴이 제 병을 내면화하여, 자신에게 일어날 수 있는 최악의 상황이 저처럼 되는 것이라고 상상한다는 것은 아동심리학 박사가 아니어도 알 수 있었습니다. 사실 우리가 처한 상황을 이보다 더 잘 묘사한 이야기도 없을 것입니다. 괴물이 우리 집에 침입해서 우리를 결딴냈다는……

어느새 서재 창밖으로 동이 트고 있었습니다. 에덴의 얼굴 표정은 그 어느 때보다 부드러웠습니다. 여리고 섬세한 살결이 뺨의 굴곡을 이루고, 엄마에게서 물려받은 날렵한 입매가 두려움으로 오므라들었습니다. 머리카락은 얼굴 주변에서 춤추듯 흔들거렸습니다.

저는 아이의 눈을 덮은 머리카락을 쓸어내고 뺨에 입을 맞춘 뒤 에덴을 꼭 안아주었습니다.

"아빠가 괴물을 쫓아낼 거야." 제가 말했습니다. "우리 집을 안전하게 지킬 마법을 알거든."

에덴이 제 다리를 내려다보며 물었습니다. "아빠, 이쪽이 아픈 다리예요?"

"아니, 그쪽은 튼튼한 다리야."

"둘 다 튼튼했으면 좋겠어요."

"곧 둘 다 튼튼해질 거야."

에덴이 손을 뻗어 제 왼쪽 허벅다리를 쓰다듬었습니다.

"하지만 나는 걸을 수 있단다." 제가 말했습니다. "단지 목발을 사용할 뿐이지."

"나도 아빠처럼 목발이 있었으면 좋겠어요." 에덴이 말했습니다. "아빠 목발을 같이 쓰게 해주세요."

에덴에게 방으로 돌아가고 싶으냐고 묻자 고개를 끄덕였습니다. 우리는 에덴의 방문 앞까지 걸어갔습니다. 에덴이 저도 같이 들어가야 한다고 고집을 피울지, 혹 울지는 않을지 걱정이 되었습니다. 하지만 아이는 즐겁게 침대 위로 올라가 잠잘 자세를 취했습니다. 마법이 효력을 발휘한 것입니다. 괴물은 사라졌습니다.

많은 분들이 쾌유를 비는 편지를 보내주어 감격스럽고 기뻤습니다. 고등학교 동창생들 태반이 연락을 취해왔고, 제가 자전거를 타고 가다 교통사고를 당한 어린 시절의 일을 기억하는 동네 분들과, 저와 키스를 한 여자 친구들이 소식을 전해왔습니다. 여러분 한 사람 한 사람과 개인적으로 대화를 나눌 수 없어서 못내 아쉽지만, 우리가 굳은 결의와 사랑과 유머를 총동원하여 암과 싸우고 있다는 것을 알아주시기 바랍니다. 우리는 가장 힘든 날들에도 그 의미를 발견하고 있으며, 지금의 상황 덕분에 다시 연결된 많은 사람들과의 인연을 소중하게 생각하고 있습니다.

암은 친밀함에 이르는 여권과도 같은 것임을 깨닫습니다. 그것은 인간의 가장 핵심적이고 두렵고 섬세한 영역으로의 초대이고, 어쩌면 그런 영역으로 들어가기 위해 꼭 필요한 것인지도 모릅니다. 우리에게는 사람들이 말하기 꺼려하는 것들을 이야기할 책임이 있으며, 그렇게 할 때 우리 삶이 보다 풍요로워집니다. 저는 여러분이 사랑하는 사람에게 힘든 질문을 던지고, 오래 잊고 있었던 자신과의 약속을 되새기고, 괴물을 몰아낼 자신만의 마법을 펼쳐 보일 수 있기를 바랍니다. 그리고 저를 위해 산책을 해주시기 바랍니다.

사랑합니다,
브루스

남이 뭐라든 당당히 너의 길을 걸어라

맥스와 나의 인연은 걷기와 함께 시작되었다. 1983년 예일 대학의 신학기가 시작되기 전 토요일, 신입생 한 무리가 미식축구 시즌 첫 경기를 보러 가려고 기숙사 바깥에 모여 있었다.

그중 한 학생은 곱슬머리에 아랫단의 올이 풀린 청 반바지를 입은, 의욕이 넘쳐 보이는 청년이었다. 그는 키가 작은 데다 모범생이어서 십 대 때 아이오와의 소읍에서는 괴롭힘을 당하기도 했지만, 매우 영리하고 귀여웠던 탓에 그의 어머니가 늘 데리고 다니며 어머니 친구들과 체스를 두었던 그런 아이였다. 또 다른 한 학생은 신입생 티가 더 많이 나고 키가 15센티미터가량 더 큰, 그리고 지방에서 갓 올라와 《앵무새 죽이기》를 읽기보다는 하이볼을 홀짝거리는 것을 더 근사하게 여기는 바로 나였다.

우리는 미식축구 경기장까지 한 시간을 걸었는데, 그 뒤부터는 둘만의 대화에 몰두했다. 가장 기억에 남는 것은 그가 늘 나와 함께하리라는 느낌(절대적인 확신!)이었다.

"나는 우리가 비슷한 영혼의 소유자라는 것을 단박에 알아보았지"라고 맥스는 25년이 지난 후에 말했다. "하지만 나는 너의 자의식이 어디서 비롯되었는지 알고 싶었지. 어쨌든 너는 세 살 때 아버지를 여의지는 않았으니까. 또 네 아버지는 권총 자살을 하지는 않으셨으니까."

그날 이후로 맥스 스티어는 끊임없이 내 삶에 모습을 드러냈다. 지난 25년간 우리는 며칠씩 대화하지 않은 적이 있을지는 몰라도 그런 상태로 보름을 넘긴 적은 없었다. 우리는 2년간 대학 기숙사의 룸메이트였고, 3학년을 마치고 싱가포르에서 베이징까지 배낭여행을 할 때도 두 달간 같은 방을 썼다. 그때 우리는 인도양에서 해파리 떼에 찔리고, 만리장성에서 오줌을 누고, 맥스가 탱크톱을 입고 슬리퍼를 신었다는 이유로 대형 호텔들에서 쫓겨나곤 했다.

그해 여름, 우리는 쉰 살이 되면 가족과 함께 다시 아시아로 여행 와서 그 호텔들에 묵기로 약속했다. 돈을 더 많이 버는 사람이 경비를 부담하기로 하고서 말이다.

여름이 절반쯤 지났을 무렵 맥스와 나는 태국 북부에 도착했다. 우리는 뉴질랜드에서 온 두 명의 금발 미녀와 코끼리를 타고 주변을 탐험하기로 되어 있었다. 그야말로 십 대 소년들의 환상이 현실화될 참이었다. 하지만 그 전날 밤, 치킨과 꼬마 옥수수, 아이스크림선디로 식사를 마친 후 맥스의 위에 탈이 났다. 곧 그는 먹은 것을 게워내고 토사물이 잔뜩 묻은 채 욕실 바닥에 누워 몸을 떨었다. 나는 내가 생각해낼 수 있는 유일한 일을 했다. 맥스를 물로 대충 씻긴 후 침대 시트로 싸서 가장 가까운 병원에 데려간 것이다. 그 후 사흘 동안 나는 코끼리를 타고 아편을 빨면서 환상 속의 여인을 좇는 대신, 응급 병동 안에서 맥스와 죽어가는 어떤 남자(가족들이 한쪽 구석에 유골함을 마련해놓았다) 사이에서 야영을 해야 했다.

그로부터 20년이 지난 지금, 나는 욕실 바닥에 주저앉아 구토를 하며 몸을 떨고 있다. 맥스는 아내와 어린 두 아들을 집에 남겨둔 채 비행기를 타고 내 곁으로 날아왔다. 나는 우리가 똑같이 어두운 경험으로 서로 연결되어 있음을 깨달았다. 맥스의 아버지는 맥스가 우리 딸들과 같은 나이인 세 살 때 돌아가셨다. 나를 가장 잘 아는 친구가 내가 가장 두려워하는 환경에서 성장한 것이다.

맥스 스티어는 홀어머니에 아들만 셋인 집안에서 성장했다. 그의 외할아버지는 열세 살에 부친을 여의고 과일 수레를 끌어 가족을 부양했다. 맥스의 아버지 또한 어릴 때 아버지를 여의었다. "우리 아버지는 독자여서 할머니는 아버지에 대한 소유욕과 집착이 대단하셨지"라고 맥스가 말했다. "할머니는 매사에 부정적인 분이셨어. 나는 여섯 살 때 텔레비전의 어린이 프로그램에 출연했는데, 거기서 '왜 할머니는 우리를 사랑하실까요?'란 질문을 받았어. 뭔가 그럴듯한 대답을 해야 했는데……. 뭐라고 말해야 할지 알 수가 없었어. 그걸로 내 텔레비전 이력은 끝이 났지."

"그래, 뭐라고 대답했어야 하는데?" 내가 물었다.

"이유가 없다는 거였어. 조부모나 부모 같은 사람들에게 그런 질문에 대한 답은 '무조건적으로 사랑한다'라는 거야. 그게 관계의 본

질이지. 하지만 그런 관계에 있는 사람들이 극히 드물다는 게 내가 처해 있는 고통스러운 현실이야."

맥스의 아버지 허버트는 매력적인 정형외과 의사였다. 1969년 가을에는 세 아들을 둔, 성공을 위해 열심히 노력하던 아버지였다. "아버지는 매우 똑똑한 분이셨어. 야망이 크고 성공에 대한 의지가 강해서 스스로를 가혹하게 몰아붙이셨지." 맥스가 말했다. "아버지는 지적 자극에 관해 연구하셨고, 돈을 받고 그와 관련한 상담을 해주기도 하셨어. 그러다가 점점 약물에 의존하게 되셨지. 아침에 일어날 때도 그렇고, 일을 할 때나 잠을 청할 때도 그렇고 말이야. 아버지는 슈퍼맨이 되려고 하셨어. 기본적으로는 신경쇠약이셨던 거지."

허버트는 로스앤젤레스에 있는 튜더 양식의 자택 차고에서 가사 도우미에 의해 발견되었다. 손에는 권총이 쥐어져 있었고, 가슴에는 총알 구멍이 나 있었다. 그는 유서를 남기지 않았다. 맥스의 어머니는 유치원으로 맥스를 데리러 와서 "네 아빠가 돌아가셨단다"라고 말했다. 14년 뒤 나를 만났을 때까지도, 맥스는 아버지가 총기 오발 사고로 돌아가셨다는 어머니의 말을 사실로 믿고 있었다.

"어머니는 우리가 물어볼 때까지 기다리셨던 거야"라고 맥스는 말했다. "나는 어머니가 옳았다고 생각해. 더 극적인 건 그 사건, 혹은 아버지에 대한 기억이 전혀 남아 있지 않다는 거야. 지금 세 살과 네 살인 내 아이들을 떠올릴 때마다 내가 아이들의 기억에서 잊히지 않고 그들의 의식 속에 확고히 자리 잡는 때가 언제부터일지 생각하곤 하지. 나도 기억하지 못하는 방식으로 아버지에게서 영향을 받은 것은 분명하지만, 어쨌든 기억은 나지 않아."

"아버지의 유품을 가지고 있어?"

"난 그렇게 구체적인 걸 챙기는 사람이 못 돼. 아마 어딘가의 대여금고 안에 시계가 보관되어 있을 거야. 하지만 아버지의 유품은 아버지를 상징하지 못해. 그보다는 사람들의 이야기를 통해 아버지를 더 가까이 느낄 수 있었지. 아버지는 농담을 좋아하고 성실하고 지적 호기심이 강하셨던 것 같아. 나랑 거의 비슷했지."

나는 견디기 힘든 일들 중 하나가 딸들이 아직 죽음의 의미를 이해하지 못하는 것이라고 말했다. "며칠 전에 남편과 사별한 여인을 만났는데, 그녀가 여덟 살 난 딸에게 '아빠는 돌아가셨어'라고 말하자 딸아이가 '알아요. 그런데 언제 집에 돌아오시냐고요?'라고 말했대. 넌 아버지가 돌아가셨다는 사실을 이해했었어?"

"여섯 살 때 일련의 악몽을 꾸었지." 맥스가 말했다. 그는 잠시 말을 멈추고 숨을 깊이 들이쉬었다. "이 이야기를 하기란 정말 힘이 드는군." 맥스는 눈시울이 붉어지는가 싶더니 고통으로 얼굴이 일그러졌다. 그는 속삭이듯 말했다. "초인종이 울려서 문을 열었는데, 거기 아버지가 서 있었어. 하지만 무덤에서 막 걸어 나온 듯한 모습이었어. 마치 좀비 같았지. 나는 아버지를 보고 싶지 않았어."

"그 꿈이 무슨 의미라고 생각해?"

"아마 나의 양면성을 말해주는 게 아닐까? 내 일부는 아버지를 그리워하지만 또 다른 일부는 아버지를 두려워한다는……. 그 상반된 감정 사이의 긴장은 이루 말할 수 없어."

"10년 후 타이비와 에덴이 너를 찾아와 '아저씨는 우리 아빠의 가장 친한 친구였어요. 그리고 우리와 똑같은 일을 겪으셨죠. 그러니 우리가 어떻게 하면 좋을지 알려주세요'라고 말한다면 뭐라 대답할 거야?"

맥스는 잠시 생각에 잠겼다.

"먼저 네가 그 아이들을 얼마나 사랑했는지 말해주겠어. 아이가 생겼을 때 네가 얼마나 기뻐했는지, 또 네가 얼마나 좋은 아빠였는지 말이야. 부모가 해야 할 가장 중요한 일은 꽃에 물을 주듯 아이에게 사랑을 듬뿍 주는 거야. 나는 네 아이들에게 사랑을 듬뿍 주겠어."

"고통에 대해서는 어떻게 하라고 말해줄 거야? 고통에 맞서야 한다고? 아니면 극복해야 한다고?"

"고통은 극복할 수 있는 게 아니야. 그건 이미 그 사람의 일부인 거야. 그래서 고통을 있는 그대로 마주해야 해. 그리고 끊임없이 돌아봐야 해. 그런 점에서 매년 망자를 추도하는 유대교 전통은 꽤나 도움이 되지. 나는 1년에 한 번 울곤 해. 카디시(유대교 신자들이 사망한 근친을 위해 드리는 기도 – 옮긴이) 기도문을 외면 갑자기 예전의 감정이 밀려오지. 그때 깊은 슬픔에 잠기곤 해."

"그렇긴 하지만……," 맥스가 다시 말을 이었다. "나는 다른 것도 할 생각이야. 네 딸들에게 예전에 있었던 일들을 들려줄 거야. 누군가를 잃었을 때 우리는 주로 그의 죽음을 기억하게 되지. 그러니 그런 기억을 상쇄해줄 또 다른 기억이 필요해. 우리가 여기에 와서 이런 일을 했다거나, 아빠가 아저씨를 저기에 데려가 저런 일을 했다거나 하는 식으로 말이야. 그렇게 함으로써 아이들이 자신의 목소리를 찾도록 도와주겠어. 고통스럽고 부정적인 경험에서 긍정적인 면을 이끌어내는 거지."

맥스와 대화를 나누기에 앞서, 나는 그와 함께 아시아를 여행했던 여름에 쓴 일기를 꺼내 읽어보았다. 젊었을 때 쓴 글이 형편없다는 사실도 놀라웠지만, 더욱 놀라운 것은 내가 맥스에게 강한 반발심을 품고 있었다는 점이었다. 이는 부분적으로는 나의 불안에 기인한 것일 터였다. 당시 맥스는 나보다 자기 확신이 강하고 독립적이었기 때문에 그런 점이 거슬렸던 것 같다. 하지만 내가 맥스에게 반감을 느꼈던 데에는 그의 고지식한 면도 일조했다. 맥스는 매일 아침 7시 이전에 오렌지주스를 마셔야 했고, 중국인들에게 고객 서비스에 대한 설교를 늘어놓곤 했으며, 자신의 스위스 아미 나이프가 내 것보다 얼마나 더 좋은지를 자랑하고 싶어 했다.

5월 30일 : "오늘 맥스 때문에 조금 언짢았다."
6월 8일 : "오늘 밤에는 맥스에게 정말로 화가 났다."
7월 8일 : "맥스는 그리 섬세한 친구가 못 된다."

한때는 사흘 동안 서로 말을 하지 않은 적도 있었다.

지금 생각해보면 우리는 룸메이트로는 어울리지 않는 사람들이었다. 맥스는 일찍 자고 일찍 일어났고, 나는 그 반대였다. 맥스는 매일 아침 팔굽혀펴기와 배낭 들어올리기를 해야 직성이 풀렸고, 나는 먹다 남은 푸딩을 먹곤 했다. 맥스는 강박적으로 깔끔했지만 나는 대체적으로 깔끔할 뿐이었다. 서로 그토록 다르다는 게 너무 신기해서 한번은 중국어로 공연하는 〈이상한 커플〉을 관람하기도 했다.

그러나 그런 경험들 덕분에 우리의 우정은 더욱 견고해졌다. 상하이에서의 말다툼은 상하이에서 끝났고, 다투고 난 후에도 남아 있는 좋은 감정은 만리장성만큼이나 오래갔다. 내가 그와 싸웠고, 상처 입었고, 살아남았다는 점에서 맥스는 나의 무공훈장이었다. 맥스는 젊었을 때 내게 몇 차례 상처를 준 적도 있지만, 우리의 우정은 그런 상처가 금세 아물 만큼 강했다.

물론 나는 맥스가 내 딸들에게 그런 상처에 대해서도 말해주길 바란다. 처음 집을 떠나올 때 우리가 어떤 사람들이었고, 어떻게 서로에게 상처를 입혔는지 말해주었으면 한다. 하지만 그보다는 그가 구현하는 가치를 에덴과 타이비에게 보여줄 수 있기를 바란다. 내가 앞으로 갈 길이 얼마나 멀었는지가 아닌 얼마나 많이 왔는지를 봐주는 친구로서의 진한 우정과, 평생 국민을 위해 봉사해온 사람으로서의 인품과, 타인의 기준에 굴복하기보다는 자신의 기준에 도달하기 위해 노력하는 사람으로서의 자긍심 같은 것들을 말이다.

맥스는 내 딸들에게 어떻게 살아야 할지를 가르쳐줄 것이다.

어떻게 해서 그런 가치들에 도달하게 되었는지를 묻자 맥스는 이렇게 대답했다. "그 모든 건 아이오와에서 괴롭힘을 당하던 십 대 때로 거슬러 올라가지. 나는 선택을 해야 했어. 내 뜻을 굽히고 주변 사람들에게 맞추든지, 아니면 다른 사람들의 말에 휘둘리지 않고 소신껏 밀고 나가든지 해야 했지. 나는 남이 뭐라 하든 내 식대로 하기로 했네."

스스로에 대한 믿음으로 무장한 맥스는 놀라운 집중력과 일 처리 능력을 발휘했다. 그는 우등생 클럽인 '파이 베타 카파'의 회원이 되었고, 대법원 서기를 지냈으며, 대통령 자문역을 맡았다. 현재 맥스는 젊은이들의 공직 진출을 돕는 비영리기구를 설립하여 운영하고 있다. 맥스의 자기 확신과 공평무사함은 그의 자기희생적인 결정을 통해서도 잘 나타난다. 그는 맏아들인 재커리에게 그의 아내이자 워싱턴 최초의 아시아계 판사인 플로렌스 판의 성을 물려주기로 했다.

"그건 고민할 필요도 없는 일이었어"라고 맥스는 설명했다. "플로렌스의 집안에는 사내아이가 없었기 때문에 장인어른의 성을 잇는 게 의미 있는 일이었지. 솔직히 나는 아이에게 아버지의 성을 물려주어야 할 근거가 없다고 생각해. 그리고 둘째아들 노아에게는 내 성을 물려주었으니 그걸로 된 것 아닌가?"

"글쎄, 나로서는 잘 이해가 안 가는데?"

"내 말은 부부가 평등해야 한다는 거야." 맥스가 말했다. "결혼을 하면 상대방의 입장에서 생각해볼 필요가 있어. 내가 더 잘하는 일이 있는가 하면 플로렌스가 더 잘하는 일도 있지. 하지만 그건 우리 안에 있는 XY 염색체랑은 아무 상관이 없어."

"그런 태도는 대체 어디서 나오는 거야?"

"부분적으로는 문화적 규범에서 비롯되었다고 해야겠지." 맥스가 말했다. "그건 너도 마찬가지야. 하지만 내 경우에는 아버지의 부재도 한몫했지. 나는 아버지 없이 자랐기 때문에 아버지로서의 역할이 그만큼 더 소중해. 그리고 부모가 되어 좋은 점은, 어렸을 때 어린 시절을 충분히 즐기지 못했는데 이제 아버지가 되어 어린 시절을 맘껏 즐길 수 있다는 거야."

나는 맥스의 어조가 평소와 다르다는 것을 깨달았다. 그의 목소리에는 만족감이 어려 있었다. 아버지 없이 자란 소년이 스스로 아버지가 됨으로써 마침내 부분적으로나마 평안을 찾은 것이다. 그날 아침 나를 만나러오기 전에 맥스는 재커리와 함께 텃밭에 씨앗을 심었다. 저녁에는 전화로 노아에게 책을 읽어주면서 해적들이 보물을 훔쳐간 것을 진심으로 걱정해주었고, 밤에는 여전히 탱크톱에 슬리퍼 차림으로 돌아다녔다. 어쩌면 맥스의 가장 큰 성취는 아직도 아이 같은 옷차림 때문에 아시아의 대형 호텔에서 쫓겨나는 것일지도 모른다.

"그래, 우리가 쉰 살에 여행을 갈 수 있을 만큼 운이 좋다 치자." 내가 말했다. "그 30년 사이에 우리는 어떻게 달라져 있을까?"

"우선 우리는 꼭 여행을 가게 될 거야, 부-루-수." 맥스는 나를 일본식 이름으로 불렀다. "그리고 서로를 더 많이 사랑하고 있을 거야. 세월과 더불어 더 많은 경험을 공유하고 늘 그렇듯 서로에 대해 속속들이 알고 있기 때문이기도 하겠지만, 보다 중요하게는 그냥 서로에게 좋은 친구가 되어준 탓일 거야. 도움이 필요할 때나 함께 나누고픈 기쁜 일이 생겼을 때 곁에 있어주고 서로가 얼마나 변했는지 알 수 있도록 옆에서 거울을 들고 있어주는 그런 친구 말이야."

"우리가 다시 그 근사한 호텔들에 묵게 될까?"

"긴 바지를 입어야 한다면 안 되지." 맥스가 선언했다. "슬리퍼를 신고 돌아다닐 수 없어도 안 되고."

"슬리퍼가 뭐 그렇게 중요해?"

"사실 슬리퍼는 아무 상관이 없어." 맥스가 말했다. "그건 주위의 이목보다 스스로에 대한 믿음을 더 중시하는 내 철학과 관련이 있지. 나는 옳다고 생각하는 대로 행동하고 싶고, 그건 더운 지방에서는 너무 많은 옷을 걸치고 돌아다닐 필요가 없다는 걸 의미해."

맥스가 말을 마치자 불현듯 우리가 처음 만났던 십 대 시절, 곱슬 머리에 청 반바지를 입은 그의 모습이 떠올랐다. 모범생답고 소년다운, 체스에서 늘 상대방을 이길 준비가 되어 있는 자신만만한 모습, 신발에 대한 개인적 취향을 자신에게 성실하라는 금언('어디에 있든 스스로에게 진실하라', '어디를 가든 슬리퍼를 챙겨라')으로 바꿀 줄 아는 맥스의 모습이 말이다.

작은 언덕이 세월이 흘러
거대한 산이 되듯

사람들은 내가 작가인 줄 알게 되면 아버지에게서 글쓰기를 배웠느냐
고 묻곤 한다. 그러면 나는 이렇게 대답한다. "우리 아버지는 메모 이
상으로 긴 글을 써본 적이 없답니다."

하지만 그 얼마나 대단한 메모였던가!

아버지 에드윈 파일러 2세는 메모의 대가였다. 메모계의 셰익스
피어였다. 아버지만큼 적은 단어로 많은 의미를 전달하는 사람도 없
었다.

우리는 어렸을 때부터 신문기사를 오려(나중에는 팩스와 이메일을
거쳐 문자 메시지로 바뀌었지만) 다른 사람의 방문 밑에 밀어 넣곤 했다.
각각의 기사에는 특정한 부호를 붙였는데, 예컨대 'R&R'은 읽고 돌
려달라는 뜻이고, 화살표 두 개는 다음 사람에게 넘기라는 뜻이다. 또
아버지는 하이쿠(일본의 전통 단시—옮긴이)를 써 보내기도 했다.

네 생각에 대해 / 이야기해보자꾸나 / 언제가 좋을까?

일요일 아침에 / 현관을 청소하면서 / 공연을 하자꾸나.

아버지는 그 글들을 파란색이나 빨간색, 혹은 초록색 형광펜을 사용하여 흘림체로 써 내려갔는데, 전부 열 단어를 넘기지 않았다. 나쁜 소식을 접한 날에는 '이 문제를 어떻게 해결해야 할까?'라고 썼고, 생의 전환기를 맞은 날 아침에는 '뒤돌아보지 말거라'라고 썼다. 아버지의 글은 트위터가 무색할 정도였다.

아버지의 예순 살 생신을 맞아 우리는 아버지다운 면모가 가장 잘 드러나는 글들을 골라 책으로 만들었다.

먹기 싫으면 먹지 마라. 하지만 걷어차지는 말렴.

시간이나 돈으로 해결할 수 있는 문제는 문제가 아니란다.

네가 아직 이야기하고 있는 한 너는 아직 협상을 하고 있는 중이다.

개중에는 아이가 넘어졌을 때 말한 "바닥은 안 다쳤냐?"와 같은 익살스러운 문구도 있었고, 할머니의 알츠하이머병에 대해 언급한 "아이를 키우기보다 부모의 쇠락을 지켜보기가 더 어렵다"와 같은 지혜로운 문구도 있었다.

그중 최소한 세 가지는 지금까지도 내 마음속에 자리하고 있다. 성장기의 중요한 순간에 주어진 그 교훈들은 내 마음속 아버지를 가장 잘 구현하는 경구가 되었다.

아버지는 나이가 들수록 인상이 좋아 보이는 사람이었다. 정수리가 벗겨지고 관자놀이 부분은 희끗희끗해서 영화배우 진 핵크만을 연상시키는 일흔 살 노인이지만, 한때는 비쩍 마른 체구에 곱슬머리와 아기 코끼리 덤보 같은 큰 귀를 지닌 이글 스카우트였다. 어릴 적 아버지는 동작이 굼뜨고 서툴러서, 민첩하고 활달한 동생 스탠리의 그늘에 가릴 때가 많았다. 할아버지는 택지를 개발할 때 앞쪽의 입지가 좋은 거리는 스탠리 삼촌의 이름을, 뒤쪽의 거리는 아버지 이름을 따서 불렀다.

"스탠리가 더 영리했지"라고 아버지는 말했다. "내가 열다섯 살 때 아버지는 우리를 헌터 군용 비행장으로 데리고 가서 자동차 운전을 가르쳐주셨어. 나는 운전을 배우는 데 실패했지만, 당시 열두 살밖에 안 되었던 스탠리는 금세 요령을 터득하더구나. 그 애는 늘 인기가 많았고, 나보다 사교적이었지. 내가 잘 적응하지 못하는 분야에도 쉽게 적응하곤 했어."

하지만 아버지에게는 열심히 노력하는 근면함과 굳은 결의가 있었다. 아버지는 토끼처럼 기다란 귀를 제외하고는 전형적인 거북이 스타일이었다. 아버지는 서배너 고등학교와 펜실베이니아 대학 와튼 스쿨, 해군 ROTC에서 10등 안에 들었다. 내가 어떻게 해서 이글 스카우트가 되었느냐고 묻자 아버지는 그냥 이렇게 대답했다. "시작한 일은 반드시 끝마치려고 노력했지."

아버지는 아주 드물게 게으름을 피우셨는데, 아이러니하게도 그랬던 순간이 아버지의 인생에 중대한 전환점이 되었다. 아버지는 그때를 '내 인생을 바꾼 시간'이라 불렀다. "1956년 해군에서 훈련을 받을 때였지. 나는 성적이 좋아서 임지를 내 마음대로 고를 수 있었고, 그래서 유럽을 택했어. 하지만 졸업을 몇 주 앞둔 시점에서 요리 수업을 빼먹고 낮잠을 잤단다. 들키지 않을 줄 알았는데 그만 들키고 말았지. 그래서 버지니아 주 노퍽에 정박해 있는 전함 'USS 위스콘신' 호로 발령이 났고, 거기서 네 엄마와 결혼을 하게 되었단다."

"아버지의 게으름 덕분에 오늘날 우리가 있게 된 거네요!"

"그렇단다. 하지만 평소의 나는 게으름뱅이가 아니었어."

2년 후 어머니는 미시간 대학 졸업식에 참석했어야 할 시간에 에드윈 파일러와 볼티모어에서 결혼식을 올렸다. 결혼식에서 외할머니는 그들에게 '딕시랜드'의 노랫말을 개사한 다음과 같은 노래를 불러 주었다.

그들은 목화가 자라는 남부로 간다네.

에드와 제인은 영원히 기억되리……

그리츠(미국 남부에서 많이 먹는, 옥수수 분말로 만든 음식–옮긴이)와 줄렙(위스키와 브랜디에 설탕, 박하 등을 넣어서 얼음으로 차게 한 음료–옮긴이)으로 힘을 얻어

딕시랜드에서 행복하게 살리.

이듬해 아버지와 어머니는 서배너로 돌아와 증조할머니가 살던 옛집에 정착했다. "1952년 서배너를 떠나오면서 다시는 돌아오지 않으리라 생각했지"라고 아버지는 회상했다. "거긴 별 볼일 없는 곳이었으니까. 서배너에는 에어컨도 없었고 텔레비전도 없었어. 텔레비전이 있는 집은 거대한 안테나를 설치해놓고 잭슨빌의 몇 안 되는 방송

국에서 내보내는 프로그램을 시청했단다. 거리의 대부분은, 심지어 시내 중심가조차도 포장이 안 돼 있었어. 애스터 부인이 서배너는 '지저분한 얼굴을 한 아름다운 여인' 같다고 했는데, 그 말이 딱 맞아! 게다가 인종차별이 심해서 불편했지."

그러나 세월이 흐르는 동안 무언가가, 아니 아버지가 달라졌다. "그런데 북동부에 살다 보니 내가 뉴욕과 뉴저지 사람들의 가치관을 좋아하지 않는다는 사실을 알게 되었어." 아버지는 말을 이었다. "대학 시절의 어느 날 저녁, 네 엄마와 산책을 하고 난 후 브린모르 기차역에서 이런 생각을 했지. '여기서 살고 싶진 않아. 아이들을 키우기에는 서배너가 훨씬 나아.'"

서배너로 옮긴 것은 현명한 결정이었다. 1960년대의 서배너는 경기가 좋아서 아버지는 건설업에서 성공을 거두었고, 어머니는 임신을 했다. 그러나 1961년 10월, 형이 태어났을 때 위기가 발생했다. 체중 3.8킬로그램인 아기의 등뼈 아랫부분에 커다란 혹이 튀어나와 있었던 것이다. 척수수막류라는 희귀 질환이었다. "몸 바깥으로 돌출된 혹이 머리보다 더 컸단다"라고 아버지는 말했다.

그때 저명한 비뇨기과 의사였던 외할아버지 부키가 분만실에 함께 있었다. "네 외할아버지는 그걸 보자 곧장 아기의 발등을 긁어보았지." 아버지가 말했다. "그러자 앤디가 발가락을 꼼지락거리더구나. 외할아버지는 아기의 척수는 온전하다고 결론짓고 이런 선천적 결함을 갖고 태어난 사람들은 1000명에 한 명꼴로 걸을 수 있는데, 앤디가 그 한 명에 해당한다고 말씀하셨어." 다음 날 의사 13명으로 구성된 의료진이 형의 등에 난 혹을 제거했다. 수술이 끝난 후 외할아버지는 어머니에게 아기가 정상적으로 살아갈 수 있을 것이라고 말하고는 예약 환자를 수술하러 볼티모어로 돌아갔다.

그로부터 한 달 뒤 외할아버지 부키 에입스하우스는 심장마비로 세상을 떠났다.

"그때 이후로, 누군가 아기를 낳았다는 소식을 들을 때마다 나는 아기의 건강 상태를 묻는단다. 내 경우에는 24시간도 채 지나지 않아 아버지로서의 책임감이 너무나도 빨리 엄습해왔거든."

의사들은 형이 정상적으로 자라고 있는지 확인하기 위해 2년간 두 달 간격으로 형의 머리 둘레를 쟀다. 형이 정상적으로 성장하고 있음을 알게 된 부모님은 에모리 대학의 전문가들에게 둘째 아이를 가져도 되는지 상담했다. 의사들은 안 될 이유가 없다고 말했다.

"1964년 10월 25일, 바지너 박사가 분만실을 나오면서 처음 한 말은 네가 건강하다는 거였단다. 얼마나 마음이 놓이던지······. 앤디와 같은 증상을 가진 아이들이 1000명에 한 명꼴로 걸을 수 있다고 했는데, 우리에겐 이미 그 한 명에 해당하는 아이가 있었으니 말이야."

어린 시절 내 기억에 남아 있는 아버지의 모습은 앉아 있는 모습이었다. 아버지는 주로 식탁에 앉아 고기를 썰거나 거실에서 파이프 담배를 피우거나 해변에서 소설을 읽었다. 고등학교 시절 아버지는 매일 밤 내 방에 들어와 의자를 당겨 앉으시고는 하고 싶은 말이 있느냐고 물었다. 나는 대충 얼버무리고 아버지를 내보낸 후 숙제를 하곤 했지만, 아버지가 내 고민을 들어줄 준비가 되어 있다는 메시지는 분명했다.

아버지는 매일 배드민턴과 조깅과 산책을 했고, 매우 활동적이었다. 하지만 아버지가 우리에게 전해준 정적인 가치, 이를테면 지혜라든가 안정감, 침착함 등은 참으로 소중한 것들이었다. 아버지는 '안정'되어 있었다. 그것도 '안정'이라는 말이 지닌 가장 좋은 의미로 말이다.

아버지가 전해준 지혜로운 교훈 중 특히 세 가지가 기억에 남는다.

첫 번째 교훈은 내가 열세 살 때 일어난 일과 관련이 있다. 그날은 나의 바르 미츠바(소년의 열세 번째 생일에 종교적 성년에 도달했음을 기념하는 유대인의 축하의식 – 옮긴이) 날이어서 부모님이 친구들을 초대해 파티를 열었다. 파티가 끝날 무렵 아버지가 나를 바bar로 부르더니 진토닉을 주문해서 내게 건네며 말했다. "너도 이제 어른이 되었으니 네 행동에 대해 책임질 줄 알아야 한다." 그러고는 과음을 했을 때 아버지에게 전화를 걸어 데리러 오라고 해준다면 더할 나위 없이 기쁠 것이라고도 했다.

그때의 아버지는 정말로 믿음직해 보였다. 자신의 감정을 에둘러 표현하고, 끊임없이 우리를 가정이라는 울타리 바깥으로 인도하려는 모습이 정말 에드 파일러다웠다. 그것은 우리를 응원하고 있음을 알리는 아버지만의 방식이었다. 아버지의 목표는 우리가 딛고 올라설 수 있도록 자신의 어깨를 내어주는 것이었다. 아버지는 '브루스 파일러(에드윈 J. 파일러 부부의 아들)가 이번 주에 인생의 중대한 전환점을 맞았습니다'와 같은, 잡지 기사의 괄호 안에 등장하는 것 이상을 바라지 않았다.

나도 부모가 되기 전에는 아버지가 무엇을 말하고자 했는지 온전히 이해하지 못했다. 그러나 보다 큰 기쁨은 빛을 받는 데 있지 않고 비추는 데 있으며, 올라가는 데 있지 않고 전해주는 데 있다. 그렇다. 그것은 '괄호 안'에 있다.

두 번째 교훈은 내가 열일곱 살 때 접했다. 당시 나는 학급의 공동 부회장을 맡고 있었는데, 우리의 주된 임무는 댄스파티를 주관하는 것이었다. 그런데 파티까지 약 한 달을 남겨둔 시점에서 예약 장소를 쓸 수 없게 되었다. 학교는 곧 서배너 요트 클럽으로 장소를 변경했지만, 그곳에서는 흑인과 유대인들을 차별했다. 공동 부회장이었던 로라와 나는 우리답지 않게 매우 충동적으로 새로운 파티 장소에 대한 반대 의견을 표명했다. 우리가 세차를 하고 빵을 팔아서 얻은 수익금을 그런 곳에 쓸 수 없었기 때문이다. 우리가 불만을 토로하자 아버지는 우리를 앉히고 "너희들이 찰리 비텐슈타인에 대해 알 때가 된 것 같구나"라고 말했다. 그러고는 변호사이자 차별 철폐를 위해 싸워온 투사인 찰리가 지켜온 다음과 같은 규칙들을 알려주었다.

- 냉정을 잃지 마라.
- 절대 위협을 가하지 마라. 그러면 상대방은 당신이 실제보다 훨씬 더 큰 힘을 지니고 있다고 믿을 것이다.
- 상대방에게 명예롭게 물러날 수 있는 기회를 주어라. 비록 자신이 더 우세할지라도 상대방으로 하여금 당신이 원하는 것 전부를 다 얻지는 못했다고 믿게 하라.

우리는 이것을 찰리 비텐슈타인 법칙이라고 불렀다. 아버지는 나중에 "그 법칙은 정말로 효과가 있단다."라고 말했다.

그날 오후, 학교에 '명예롭게 물러날' 기회를 주기 위해 로라와 나는 파티 장소 후보지를 12곳이나 제시했다. 학교 측에서는 이사회를 소집했고, 어머니가 우리의 대변인으로 이사회에 참석했다. 최종적인 파티 장소로 커뮤니티 칼리지가 선정되었다. 이사회가 끝난 후 같은 반 친구의 어머니가 우리 어머니에게 다가와 상냥한 목소리로 말했다. "축하해요, 제인. 그런데 파티장을 장식하는 모임의 회장을 맡아줄 수 있겠어요?"

그리하여 우리는 파티가 열리는 날 아침 6시에 일어나 파티장 전체에 크레이프지로 만든 물고기들을 매달아야 했다.

마지막 교훈은 스물세 살 때 접했다. 나는 1년간 일본에서 영어를 가르치고 1988년 서배너로 돌아왔는데, 일본에 있을 때 그곳에서 경험한 놀라운 일들을 편지에 써 보내곤 했다. 그런데 고향에 돌아오니 만나는 사람들마다 내게 "편지 잘 읽었어요"라고 인사를 건네는 것 아닌가. 나는 영문을 몰라 그들을 쳐다보며 "저를 아세요?"라고 물었는데, 알고 보니 할머니께서 내 편지들을 복사해서 마을 사람들에게 돌리신 것이었다. 그 사건을 통해 나는 책을 쓸 수도 있겠다는 생각을 하게 되었다.

당시 나는 책을 써낸 사람을 알고 있는 것도 아니었고 출판계에 대해서도 아는 바가 전혀 없었다. 하지만 내겐 비밀 병기가 있었다. 바로 아버지였다. 아버지는 나와 함께 해변을 걸으며 대화를 나누던 중 한번 해보라고 격려해주었다.

"네 형이 1년간 영국에 가 있는 문제로 고민할 때 네 형한테 했던 것과 똑같은 말을 네게도 해야겠구나"라고 아버지는 말했다. "시험 삼아 한 1년 잡고 열심히 노력해보거라. 쉰 살이 되면 지금의 1년은 네가 생애의 2퍼센트를 꿈을 이루는 데 투자한 것이 될 텐데, 훗날 과거를 돌아보면 그 2퍼센트가 매우 소중한 2퍼센트였음을 깨닫게 될 거야."

그것이 2퍼센트의 법칙이다. 내 평생 이 법칙만큼 전적으로 옳은 법칙도 없었다.

암 치료를 시작한 지 몇 달 뒤, 린다와 나는 평소에 편지를 잘 보내지 않는 아버지에게서 편지를 받았다. 그 편지는 다음과 같이 시작했다.

브루스와 린다에게

나는 1959년 3월 29일 미 해군에서 전역했단다. 그동안 훌륭한 교육을 받고 세계 여러 나라를 다녔지. 하지만 서배너에서 살고 싶었다. 아이들을 키우기에는 서배너만 한 곳도 없었으니까. 활력이 넘치는 사랑스러운 아내도 동의해주어서, 우리는 에어컨이 없는 새 시보레(2181달러를 주고 샀단다)를 몰고 아나폴리스에서 서배너로 옮겨왔다. 그리고 곧장 메트로 디벨로퍼스에서 일하게 되었지. 1959년 4월 1일 처음 근무를 시작해서 지금까지 일하고 있으니, 지난 50년간 나는 같은 아내와 같은 도시에서 살면서 같은 일을 해온 셈이다.

아버지는 이 편지를 스무 번이나 고쳐 썼다고 했다. 그리고 그렇게 쓴 편지를 자녀들 모두에게 보냈다. 아버지가 그 편지를 쓴 것은 애틀랜타 경제인 클럽의 오찬에 참석한 일이 계기가 되었다. 거기서 만난 한 친구가 어떻게 지내느냐고 묻자 아버지는 "내겐 아이들이 셋 있는데, 모두 우애가 깊고 돈의 가치를 잘 알고 있으며 직업윤리가 확고하다네. 그 밖의 것들은 모두 부차적인 문제지"라고 대답했다.

그러자 그 친구는 "나는 이 방 안에 있는 사람들 모두를 아는데, 그런 말을 할 수 있는 사람은 자네 말고 아무도 없을 걸세"라고 말했다고 한다.

아버지의 편지는 가족제일주의를 설파하는 내용으로 이어졌다. 그것은 세 차례의 경기 침체와 두 차례의 허리케인을 겪고 아들 하나가 골육종에 걸린 모습을 지켜보고 네 명의 손자, 손녀가 태어나는 동안 줄곧 아버지를 규정해온 철학이었다. "우리는 계속해서 이 철학을 견지하려고 한다"라고 아버지는 썼다.

나중에 내가 아버지에게 이 철학을 손자와 손녀에게 전해줄 때 그들을 어디로 데려가겠느냐고 묻자, 아버지는 이렇게 대답했다. "타이비 섬의 언덕으로 데려가고 싶구나. 가서 40년 전에 처음 그곳을 거닐 때는 그 언덕들이 평지보다 약간 높은 둔덕에 불과했지만 오늘날에는 풀과 귀리와 소나무가 자라는, 산처럼 거대한 언덕이 되었다고 말해줄 작정이다."

"그 언덕이 주는 교훈은," 아버지는 말을 이었다. "우리가 끊임없이 이어져오는 역사의 한 부분이라는 거야. 변화는 오랜 시간에 걸쳐 이루어지지. 그러니 서두를 것 없다. 자신의 한계를 인정해야 해. 그렇지만 우리가 어떻게 해서 역사의 현시점에 도달했는지 알면 미래를 위해 보다 잘 대비할 수 있겠지."

아버지의 편지는 이렇게 끝난다.

나는 당분간 어디에도 가지 않을 생각이다. 이곳에서 함께 일하는 게 매우 즐겁고 생산적이기 때문이란다. 우리 팀의 일원으로서 열심히 활동해주어 고맙구나.

편지에는 할아버지가 좋아했을 방식으로 '깊은 애정을 담아서, 에드윈 J. 파일러 2세'라고 타이핑돼 있었지만, 아버지는 곧 이전 세대의 오래된 습관에서 벗어나 타이핑된 인사말을 지우고 파란색 형광펜으로 다음과 같이 썼다.

사랑한다, 아버지가.

10월 1일

가족 및 친지 여러분께

어느덧 여름도 저물어가는군요. 브루클린은 9월이 가장 아름답습니다. 하늘은 높고 밤은 상쾌하며 대기 중에는 선선한 기운이 감돕니다. 가을이 가까워진 거겠죠. 호박과 거미줄 스프레이의 등장이, 아이들의 천국인 브루클린하이츠에 핼러윈이 다가오고 있음을 말해줍니다.

몇 주 전에는 부모님과 장인, 장모님이 오셔서 린다의 특별한 생일(타이비가 만나는 사람마다 붙잡고 "엄마가 마흔 살이 되었어요!"라고 말하고 다녔습니다)을 축하해주셨답니다. 그날은 세 번째 화학 치료가 시작되는 날이었지요. 저녁에 레스토랑에서 몇 시간 동안 앉아 있으려면 체력을 비축해두어야 하겠기에 축하 파티를 하기 전까지 하루 종일 침대에 누워 있었습니다.

저녁 식사를 마친 후 화장실에 갈 때 저는 웨이터에게 초콜릿 케이크에 초를 꽂아 가져다달라고 부탁했습니다. 그런데 막상 케이크가 나오고 보니 초가 꽂혀 있지 않아서 웨이터에게 소리를 지를 뻔했답니다. 웨이터는 사과를 한 뒤 꼭대기에 초가 하나 꽂혀 있는 레몬·버베나 셔벗을 가져다주었습니다. 초에 불을 붙이자 린다가 숨을 멈추고 소원을 빌었습니다. 그녀의 소원이 무엇인지 모르는 사람이 아무도 없기는 이번이 처음이었습니다.

우리는 모두 같은 소원을 빌고 있었지요.

제가 골암에 걸린 것을 알게 된 지 3개월이 지난 지금, 우리 가정은 다시금 안정을 되찾고 있습니다. 수술받기 전에 받아야 할 네 번의 화학 치료 중 세 번이 끝났습니다. 시스플라틴과 아드리아마이신 주사를 맞을 때마다 처음 10일간은 맥을 못 추었지만, 우리는 모두 그럭저럭 불편과 피로와 혼란을 견뎌왔습니다. 초기 증상을 보면 항암 치료가 긍정적인 효과를 내고 있는 듯합니다. 종양이 3분의 1쯤 줄어들었고, 백혈구 수치가 정상에 가까워졌습니다. 평소 신중한 편인 종양학자 매키 박사는 제가 암을 이겨내고 있다고 보고했고, 힐리 박사는 파란불만 보일 뿐, 노란불과 빨간불은 보이지 않는다고 말했습니다.

그러고 보니 담당의 두 사람 모두 제가 항암 치료를 받을 때 몸 상태가 금세 원래대로 돌아오지 않으리라는 것과, 매 고비 때마다 복잡한 문제들이 잠재해 있으리라는 것, 그리고 수술 자체도 몹시 힘들리라는 것을 미리 생각하여 대비할 수 있게 해주었던 것 같습니다. 그리고 그동안 그들은 보다 독성이 강한 세 번째 약을 처방했습니다. 이번 달부터 시작해서 다량의 메토트랙사트를 네 차례 투여해야 합니다 (여기서 드는 의문 하나, 항암제 이름은 왜 죄다 만화책에 나오는 악당 이름 같을까요? 문어발을 한 악당 시스플라틴이 쓰러지니까 비겁한 메토트랙사트가 나타나 고담 시티를 위협하네요). 메토트랙사트 주사는 3주 간격이 아니라 매주 맞아야 합니다. 아마 우리는 수술을 앞두고 몹시 고통스러운 몇 달을 보낼 것 같습니다.

그래, 몸 상태는 좀 어떠냐고요? 힘듭니다. 결혼한 이후로 이렇게 야윈 적이 없었던 것 같아요. 머리칼도 다 빠지고, 걸을 때는 목발에 의지해야 합니다. 이번 주에는 감기에 걸렸는데, 평소보다 세 배는 오래가더군요. 지난밤에는 침대에 누워 "내겐 더 이상 좋은 일이 일어나지 않을 거야"라고 혼잣말을 했습니다. 잠시 후 꿈을 꾸었는데, 죽어서 저세상 사람이 된 제가 우리 집 주변에서 일어나는 일들을 상상해보는 꿈이었습니다. 꿈은 제가 사무실에 들어가 책상 위에 우리 딸들이 아닌 다른 아이들 사진이 놓여 있는 것을 보는 것으로 끝납니다. 저는 목 안 깊숙한 곳에서부터 솟구치는 비명을 지르고는 잠에서 깨어났습니다.

우리가 처한 상황은 뜻밖의 어려움을 초래하기도 합니다. 우리는 나이가 나이인 만큼 친구들의 부모님이 병환 중이라거나 돌아가셨다는 소식을 접할 때가 많습니다. 그것은 가슴 아픈 일이지만, 대부분은 언젠가 자신도 그런 상황에 직면하리라는 것을(그리고 이미 그런 일을 당한 사람들도 많다는 것을) 알고 있습니다. 그러나 병자에게 장인, 장모를 포함한 네 분의 부모님이 생존해 계시다면 질병이 생의 자연적인 순서를 뒤바꿔놓습니다. 우리들 중 이런 기막힌 현실을 필설로 형용할 수 있는 사람은 거의 없을 것입니다.

저는 저를 어린애처럼 다룬다거나 제 대장운동이나 성생활을 너무 깊이 들여다보려 한다고 어머니께 화를 내기도 하고(질문은 감사합니다만 시스플라틴이 비아그라의 효능을 상쇄시키는지 여부에 대해서는 확인해보지 않았습니다), 손님방의 에어컨이 단지 전원에 연결되어 있지 않아서 작동하지 않았을 뿐인데도 고장이 났다고 생각하고 수리 기사를 부른 장모님께 툴툴대기도 했습니다. 지금 우리에겐 다른 무엇보다도 부모님이 필요하며, 부모님이 당신들의 삶을 희생해가며 우리와 우리 딸들을 도와주시는 것을 감사하게 생각합니다. 하지만 새로운 규칙에 익숙해지기까지는 약간의 어려움이 따릅니다.

린다에 대해 말씀드리자면, 요즘 린다는 매일같이 보험회사 직원을 상대하고 무거운 발걸음으로 병원 대기실을 지나, 가봐야 고개도 잘 들지 않는 남편에게로 가서 병수발을 하느라 힘겨운 나날을 보내고 있습니다. 저는 허공을 응시하며 시간을 보낼 때가 많습니다. 린다는 "이런 일이 당신에게 일어나다니, 정말 유감이에요"라거나 "당신이 이런 병에 걸려서는 안 되는 거였는데"라고 말하곤 하지만, 그런 말은 위로가 되지 않습니다. 최근 어느 날 밤에는 잠자리에 들기 전에 끔찍한 의식을 치렀습니다. 그 과정에 대해 설명하자면, 먼저 목발을 내려놓고 바지와 속옷을 발목까지 내린 다음 조심스럽게 침대에 걸터앉아 오른쪽 발목에 걸쳐 있는 바지와 속옷을 벗겨낸 후 두 손으로 신중하게 왼쪽 다리를 들어 올립니다. 그러고는 발목에 걸쳐 있는 옷을 차냅니다. 그런 뒤 같은 과정을 역순으로 되풀이하여 잠옷으로 갈아입습니다. 이처럼 아주 기본적인 일조차 수치심 없이 해낼 수 없는, 굴욕적인 일상을 보내고 있습니다.

제 얼굴 표정을 본 린다가 걱정스럽게 물었습니다. "무슨 문제라도 있어요?"

"내 삶이 침몰하고 있어. 그게 바로 문제라고." 저는 퉁명스럽게 대답했습니다. 이윽고 비참한 기분에 사로잡힌 저는 린다를 끌어안고 그녀에게 키스를 했습니다. "내가 당신 삶을 파괴하고 있어. 얼마나 마음이 괴로운지 몰라."

이 모든 고통 속에서도 린다는 지난 몇 주간 약간의 즐거움을 맛보았습니다. 그녀는 케이프코드에서 로텐버그가 사람들과 함께 시간을 보내고 타이비 섬에서 파일러가 사람들과 어울리면서, 우리 딸들이 근사한 여름휴가를 보낼 수 있도록 해주었습니다. 린다는 친구들에게서 생일 축하 카드와 컵케이크도 받았습니다. 그리고 저와 아이들에게는 다소 힘든 일이 되겠지만 앞으로 몇 달 사이에 잠깐잠깐 캘리포니아와 아르헨티나, 두바이를 다녀올 예정입니다. 린다가 출장을 다녀온다고 생각하니 벌써부터 흥분이 됩니다.

아이들은 아주 잘 지내고 있습니다. 몇 가지 점에서는 그렇지 않지만 타이비와 에덴은 하루하루 철이 들어가고 있으며, 스트레스도 전보다 줄어든 듯합니다. 지난 8월에는 바닷가로 놀러가서 수영을 배우며 몹시 즐거워했습니다. 두 아이는 매일같이 집안을 뛰어 돌아다니며 그들의 새로운 주제곡인 〈사운드 오브 뮤직〉의 '나는 열여섯 살, 이제 곧 열일곱 살이 돼요I am sixteen, going on seventeen'를 목청껏 불러댄답니다. 그리고 책 읽는 재미에 푹 빠져서 종종 나와 린다의 잘못된 철자법을 교정해주고 있습니다.

몇 주 전에는 위기의 순간이 닥치기도 했습니다. 정기적으로 모이는 다과회에서 한 친구가 우리의 보라돌이(에덴)와 핑키(타이비)에게 무슨 색을 제일 좋아하느냐고 묻자 에덴은 "보라색과 무지개색이요"라고 지난 몇 년간 좋아해온 색을 말했습니다. 그런데 같은 기간 동안 줄곧 핑크색을 좋아해온 타이비 역시 "보라색과 무지개색이요"라고 대답하는 게 아니겠습니까. 일순간 시간이 멈춘 듯했고, 하늘이 갈라지는 듯했습니다. 우리는 콜라의 배합 비율이 달라진다거나 베를린 장벽이 무너지는 것 같은, 평생에 한 번 있을까 말까 한 변화를 목격한 느낌이었습니다. 린다는 아이들이 성장하는 조짐에 기뻐할 준비가 되어 있었지만, 그녀가 기뻐하기에 앞서 제가 재빨리 끼어들었습니다. "엄마가 이미 대학 등록금에 맞먹는 거액을 들여 핑크색 스웨터와 코트, 장갑, 스키복을 사놓으셨어. 내년 봄까지는 핑크색 말고 다른 색 옷을 절대 입지 못할 줄 알아." 그러자 구세계의 질서가 빠르게 회복되었습니다.

그래, 전반적인 상황은 어떠냐고요? 암 환자로 몇 달을 살다 보니 넓은 세상을 탐험하기보다는 집에 있는 게 더 편안하게 느껴집니다. 여기서는 모두들 제가 환자라는 것을 알고 있고, 따라서 좀 더 안전하죠. 가끔은 분주한 거리로 차를 몰고 나가서 지나가는 사람들을 쳐다보며 속으로 생각합니다. '저 사람은 암에 걸리지 않았어. 저 사람도…….' 다른 사람들이 아무 생각 없이 걷는 것을 보면 걷잡을 수 없는 슬픔 혹은 분노가 밀려옵니다. "당신이 얼마나 행운아인 줄 알아요?!"라고 소리쳐주고 싶습니다. 최근에 어떤 사람이 제게 말했듯이, "우리는 누구나 머리에 총구가 겨눠진 채 살고 있습니다. 단지 그 사실을 쉬 잊을 따름이지요." 하지만 적어도 올해에는 그 사실을 잊지 않을 것 같습니다.

지금도 많은 사람들에게서 이메일과 편지가 날아들고 있습니다. 이 편지들은 우리가 혼자가 아니라는 것을, 우리가 사느라 바쁠 때도 보이지 않는 많은 눈들이 우리를 지켜보고 있으며, 필요한 경우 우리에게 경고를 보낼 준비가 되어 있음을 일깨워줍니다.

그런 눈들 중에 하나가 되어주신 것에 감사드립니다. 그동안 제 편지를 받고 바쁜 가운데에서도 잠시 일손을 놓을 수 있었다면, 당신은 어쩌면 우리 가족에게 의미 있게 다가온 것과 같은 일을 하려는 중인지도 모릅니다. 잊고 있던 친구에게 편지를 써보세요. 예전에 키스를 나눈, 혹은 작별의 키스를 한 누군가에게 연락해보세요. 잊어버린 소망을 기억해보세요. 그리고 저를 위해 산책을 해주세요.

사랑합니다,
브루스

실패의 고통보다
성공의 기쁨에 집중하라

데이비드 블랙을 처음 만났을 때 그는 맨해튼 5번가의 플랫아이언 빌딩이 내려다보이는 사무실의 푸른 벨벳 안락의자에 앉아 있었다. 160센티미터의 키에 카우보이 부츠를 신고 샤먼처럼 손을 마주 부비며 창밖을 뚫어져라 응시하던 모습은, 당장이라도 덤벼들 준비가 돼 있는 몽구스(흔히 고양이족제비라고 부르는 사향고양이–옮긴이) 같았다. 귀여우면서도 사납고, 사랑스러우면서도 코브라를 죽일 수 있는 그런 몽구스……

당시 나는 작가 경력 6년 만에 벽에 부딪힌 상태였다. 책을 세 권 써냈지만 생계가 막연했다. 절망한 나는 마지막으로 기존의 무기력한 출판 대리인을 떠나 새로운 대리인을 찾아보기로 했다. 나를 구원해 줄 인물로, 사무실 벽에 베스트셀러 목록이 가득하고 많은 스타 작가들을 발굴해낸 데이비드 블랙이 천거되었다. 스포츠팬이자 일중독자인 데이비드는 내가 대리인 후보로 고려 중이던 다른 사람들에게는 없는 게 하나 있었다. 바로 '남성男性'이었다.

데이비드는 곧 그 사실을 증명해보였다. 그는 188센티미터인 내 키를 보더니 내가 앉기도 전에 "제가 당신만큼 키가 컸다면 농구선수가 됐을 겁니다"라고 말했다. 자기 착각은 아름다운 것이고, 허세는 더욱 아름다운 것이다. 특히 출판 대리인에게 있어서는.

며칠 뒤 데이비드는 내게 전화를 해서 내 꿈을 이루기 위한 이제까지의 접근 방식이 완전히 잘못되었다고 말했다. 이미 실망의 벽돌 더미에 깔린 몽상가에게 그 말은 마법 같은 효과를 발휘했다. 나는 들 뜬 마음으로 계약서에 서명했다. 그렇지만 여전히 마음 한구석에는 '어떻게 하면 벽을 넘어설 수 있을까?'라는 생각이 자리하고 있었다.

아빠 위원회를 구상한 이후, 나는 뜻밖의 선물들을 받았다. 나는 평소 같으면 말하지 않고 지나쳤을 내용들에 '언어'라는 형식을 부여했고, 아빠 위원회 덕분에 친한 친구들과 모여 앉아서 그들이 내게 얼마나 소중한 존재인지 이야기하고, 내 딸들에게 중요한 역할을 해줄 것을 부탁할 수 있었다. 수술 날짜가 가까워졌고, 이미 몇 차례의 위원회 모임이 열렸다. 제프가 보내주는 엽서는 매일 침대 옆에 쌓여가고, 2주에 한 번꼴로 걸려오던 맥스의 전화도 일주일에 세 번으로 늘어났다. 그리고 우리는 그들을 우리 삶의 가장 깊숙한 곳에 초대했다. 그리하여 우리들 사이에는 새롭고도 강한 유대감이 형성되었다.

친구들과 함께 앉아 삶을 이야기하면서, 나는 우리 사이에 어떤 공통된 패턴이 있음을 발견했다. 그중 하나는 우리에게 우리 할아버지나 아버지에게조차 낯설게 느껴질 만한 새로운 유형의 남성상이 존

재한다는 것이었다. 우선 우리는 많은 대화를 나누며 꽤 정기적으로 만난다. 그리고 한때 여성 잡지나 낮 시간대 토크쇼의 전유물로 여겨지던 분야들, 이를테면 육아나 감정, 심지어 몸에 대해서도 많은 이야기를 나눈다.

이런 새롭고 현대적인 남성상을 대표할 만한 친구로는 데이비드 블랙을 따라갈 사람이 없다. 데이비드는 사나이 중의 사나이이면서 현대 여성들이 좋아할 만한 남자다. 그의 사내다움은 전화에 대고 "여어, 친구!"라고 말하는 데서도 나타난다. 데이비드는 경쟁을 즐기고 정체불명의 술에 대해 끝없이 찬사를 늘어놓는 경향이 있으며, 쉰 살 생일에는 컨버터블 스포츠카를 사기도 했다(실은 다른 진짜 사나이들처럼 참을성이 부족해서 마흔아홉 살 생일에 구입했다).

또한 데이비드는 현대적인 남성상에 걸맞게 일찍 퇴근해서 어린이 야구단을 지도하고, 주변 사람들과 포옹을 곧잘 하며, 그들을 위해 빵을 굽는다. 힘든 일이 있을 때 가장 먼저 전화하게 되고, 끔찍한 하루를 보낸 후 마지막으로 찾게 되는 사람도 바로 그다. 사람들은 내가 그에게 아빠 위원회의 일원이 되어달라고 청했을 때 그가 울지는 않더냐고 묻기도 했는데, 그럴 때 나는 이렇게 대답했다. "데이비드는 산책을 가자고 청하기만 해도 운답니다."

이렇게 상반된 요소가 뒤섞인 성격은 그가 어렸을 때 느꼈던, 키와 체중에 대한 불안감에 기인한다. 데이비드에게 어렸을 때는 어떤 외모였냐고 묻자, 그는 "땅딸막했다네."라고 대답했다. "그게 무슨 말이에요?"라고 다시 묻자 그는 주저 없이 "뚱뚱했다는 말일세."라고 대답했다.

데이비드는 뉴욕 퀸즈의 잭슨하이츠에서 태어났다. 그의 아버지 힐렐 블랙은 윌리엄 모로 출판사의 편집자로, 제일 처음 편집한 책이 레지날드 대머럴의 《백인 거주지역의 승리: 미국에서 흑백통합학교안에 찬성한 최초의 마을 뉴저지 주 티넥의 극적인 이야기Triumph in a White Suburb: The Dramatic Story of Teaneck, N. J., the First Town in the Nation to Vote for Intergrated Schools》였다. 힐렐은 이 마을에 매료된 나머지 데이비드가 여덟 살 때 그곳으로 이사를 갔다.

"우리 아버지는 편집자였기 때문에 금요일에도 집에서 일을 하시곤 했지." 데이비드가 말했다. "내가 늘 나가서 놀자고 졸랐지만 아버지는 해야 할 일이 있었기에 놀아주실 수가 없었어. 아버지는 진공관 라디오를 옆에 두고 오페라를 들으면서 일을 하셨다네. 아버지가 놀아주지 않았기 때문에 나는 오페라를 싫어하게 되었지. 지금도 오페라가 싫어."

내가 아버지 때문에 책을 좋아하게 된 것은 아니냐고 묻자 데이비드는 이렇게 대답했다. "아버지 일을 근사하게 생각하긴 했지만 하고 싶다고 생각해본 적은 없었네. 나는 내 일이 하고 싶었지. 어렸을 때 나는 녹음기가 갖고 싶었어. 그래서 부모님께 말씀드렸더니 녹음기를 사는 것은 괜찮지만 직접 돈을 벌어서 사라고 하셨지 뭔가. 그래서 나는 신문을 돌렸다네. 〈베르겐 레코드Bergen Record〉를 자전거에 싣고 다니며 배달했지. 그로부터 몇 주 후 어머니가 차를 몰고 지나가다가 나를 보시고는 '네 아빠와 얘기해봤는데, 네게 녹음기를 사주기로 했단다' 하시는 거야. 나는 '엄마, 운전이나 계속하세요. 저는 배달할 신문이 남아서요'라고 대답했지."

때로 고집스럽게 느껴질 정도의 자립심은 데이비드의 가장 두드러진 성격이 되었다. 그는 스물한 살 때, 마침내 어린 시절 몹시도 마음을 괴롭히던 분야에서 자립심을 발휘했다. "메이시 백화점에서 일할 때 몸이 많이 불었어." 데이비드가 말했다. "그래서 달리기를 시작했지. 4월부터 10월까지 18킬로그램을 빼고 뉴욕 시 마라톤 대회에 참가했네. 내 평생 가장 뜻깊은 경험이었어. 그 덕에 내가 목표한 바를 이룰 수 있음을 깨달았으니까. 신문 배달을 하던 때가 생각나더군. 나는 목표가 있었고, 그 목표를 이룰 작정이었네. 그 무엇도 나를 막을 수 없었어."

　　그의 자립심은 아버지조차도 막을 수 없었다. "나는 레이스의 후반부를 전반부보다 30분 더 빨리 주파했네." 데이비드가 말했다. "그런데 40킬로미터쯤 달렸을 때 아버지가 기뻐하며 나를 맞으러 나오셨어. 나는 아버지를 쳐다보며 '비켜요!'라고 말했지. 그 순간 나 자신에게 깜짝 놀랐지만, 그러면서도 내가 무엇을 하고 있는지 알았어. 나는 해냈던 거야. 그 승리의 순간을 다른 누군가에게 빼앗길 수는 없었네. 그로부터 한 주 뒤에 아내를 만난 것도 우연이 아니었지."

　　"마라톤 덕에 멜리사를 만나게 되었다는 건가요?"

　　"나는 자신감이 넘쳤어. 무엇이든 할 준비가 되어 있었지. 남자들은 대부분 살이 찌는 것에 대한 걱정을 입 밖에 내지 않아. 하지만 장담컨대 거의 모든 남자가 그런 걱정을 하고 있지. 거리를 지나다 보면 벨트 바깥까지 뱃살이 늘어져 있는 자신에게 화가 나 있는 사람이 얼마나 많은가? 스스로가 마음에 들지 않는다면 행복해질 수 없다네. 나는 그 점을 자네 딸들에게 일러줄 생각일세."

이 새로운 유형의 남성들 사이에서 찾아볼 수 있는 한 가지 특징은 친구들과의 우정에 예전과 같은 경계가 적용되지 않는다는 점이다. 데이비드는 처음에는 동료로 시작해서 친구가 된 사이였지만, 이제는 동료인 동시에 친구다. 아빠 위원회 회원들 중 데이비드만큼 내 일에 대해 잘 아는 사람도 없다. 더욱이 그는 우리 집 근처에 살기 때문에 우리의 가정생활에 대해서도 누구보다 잘 알고 있다. 두 집안은 핼러윈에 사탕을 얻으러 오가고, 슈퍼볼을 함께 시청하고, 생일도 함께 보낸다(데이비드와 나는 생일이 같다. 비록 그가 5년 먼저 태어나기는 했지만).

이런 관계에서는 일과 가정생활이 유기적으로 연결되고, 직업과 관련된 중요한 사람들이 내 사생활을 이해해준다는 장점이 있다. 그러나 단점도 없지는 않아서, 관계에서 빠져나오기가 쉽지 않고 특히 무언가 잘못되었을 경우에는 더욱 그렇다. 나는 데이비드와의 관계에서 그 두 측면을 모두 경험했다.

출판 대리인은 대부분의 꿈이 이루어지지 않는 세상에서 꿈을 이루도록 도와주는 중개인이다. 데이비드에게는 다른 사람의 열망과 좌절감을 잘 다룰 줄 아는 놀라운 재능이 있다. 린다와 내가 앞으로 우리 딸들이 그에게서 배웠으면 하는 것도 바로 이런 능력이다. 데이비드는 우리 딸들이 상상을 초월하는 목표를 상상하게 해줄 것이고, 그 목표를 이루지 못했을 때 좌절하지 않도록 도와줄 것이다. 데이비드는 아이들에게 꿈을 꾸는 법을 가르쳐줄 것이다.

데이비드 블랙은 뉴욕에 있는 대형 에이전시에서 우편물을 나눠주는 일로 출판계에 첫발을 내디뎠다. 그 후 다른 에이전시로 옮겨서 전화받는 일을 했고, 마침내 용기를 내어 자신의 에이전시를 차렸다.

그의 나이 스물아홉 살 때의 일이었다. 데이비드는 말했다. "어린 시절의 어느 날 아버지와 앞마당을 거닐고 있었는데, 아버지가 '아들아, 네가 커서 무슨 일을 하든 상관없지만 반드시 자기 사업을 해야 한다'라고 말씀하셨지. 나는 그 말을 늘 가슴속에 새기고 있다가 사업을 시작할 때 아버지에게 전화를 걸어 '블랙 출판 에이전시의 주식이 100주인데, 아버지는 지금 그 주식 전부를 가진 사람과 통화하고 계세요'라고 말했네."

"두렵진 않았나요?"

"월급 수표에 서명을 하기 전까지는 두렵지 않았다네. 하지만 서명을 하는 순간 다른 누군가의 가족이 내가 하는 일로 생계를 꾸려간다는 사실을 깨달았지."

"성공하리라는 걸 언제 알았어요?"

데이비드는 눈도 깜짝하지 않고 대답했다. "성공하지 않으리라고 생각해본 적이 없었네."

데이비드는 자기가 하는 일에 재능이 있었다. 그에게는 전체를 보는 눈이 있었다. 반면 참을성은 다소 부족했는데, 그런 점은 오히려 산만한 아이디어들을 구조화하는 데 종종 도움이 되었다. 내가 내슈빌에 거주하는 컨트리 가수 다섯 명을 1년간 따라다니며 취재하겠다고 했을 때도, 데이비드는 다섯 명을 세 명으로 줄이라고 설득했는데, 과연 그의 말이 옳았다. 그는 사업가 기질이 있으면서도 기업문화에 민감해서, 그 점이 창의적인 거래를 가능케 했다. 내가 중동 지역을 여행하면서 찍은 사진들로 책을 내고자 했을 때(돈키호테적이고 돈을 잃을 게 뻔한 일이었다), 데이비드는 출판사와 내가 절반씩 비용을 대서 위험부담 내지는 기대수익을 공평하게 나누자고 했다. 그 책의 출판은 성공적이었다.

무엇보다 데이비드는 감정적이었다. 그는 스스로의 불안정한 면을 잘 이해하고 있어서 고객의 좌절감과 끝 모를 불안감을 잘 다독일 줄 알았다. 우리가 만난 지 1년 후 데이비드는 나의 네 번째 책 저작권을 놓고 여러 출판사들과 협상을 벌이다가 그만 실수로 내 1년치 수입에 해당하는 금액을 날려버리고 말았다. 나로서도 괴로운 일이었지만 그에게는 더욱 끔찍한 일이었다. 데이비드는 지금도 그 일이 자신의 이력에서 '가장 부끄러운 경험'이었다고 말한다. 한번은 내가 일과 관련해 곤란한 상황에 처하자 데이비드는 비행기를 타고 미 대륙의 절반을 날아와 우리 집에 머물면서 늘 나와 함께하겠노라고 말했다. 힘들 때 서로를 돕는 상호 협력 정신의 발로였다. "자네 책이 베스트셀러 목록에 이름을 올린 날, 내가 눈물을 흘린 것도 바로 그 때문이라네."

그로부터 7년 후 절망감에 휩싸인 린다와 내가 힐리 박사를 처음 만나는 날, 데이비드는 우리 집에 와서 나 대신 집안을 돌보고 내 짐을 대신 들어주었으며, 내가 비틀거리며 계단을 내려와 택시를 타고 병원에 도착하여 대기실로 들어가는 뒷모습을 지켜보았다.

슬픔과 두려움이 가라앉고 항암제의 독성이 온몸에 스며들기 시작했을 때 나는 글쓰기를 중단했다. 그리고 데이비드에게 꿈의 중개인으로 활약하는 동안 무엇을 배웠느냐고 물어보았다. 그가 꿈을 좇는 사람들에게 줄 수 있는 가장 중요한 선물은 무엇인지 궁금해서였다.

그러자 데이비드는 주저 없이 대답했다. "그들이 성공할 수 있다는 신념일세. 내가 그들의 능력을 믿어주면 그들도 힘을 얻어서 스스로를 믿게 되지."

"그렇지만 처음 당신 사무실에 들어갔을 때 저는 스스로를 믿지 않았어요." 내가 말했다. "저는 10년 동안 꿈을 좇았지만 성공하지 못했죠. 저는 벽에 부딪힌 상태였어요."

"나는 벽을 보지 않는다네." 그가 말했다. "그리고 자네에게도 똑같이 하라고 권해주고 싶네. 벽을 보지 말라고 말이야. 물론 때때로 벽에 부딪힐 때도 있겠지만, 그럴 때는 벽을 부숴버리게. 그리고 거길 통과하게. 벽을 타넘어도 좋고, 돌아가도 좋고, 아래로 뚫고 지나가도 좋아. 벽이 있다는 것은 알되 그 너머로 나아가야 하네. 무슨 일을 하든지 거기에 압도돼서는 안 돼. 벽에 굴복하지 말게."

"그러니까 앞으로 20년 뒤에 타이비나 에덴이 당신 사무실을 방문했다 쳐요. 그 아이에겐 꿈이 있어요. 식당을 차리거나 산에 오르거나 마라톤에 참가하거나 책을 쓰고자 하는 욕구가 있어요. 그런데 용기가 없어요. '저는 할 수 없어요. 그건 너무 어려워요. 그리고 그런 일을 할 만한 자금이 없어요'라고 말하죠. 그럴 때 그 아이에게 뭐라 말해주시겠어요?"

"나는 이렇게 말해주겠네. '자, 앉아서 뭐가 가능한지 생각해보자꾸나. 산 정상까지의 지도를 만들어보는 거야. 아니면 식당 운영을 위한 계획을 세우거나 책의 개요를 생각해보는 거지. 일상을 멋진 날들로 만들어가자꾸나.'"

이럴 때 데이비드의 목소리에서는 허세가 느껴지지 않는다. 사나이다운 박력도 사라지고 속삭임에 가까운 어조가 된다. 오페라가 끝나기를 기다리며 뒤뜰에 혼자 서 있던 땅딸막한 소년의 공감 가득한 목소리가 된다. 스스로를 믿지 못하면서 가질 수 없는 것을 원한다는 게 어떤 것인지를 아는 사람의 침착한 목소리가 된다.

"그런데 만약 이런저런 이유로 그 꿈을 이루는 데 실패하면요?"

"그렇다면 실현 가능한 꿈을 찾아보자고 말해주겠네. 최초에 품었던 꿈이 아니어도 좋고 지금 당장 이루고 싶은 꿈이 아니어도 좋아. 꿈을 바꿀 줄도 알아야 하네. 이룰 수 있는 꿈을 찾아보는 거야. 그래서 그 꿈이 이루어지면 실패의 괴로움보다는 성공의 기쁨에 집중하는 거지. 내 경험에 비추어보건대 누구나 불가능한 꿈을 꿀 수는 있네. 하지만 소수의 사람들만이 가능한 꿈을 발견하지. 그리고 그런 사람들이 행복한 사람들이라네."

말하라, 그리하여 혼돈과
두려움 속에서 나오라

암에 걸리기 한참 전에 나는 아이들과 관련된 비밀스런 놀이를 혼자 즐기곤 했다. 그것은 기억력 운동이자 시간을 때우는 한 방법으로서, 아이들이 훗날 어떤 것들을 기억하게 될지를 추측해보는, 한마디로 현실성 없는 놀이였다.

아이들의 기억 속에서 우리는 자전거를 타고 언덕을 넘거나 뒤뜰에 꽃을 심거나 모래성을 허물 것이고, 아이들은 행복해하거나 새로운 아이디어들을 떠올릴 것이다. 아니면 그냥 어린 시절을 맘껏 즐길 수 없게 만드는 복잡다단한 일들에서 벗어나 있을 것이다. 그런 생각을 하면서 나는 이렇게 중얼거리곤 했다. '이때야말로 아이들이 늘 기억할 만한 순간이야. 이런 경험은 평생 기억에 남을 거야.'

암에 걸린 후 이 놀이는 더욱 절실해졌다. 친구들은 나를 위로하려 들었다. "걱정 말게. 자네 아이들은 너무 어려서 자네가 병들었다는 것조차 잘 기억하지 못할 테니까. 세 살 때 일을 얼마나 기억할 수 있단 말인가?" 이런 말들은 결코 위로가 되지 못했다. 내 딸들이 요즘의 일들을 기억하지 못한다면 내가 죽고 난 뒤에는 나에 대한 기억이 거의 남아 있지 않을 테니까.

더욱 겁나는 일은 이제 내가 잘 걷지 못하는 까닭에 우리가 쌓아갈 수 있는 추억의 형태에 제한이 가해지리라는 것이었다. 다리가 불편한 나는 아이들이 가장 좋아하는 일에 매달렸다. 동화의 세계로 관심을 돌린 것이다.

항암 치료를 받기 시작한 지 몇 달이 지난 어느 날, 나는 타이비와 에덴을 내 침대로 불렀다. "아빠랑 같이 책 읽을까?"라고 말하자, 아이들은 환호성을 지르며 《안젤리나 발레리나》, 《젤리빈과 빅 댄스》, 《테사우로스 렉스》 등 그들이 좋아하는 동화책을 한 아름 안고 돌아왔다. 우리 모두는 한 시간 동안 살아 움직이는 도서관이 되어 낄낄대고, 극적인 어조를 흉내 내고, 근심스러운 표정을 짓고, 목쉰 소리로 응원했다. 이 책들은 아이들을 돌보는 데 필요한 책이라기보다는 그들과의 관계를 이어주는 책이었다.

나는 중간에 책을 덮고 아이들에게 말했다. "얘들아, 너희들에게 말해주고 싶은 게 있단다." 목소리가 감상적이면서도 진지해졌다. "늘 책을 읽으면, 늘 행복하단다." 아이들은 고개를 끄덕이고 내 말을 반복해서 따라 한 후 다시 책을 보았다. 그때 갑자기 그런 생각이 들었다. '그래, 바로 이거야. 이거야말로 아이들이 절대 잊지 못할 말이지. 이건 아이들이 대학 교정에 누워 처음 사귄 남자 친구한테 자신이 살아온 이야기를 들려줄 때 할 만한 그런 이야기야.'

나는 목이 메었다. 암 환자의 하루는 눈물의 하루다. 놀이 시간이 끝나가고 있었다. 그래서 나는 다시 한 번 아이들의 이목을 집중시켰다. "같이 시간을 보내주어 고맙구나. 그리고 기억해두렴······."

나는 아이들이 내 말을 따라 해줄 것을 기대하며 그들을 바라보았다. 아이들이 우리 사이에 뭔가가 통했다고 말해주었으면 싶었다. 내가 어떤 사람인지 늘 기억할 것이라고 나를 안심시켜주었으면 싶었다.

"늘 책을 읽으면······," 내가 말하자 타이비가 말을 받았다. "늘 똑똑해져요."

아, 물론 그렇고말고!

나는 소리 내어 웃었다.

아이들이 태어난 초기에 우리는 아기를 어떻게 돌봐야 할지 몰라 쩔쩔매던 초보 부모였다. 처음 린다는 젖몸살을 앓았고, 젖을 빨지 않으려 하는 아기들에게 젖을 물리느라 고생했다. 산더미처럼 쌓이는 기저귀도 감당이 안 되었다. 가장 힘들었던 점은 수면 부족이나 소화 불량이 아니라 신생아 둘에게 동시에 젖을 먹이는 일이었다. 린다는 하루 종일 비스듬하게 누워 아이 둘에게 차례로 젖을 먹이거나 아이들을 양팔에 하나씩 끼고 동시에 젖을 먹이거나 했는데, 둘 다 별로 효과적인 방법이 못되었다. 결국 첫 주에는 번갈아가며 한 명씩에게만 모유 수유를 했다. 의사들은 우리의 양육 방법이 분별없다며 걱정스러워했다.

마침내 우리는 세 명의 어른이 동원된 다소 부자연스러운 자세로 낙착을 보았다. 린다가 자리를 잡고 앉으면 어른 하나가 아기 하나를 들고, 또 다른 어른이 다른 아기를 들고 있는 것이다. 우리는 누가 무엇을 먹고 얼마나 마시며 대소변의 양은 얼마나 되는지를 꼼꼼히 기록해두었다. 이런 식으로 몇 주가 흐른 후 나는 친구들을 만나 그 이야기를 하면서 딸들에게 모유 수유를 하느라 우리가 얼마나 힘들었는지 모른다는 말을 했다. 그러자 아기 엄마인 한 친구가 엄격한 어조로 말했다. "우리라고? 린다겠지."

"아니," 나는 잊혀진 아빠들을 대신해 말했다. "'우리'가 맞아!"

그런 다음 최근에 일어난 일을 들려주었다. 린다와 아이들과 차를 타고 외출했을 때였는데, 젖을 먹여야 해서 내가 한 아이를 안고 차의 조수석 바깥으로 나가야 했다. 마침 비가 와서 나는 무릎을 꿇고 등에 비를 맞으며 아이를 하나님께 바치는 번제처럼 들고 있었다. "딸들에게서 아빠가 밉다는 말을 처음 듣는 순간," 나는 말했다. "또 다시 그런 자세를 취할 생각이야!" 참고로 말하자면, 그 자리에 함께 있었던 엄마들 중 누구도 내 말에 감동하지 않았다.

일단 아이들을 굶기지 않을 방도가 서자 그제야 그들의 성장과 발달을 생각할 수 있었다. 우리는 처음부터 말이 걱정이었다. 쌍둥이의 부모로서 가장 흔히 듣는 질문은 "쌍둥이들끼리만 통하는 말이 있나요?"였다. 쌍둥이들은 다른 사람들은 알아듣지 못하는 자기들만의 언어를 만들어낸다고 했다. 아기들은 주위 사람들을 흉내 내며 말을 배우는데, 쌍둥이들은 부모보다 서로를 보는 시간이 더 많기 때문이다. 그리고 어른들 대부분이 쌍둥이에게 일대일로 말하지 않고 두 명을 한 쌍으로 취급할 때가 많은 탓도 있다.

우리는 딸들의 언어 발달에 강박적으로 매달렸고, 특히 발음에 신경을 많이 썼다. 우리는 연극배우 같은 부모가 아니라 언어치료사 같은 부모가 되었다. 그리고 유전에 의한 것인지 우리의 노력에 대한 보상인지는 모르겠지만 그 방법은 효과를 거두었다. 아이들은 걷기도 전에 말을 했고, 생후 1년경에는 글자를 깨쳤으며, 18개월 무렵에는 메뉴와 카탈로그를 읽는 데 심취했고, 2년 6개월경에는 메리 포핀스의 억양으로 닥터 수스(미국의 인기 동화작가–옮긴이)의 동화책들을 읽었다. 아이들이 말 없이 골을 낼 때면 우리는 "말을 해"라고 얘기했지만, 사실 그 반대의 경우가 더 많아서 "그만 떠들고 가서 자거라!"라는 말을 많이 했다. 쌍둥이들끼리만 통하는 말을 걱정할 필요는 전혀 없었다. 아이들은 말하는 것을 좋아했다.

단, 다른 사람들이 있을 때는 예외였다. 초인종이 울리기만 하면 평소 쉴 새 없이 재잘거리던 아이들이 금세 입을 다물어버렸다. 우리는 아이들의 낯가림을 고쳐주려고 우리 집에 오는 손님들에게 물어볼 질문 목록을 만들어주었다. '생일은 언제예요?', '아침으로 뭘 드셨어요?', '가장 좋아하는 장소는 어디예요?' 등등. 마침내 아이들은 자기들이 만든 질문인 '가장 좋아하는 디즈니 만화 속 여주인공은 누구예요?'를 추가했고, 우리는 이제 다른 게임에 돌입할 때라는 걸 깨달았다.

그래서 생각해낸 게임이 '리포터' 게임이었다. 어느 날 공항에서 시간을 때우던 나는 아이들에게 멀찌감치 떨어진 곳의 좌석 번호를 세거나 표지판 색깔을 알아오거나 시차 적응이 안 된 승객들에게 어디 사는지 물어보고 오라고 했다. 아이들은 돌아와서 각자 자기 이름을 말하고 조사해온 것을 발표해야 했는데, 이 놀이를 우리는 '리포터' 게임이라고 불렀다.

그러나 말을 통해 의미를 구축하는 가장 효과적인 수단은 내가 어렸을 때 밤마다 하던 '좋은 일과 나쁜 일' 게임이었다. 어린 시절 우리 집에서는 저녁 식사를 함께하는 것을 매우 중요시했다. 우리 형제들은 낮 시간에 할 일을 다 마치고 6시에는 꼭 식탁 앞에 앉아야 했다. 그리고 매일 밤 같은 의식이 반복되었다. 먼저 사회자로 정해진 사람이 식탁 주위를 돌며 각 사람에게 "오늘 있었던 나쁜 일은 뭐였나요?"라고 묻는다. 부모님도 그날 있었던 안 좋은 일들에 대해 이야기했는데, 그것은 실망스러운 일들을 다룰 때 자신의 연약하고 상처받기 쉬운 면을 드러내 보일 수 있어야 한다는 것을 알려주는 효과가 있었다. 한 가지 분명한 것은 '누구도 다른 사람에게 일어난 좋지 않은 일을 대신 해결해줄 수는 없다'는 것이었다.

그 다음 질문은 기분 좋은 것으로, "오늘 있었던 좋은 일은 뭔가요?"였다. 덕분에 우리 가족은 긍정적인 생각으로 하루를 마무리하는 것의 가치를 알게 되었다. 가족들 사이에 친밀감을 키워주는 이 게임에는 거부할 수 없는 매력이 있었다.

린다와 내가 '좋은 일과 나쁜 일' 게임을 시작했을 때 아이들은 게임의 규칙을 잘 이해하지 못했다. 그들은 우리에게 있었던 나쁜 일("잠을 제대로 못 잤어요")이나, 언니나 동생에게 있었던 나쁜 일을 그대로 따라서 말했다("언니랑 똑같아요"). 하지만 시간이 지나면서 "언니가 내 티아라를 훔쳐갔어요!"라든가 "엄마가 하루 종일 우리랑 함께 있었어요."라고 하면서 자신의 감정을 보다 잘 표현했다. 이 게임은 아이들의 개성을 엿볼 수 있게 해주었으며, 상대방의 말에 면박을 주지 않고 경청할 줄 아는 한 어떤 연령대의 사람들과도 어려운 대화가 가능함을 알려주었다.

그러나 정작 우리가 아이들과의 대화에서 우리가 세운 원칙을 따르지 않았을 때 그 결과는 매우 심각했다.

나는 가을에 화학 치료를 몇 차례 더 받으면서 몸이 쇠약해지기 시작했는데, 눈물이 쏟아지듯 체중이 빠져나갔다. 면역력이 떨어지고, 빠진 눈썹과 속눈썹이 낙엽처럼 굴러다녔다. 더욱 속상한 것은 입원과 퇴원을 반복해야 한다는 것이었다. 지난번에는 갑작스럽게 5일 동안 병원에 갇혀 지냈다. 아침에 몸이 좀 안 좋다 싶었지만 금세 괜찮아졌는데 오후쯤 되자 열이 40도까지 올라서 급히 응급실을 찾았던 것이다. 나는 백혈구와 적혈구 수치가 모두 낮을 때가 많아서 감기와 폐렴 및 유치원생 아이들이 일상적으로 옮겨오는 대부분의 전염병에 취약했고, 거의 모든 전염병을 앓았다. 우리는 마스크를 묶음으로 사다 놓았다.

하지만 우리의 가장 중요한 결정은 아이들에게 내가 어디로 가는지 알리지 않기로 한 것이었다. 공정하게 말해서 그것은 린다의 결정이라기보다는 나의 결정이었다. 아이들은 병원이 어떤 곳인지 몰랐고, 나는 아이들을 걱정시키고 싶지 않았다. 하지만 그것은 엄청난 실수였다.

11월 초에 5일 동안 메모리얼 슬로언케터링 병원 12층에 입원해 있다가 집으로 돌아와 침대에서 딸들에게 책을 읽어주는 일을 다시 시작했다. 최근 몇 달 동안은 아이들마다 듣고 싶은 이야기를 두 가지씩 이야기하면 내가 그것들로 이야기를 엮어 들려주는 놀이를 해왔다. 나는 이 놀이를 좋아했는데, 그것은 매일 밤 흥미진진한 시간을 보낼 수 있을 뿐 아니라 이를 통해 스토리텔링에 대해 그 어떤 대학원 세미나에서 배우는 것보다 더 많은 것을 배울 수 있었기 때문이다. 아이들은 이야기를 만들어내는 과정에 참여할 수 있어서 좋아했다. 타이비는 대개 핑크색을 가진 뭔가를 이야기 속에 등장시켜 달라고 요청했고, 에덴은 늘 드레스를 입은 두 소녀를 원했다.

병원에서 돌아온 첫날 저녁, 아이들에게 어떤 이야기를 듣고 싶으냐고 묻자 타이비는 "핑크색 개구리와 딸기 아이스크림에 관한 이야기요"라고 대답했고, 에덴은 "가족이 없는 두 소녀에 관한 이야기요"라고 말했다.

오, 이런!

다음날 아침, 에덴이 짜증을 부리며 울기 시작했다. 나는 우는 아이를 의자에 앉혔다. "어제 왜 가족이 없는 두 소녀에 관한 이야기를 들려달라고 했지?" 내가 물었다. "네겐 가족이 있니?"

"네."

"누구?"

에덴은 나를 가리켰다. 그러고는 "엄마와 타이비도요"라고 말했다.

"가족이 없어질까봐 겁이 날 때가 있니?"

에덴이 고개를 끄덕였다. "엄마와 아빠가 집에 없을 때요."

나는 다음 질문을 물어보기가 망설여졌다. "아빠가 지난 주말에 집에 없어서 무서웠어?"

"아주 아주 아주 아아주, 무서웠어요."

'아주'가 네 번 들어 있었다.

마음이 무너져내렸다. 그날 오후 유치원 선생님이 전화를 해왔다. "아이들이 요즘 들어 좀 집착하는 경향을 보이네요. 집에 무슨 일 있나요?" 그날 밤 나는 새로운 놀이를 도입했다. '아빠에게 물어보고 싶은 게 있나요?'라는 놀이였다.

에덴부터 시작했다. 나는 에덴을 데리고 서재로 가서 조심스럽게 설명해주었다. 아빠가 집을 비운 이유는 병원에 가 있었기 때문이고, 병원에서 의사들이 잘 돌봐줬다고 말했다. 그런 다음 병원에 대해 질문이 있느냐고 물어보았다.

"잠은 어디서 자는데요?" 에덴이 물었다. 나는 병원에 침대가 있다고 설명해주었다. "병원 침대에 누우면 아파요?" 나는 아니라고 말해주었다.

타이비의 차례가 되자 그 아이는 보다 자세하게 물어보았다. "병원에서 아빠 살갗의 불그스름한 부분에다 뭘 하는데요?" "의사들이 아빠 몸속을 어떻게 들여다봐요?" "의사들이 아빠 몸에 구멍을 내면 나중에 그 구멍을 어떻게 덮어요?" 그리고 가장 중요한 질문이 이어졌다. "식사는 어디서 해요?" 내가 병원에 식당이 있다고 말했더니 타이비는 매우 신나 했다. 타이비는 "아빠, 얘기가 너무 길어졌어요!"라고 말하더니 서재에서 뛰어나가며 "에덴! 에덴! 글쎄 있지, 병원에 식당이 있대!"라고 소리쳤다.

타이비가 나간 후 나는 아이들을 보호하려 했던 게 잘못이었음을 깨달았다. 그보다 더욱 나빴던 건 내가 아이들에게 늘 해오던 '말을 해'라는 충고를 잊고 있었다는 것이다. 내가 그동안 어디에 있었는지 설명하자 아이들의 걱정은 금세 사라졌다.

나는 창세기의 서두에 나오는, 내가 좋아하는 성경 메시지를 떠올렸다. 질서가 있기 전에 혼돈이 있었다. 빛이 있기 전에 어둠이 있었다. 그 무질서를 이겨낼 만큼 강한 유일한 힘이 무엇이었던가? 하나님이 세상을 창조하는 데 무엇을 사용하셨던가?

하나님은 말을 사용하셨다.

12월 1일
가족 및 친지 여러분께

요 몇 주간 바람과 비와 북극의 차가운 대기가 브루클린을 휩쓸고 지나갔습니다. 우리 집의 조그마한 뒤뜰에 그늘을 드리우던 거대한 단풍나무도 마침내 잎이 다 떨어졌습니다. 해가 짧아지고 난방이 불규칙적으로 이루어지는 요즘, 우리는 이제 겨울의 역설에 직면해 있습니다. 창밖의 나무들은 가지만 앙상하지만 그 덕분에 집안에는 더 많은 햇빛이 들어온다는 역설 말입니다.

　어느 날 아침, 저는 몇 가지 목록을 작성해보았습니다. 첫 번째 목록에는 아프거나 쑤시거나 뭔가 이상이 있는 신체 부위를 적었는데, 서른 번째까지 꼽아보다가 그 숫자에 압도되어 그만두었습니다. 두 번째 목록에는 지난 몇 주 사이에 제가 운 횟수를 전부 적어보았습니다. 실망스러운 소식을 듣고 운 적이 몇 번인가 있었고, 자기 연민에 빠져서 운 적이 적어도 한 번은 있었던 것 같습니다. 가족들에게 고통을 안겨주었다는 생각 때문에 운 적도 있었고, 친구가 암에 걸린 지 5년 만에 완치 판정을 받았다는 소식에 기쁨의 눈물을 흘린 적도 있었습니다. 마지막 목록에는 제가 완치되는 날 가보고 싶은 장소를

119

모두 적어보았는데, 꽤 길더군요. 그날은 제 생일이었고, 저는 병원에 있었습니다.

우려했던 대로 마지막 몇 달은 몹시 힘들었습니다. 화학 치료가 중간쯤 진행되면서 심한 부작용을 여러 차례 경험했습니다. 우선 귀에 염증이 생겼고, 폐렴이 찾아와서 몇 주간 치료를 받았습니다. 그 뒤에는 3주 사이에 두 번이나 급히 병원을 찾아야 했습니다. 한 번은 신장에 스며든 메토트렉사트의 독성이 증가해서, 또 한 번은 백혈구와 적혈구의 수치가 0에 가깝게 떨어진 탓에 면역체계가 제 기능을 하지 못해서였습니다.

의사들은 이런 증상들을 당연하게 여기고 별로 놀라지 않았지만, 이는 그동안 투여해온 항암제 때문에 몸이 약해졌다는 증거입니다. 게다가 항암제와 스테로이드 주사를 맞으며 암 병동에서 나흘을 보내야 하는 데서 오는 육체적, 심리적 고통도 상당했습니다. 오죽했으면 린다에게 "이렇게까지 고통스러우리라는 것은 누구도 알지 못할 거야"라고 써 보냈을까요.

그렇지만 이 고통스러운 시간도 무사히 지나가고 수술 전의 4개월 남짓한 화학 치료 기간이 거의 끝나가서 기분이 좋습니다. 의사들은 몇 주간 몸을 추스른 후 12월 말에 수술을 하자고 하더군요. 현재 힐리 박사는 공상과학소설에나 나올 법한 대단히 혁신적인 수술을 계획하고 있습니다. 바로 종양이 발견된 제 왼쪽 대퇴골을 8인치가량 째고 종양을 들어낸 다음, 그 자리에 티타늄으로 된 보철물을 삽입하는 것입니다. 힐리 박사는 또한 암이 전이된 허벅지 근육의 일부도 제거할 예정입니다.

그런 다음 성형외과의인 비벅 메라라 박사가 제 왼쪽 종아리뼈(없어도 되는 뼈라고 합니다)의 대부분을 떼어내서 그것을 왼쪽 대퇴골의 건강한 부분에 연결하여 보철물을 박습니다. 그러고는 종아리뼈 혈관을 다시 다리 윗부분의 혈관과 연결합니다. 이것은 무기물(티타늄)을 유기물(종아리뼈)과 융합시킴으로써 되도록 튼튼한 구조를 만들어내기 위한 아이디어입니다. 이것이 얼마나 드문 수술인지는 힐리 박사가 이제까지 딱 두 번 시술해보았다고 하는 것만 보아도 알 수 있습니다. 그러나 시도해볼 만한 가치는 충분합니다. 그 수술을 받은 사람 중 하나가 뉴욕 제츠 특별팀의 코치였는데, 뉴욕 일대에서는 널리 알려져 있다시피 뉴욕 제츠 특별팀은 금년에 꽤 좋은 성적을 거뒀으니까요!

수술이 끝나면 곧바로 약 3개월간 이어질 화학 치료에 대비하여 몇 주간 잘 쉬어줘야 합니다. 그때쯤에는 기력이 약해져서 잘 걷지 못할 터라 물리 치료를 시작할 예정입니다. 7월 이후로 줄곧 언급해왔듯이 상실의 해를 맞이한 것이죠.

그래, 어떻게 견디고 있느냐고요? 간신히 버티고 있습니다. 잘해야 불안정한 상태라고 할까요. 요 몇 주 사이에는 감정의 기복이 심해져서, 약해진 세포와 정서적인 민감성 사이에 어떤 상관관계가 있는 게 아닌가 하는 생각을 해보았습니다. 기운이 없을수록 고통이 더 심해지는 것 같습니다. 특히 감정적인 면에서요. 몇 주 전의 어느 날 밤, 장모님께서 병원에 있는 제게 전화를 걸어 아이들이 제가 집에 없어서 슬퍼한다는 말씀을 하셨을 때는 수화기를 내려놓은 뒤 손으로 얼굴을 감싸 쥐고 울었습니다. 근원적인 울음이 근원적인 울음이라 불리는 데는 이유가 있었습니다. 어떤 공포는 근원적인 것입니다.

그렇기는 해도 대체로 우리는 힘든 상황을 받아들이고, 시각을 조정하고, 기대치를 바꿔나가는 중입니다. 특히 린다는 강 건너 병원에 누워 있는 남편과 집에 있는 세 살배기 두 딸 사이에서 몹시 힘들어하고 있습니다. 그녀는 해외 출장을 취소하고 병원에서 휴대전화로 회의를 했습니다. 그리고 때로는 저의 스토아적 침묵과 싸웠습니다.

안 그래도 저를 돌보느라 힘든 린다와 주변 사람들에게, 제 고통을 얼마나 나누어야 할지에 대해서는 아직 잘 모르겠습니다. 어느 날 밤, 린다는 제 곁에 누워 제가 힘들어하는 부분을 자신과 더 많이 공유해야 한다고 말했습니다. 저는 그녀를 위해 말하지 않았노라고 설명했지만 린다가 고집을 부리는 통에 몸의 다른 불편한 증상들과 마음의 근심들을 털어놓았습니다. 그 이야기를 들은 린다는 어찌나 심적 동요가 컸던지 이틀간 잠을 이루지 못했습니다. 스토아적인 절제에는 확실히 그 나름의 미덕이 있습니다.

그렇지만 올가을 제게 가장 의미 있었던 일들은 항암제로 인한 고통스러운 증상이 조금 가라앉은 기간에 일어났습니다. 그중에서도 단연 으뜸은 린다가 운영하는 인데버의 기금 마련을 위한 파티였습니다. 개발도상국의 영향력 있는 기업가들을 돕는 이 기구의 모금 행사는 마치 결혼식을 다시 올리는 듯한 느낌을 주었습니다. 검은 넥타이와 500명의 사람들, 좌석표, 감성적인 분위기와 높이 들어 올린 축배의 잔은 마치 결혼식의 그것처럼 보였습니다.

저는 행사가 시작되기 72시간 전까지만 해도 병원에 입원해 있었지만, 다행히 마지막 시간에 골수 기능이 정상을 찾았습니다. 그리고 살이 많이 빠진 덕에 결혼식 때 입었던 턱시도를 입을 수 있었습니다. 그날 밤 저는 목발을 한쪽에 치워두고 인데버 창립자의 배우자로서 역할을 다했습니다. 린다는 많은 사람들 앞에서 환한 얼굴로 올해에 자신이 운영하는 기구가 이뤄낸 놀라운 성과에 대해 이야기했습니다. 인데버의 회장 에드거 브런프먼 2세가 개인적인 어려움 속에서도 최선을 다한 린다의 노고를 치하했을 때는 저뿐만 아니라 많은 사람들이 눈물을 흘렸습니다.

이 행사에서 맛본 그 모든 즐거움에도 불구하고, 앞으로 있을 일에 대한 경고 신호가 나타났습니다. 기금 모금에 관한 이야기가 아닙니다. 패션에 관한 이야기입니다. 우리 집에는 결혼식을 기념하는 드레스가 있었습니다. 제가 여러분께 성공적인 결혼 생활을 위해 추천하고 싶은 것이 하나 있다면 바로 '어디서 샀고, 입었을 때 어떻게 보이고, 값이 얼마나 나가는지 물어서는 안 되는 물건'으로 알려져 있는 파티 드레스입니다.

저는 지난 몇 년간 드레스에 대한 초연한 태도를 꽤나 자랑스럽게 생각해왔지만, 이제 정책을 바꿔야 한다는 걸 깨달았습니다. 딸들이 엄마의 공들인 몸치장에 감탄하면서, 자기들도 엄마를 졸라 동네 미장원에서 손톱 손질을 하는 것을 보았기 때문입니다. 아이들은 '텁시도(턱시도)'를 입은 아빠 모습을 보고 싶다고 노래를 부르기까지 했습니다. 제가 행사장을 향해 출발할 때 아이들은 "내년에는 우리도 파티 드레스를 입을 거예요!"라고 선언했답니다. 오, 이런! 도미노 이론이 생각나더군요. 이번 경우에는 그 이론이 맞는 것 같습니다.

전체적인 상황을 말씀드리면 이렇습니다. 아시겠지만 암은 언제 어떻게 될지 알 수 없는 병입니다. 우리의 삶은 힘들고 괴롭고 기쁘고 자랑스럽고 즐겁고 피곤한 순간들 속에서 불가해하게, 그리고 예측 불가능하게 요동칩니다. 심오한 무언가가 있기도 하지만 빨래거리도 있습니다. 최근에 어떤 사람이 제게 화학 치료를 받고 나서 한동안 몸이 힘들다가 조금 나아지면 갑자기 인생이 아름답고 희망에 찬 것처럼 보이느냐고 물었습니다. 어쩌면 그럴지도 모르지만, 저는 대개 싱크대의 막힌 배수구를 뚫느라 바쁘답니다.

그런 점에서 가족 및 친지 여러분이 우리와 많은 시간을, 많은 오후와 많은 주말을 함께하며 이 시기를 견디고 또 즐길 수 있게 도와주신 것에 대해 매우 고맙게 생각합니다. 특히 동창회 모임에서 따로 시간을 내어 격려 편지를 써준 서배너 고등학교 1983년도 졸업생 여러분에게 감사드립니다. 음식과 기분 전환 거리와 카드를 보내주고 저를 위해 기도해준 모든 분께 마음으로부터 따스한 인사를 전합니다. 머릿속으로는 이미 여러 번 감사 카드를 썼지만 일일이 보내지 못했습니다. 결례를 참아주시고, 우리가 여러분의 지지를 느끼고 있음을 알아주시기 바랍니다.

암에 걸린 지 다섯 달이 넘어가면서, 저는 어떤 특정한 날의 제 기분을 예측하거나 결정할 수 없다는 것을 받아들이게 되었습니다. '변명하지 말라. 사과하지 말라. 계획하지 말라'는 말이 제 신조가 되었습니다. 만일 누군가가 제게 무교병이 든 닭고기 수프를 한 냄비 끓여다 주었는데 갑자기 마리네이드(식초 및 포도주에 향료를 넣은 양념—옮긴이)에 절인 아티초크(국화과의 식물—옮긴이)와 밀크더즈(허쉬에서 만든 캐러멜—옮긴이)가 먹고 싶어진다면 저는 제가 먹고 싶은 것을 먹을 것입니다. 만일 누군가가 카자흐스탄에서부터 날아와 블룸버그 시장과의 점심 약속을 취소하고 저를 만나러 왔는데 졸음이 쏟아진다면, 저는 낮잠을 잘 것입니다. 단, 이런 이기적인 행동이 더 재미있기를 바랄 뿐입니다!

크리스마스가 다가오는 요즘, 우리가 아는 가장 긴 목록은 감사할 일들이 적힌 것입니다. 그리고 암 치료 과정에서 하나 배운 게 있다면 감사할 일들을 사람들과 함께 나누는 것입니다. 최근 저는 한 살도 되기 전에 아버지를 잃은 친구와 이야기를 나눌 기회가 있었습니다. 그녀는 아버지와 관련해 가장 아쉬웠던 점은 아버지에게서 편지를 받지 못한 것이라고 말하더군요. 그녀의 언니는 아버지에게서 편지를 받았지만 그녀는 당시 아기였기 때문에 편지를 받지 못했던 것입니다. 그 친구는 해마다 자녀들에게 편지를 써서 그들을 얼마나 사랑하는지 말해준다고 합니다.

생각할 수 있는 가장 깊은 애정으로 여러분께 크리스마스 인사를 전합니다. 불안과 희망이 교차하는 이 계절에 여러분 모두 건강하시고, 여러분의 감사 목록에 기쁨이 가득하며 여러분의 편지에 사랑이 가득하기를 바랍니다.

그리고 부디 저를 위해 산책을 해주시기 바랍니다.

사랑합니다,
브루스

우리는 모두
진흙탕에서 자랐다

내가 기억하는 아주 오랜 옛날부터 머릿속에 들어 있는 목록이 하나 있다. 제목을 붙인 적도 없고, 종이에 적어본 적도 없는 그 목록은 바로 위기가 닥쳤을 때 어떤 상황에서든 아무것도 묻지 않고 내 곁으로 와줄 사람들의 목록이다. 어려움이 닥쳤을 때 그중 한 사람에게 전화를 걸면, 그는 당장 비행기를 타고 날아오거나 보석금을 내고 나를 감옥에서 빼내주거나 수표에 서명을 하거나 내 손을 잡아줄 것이다. 그 목록을 떠올릴 때마다 제일 앞자리에 나오는 이름이 있다.

그 이름의 주인공은 내가 기억조차 하지 못하는 까마득한 옛날부터 늘 나와 함께해온 친구다. 그는 길모퉁이를 돌면 나오는 집에 살면서 점심시간에는 내 옆에서 식사를 했고, 어떤 여자아이가 나를 정말로 좋아한다고 알려주던 친구다. 교내 반입이 금지된 라이스 크리스피와 내가 지겹도록 많이 먹은 밀라노 쿠키를 바꿔주고, 나와 함께 장난감 자동차용 경주로를 만들던 친구다. 그의 집 계단을 따라 내려가 장식장을 한 바퀴 돌아 화장실까지 길게 이어진 그 경주로는 개가 걸 어차지만 않았다면 기네스북에 올랐을 것이다.

그는 내가 생일을 잊은 적이 없고 아직까지 어린 시절의 전화번 호를 기억하는 친구다. 체중이 늘고 머리가 반백이 되고 십 대 자녀를 두었음에도 내게는 늘 여덟 살로 보이는 친구다.

사실 함께 자랐다는 것만 빼고는 나와 아무런 공통점이 없는 친 구다. 하지만 아플 때면 꼭 그에게 전화를 걸곤 했다. 설명할 길은 없 지만 그런 식으로 늘 서로 연결되어 있었고, 내가 기분이 최악인 주말 (병원에서 생일을 맞았을 때 같은)에는 그 역시 기분이 바닥이었다. 그는 어느 날 고등학교 때부터의 연인이자 20년간 그의 아내로, 또 두 자 녀의 어머니로 살아온 여인으로부터 "당신과 헤어지겠어요."라는 말 을 들어야 했다. 그런데도 그는 내가 걱정할까봐 6개월간 그 이야기 를 하지 않았다. 벤 에드워즈는 그런 친구다.

다음은 그가 2학년 학급 문집에 쓴 인사말이다.

브루스, 즐겁고 안전한 여름을 나기 바래! 어쩌면 너를 보러 바닷가에 갈 지도 모르겠다!!!! 너는 참 상냥하고 친절한 아이야.

사랑을 담아서, 벤

이듬해에 벤은 내 별명을 추가한 대신 '사랑을 담아서'라는 말은 뺐다.

테디 베어, 나는 네가 좋아!

_벤

그 다음 해의 인사말은 아주 쿨했다.

해변에서 좋은 시간 보내길 바래.

_벤

느낌표조차 없었다!

학창 시절에 찍은 단체 사진 속 그의 얼굴은 늘 비슷했다. 그는 주근깨투성이의 얼굴에 솔직한 눈, 가느다란 직모가 마치 소가 핥고 지나간 것처럼 솟은 머리를 하고 있었다. 이웃집 소년 같은 셔츠에 모든 게 미국식인 그는 마치 만화에서 툭 튀어나온 사람 같았다. 그는 우리 반의 '아치(아치코믹스 출판사에서 펴낸 《아메리칸 코믹 북》 시리즈에 나오는 가공의 인물-옮긴이)'였다.

벤의 소도시적 가치관은 쉽게 얻어진 것이 아니었다. 산부인과 의사였던 벤의 아버지는 레스토랑에서보다는 트럭 정류장에서 더 사랑받는 클랙스턴 프루트케이크의 본고장, 조지아 주 클랙스턴에서 자라났다. 우리가 태어나던 해에 클랙스턴 인구는 2672명이었다. 벤의 어머니는 클랙스턴 인근에 있는, 인구가 클랙스턴의 5분의 1에 불과한 브루클리트라는 마을 출신이다. 나는 벤에게 그의 아버지가 서배너로 이사 와서 도시 생활에 잘 적응했는지 물어보았다.

"아버지는 시골 분이셔." 벤이 말했다. "가장 좋아하는 소일거리가 마당을 가꾸시는 거였어. 아버지는 스타벅스라든가 박물관, 레스토랑 같은 도시적인 것들에는 취미가 없으셨지. 레스토랑에서 식사를 하느니 차라리 간이식당에서 닭튀김을 드셨을 거야. 교회에도 빠지지 않고 나가셨어. 할머니의 강요로 의대에 진학하기 전에는 주유소를 운영하고 싶어 하셨지."

에드워즈 박사는 매우 자상한 아버지였다. "지금까지도," 벤이 말했다. "아버지는 내 어깨에 팔을 두르셔. 나도 아버지 어깨에 팔을 두르고. 우리는 그러고 침대에 누워 텔레비전을 보지."

그러나 엄격한 면도 있었다.

"한번은 형이 열여섯 살 때의 일인데, 금요일 저녁에 아버지가 퇴근해 돌아오셔서 우리 방에 들어왔다가 방안이 잔뜩 어지러운 것을 보시고는 형한테 쓰레기를 버리고 오라고 하셨어. 형은 '알았어요' 라고 대답했지. 20분 뒤에 아버지가 다시 와서 보시고는 형한테 한 번 더 말씀하셨어. 형은 '알았다고요' 라고 말했지. 20분 뒤에 아버지가 다시 와서 말씀하셨어. '지금 당장 쓰레기를 버리고 오지 않으면 맞을 줄 알아.' 형은 일어서서 이렇게 말했지. '아버지, 제가 아버지보다 키가 더 큰데 어떻게 저를 때리시려고요?' 그러자 아버지는 형의 멱살을 잡고 말씀하셨어. '아들아, 네가 나보다 더 클지는 몰라도 내 호주머니에는 늘 다른 사람을 시켜서 너를 때려줄 수 있을 만큼의 돈이 있다는 것을 알아야지. 어서 가서 버리고 와.' 아버지가 방에서 나가자 형은 잠시 그 자리에 서 있다가 나를 보며 '쓰레기를 버리고 와야겠다' 라고 말했어."

아버지와는 달리 벤은 늘 음식과 와인, 밤 문화와 매년 라스베이

거스에서 보내는 주말 같은 도시 생활의 즐거움에 매료되었다. 그는 아버지의 뒤를 이어 의과대학원에 진학했고, 졸업한 뒤에는 아내와 함께 멤피스를 거쳐 샌디에이고로 옮겨갔다. 그렇지만 온 가족이 한데 모여 살면서 달콤한 차를 즐기는 남부적인 생활 방식에 거부할 수 없는 매력을 느꼈다.

"남부인의 피에는 진정한 선의가 흐르는 것 같아." 벤이 말했다. "북부인이 그렇지 않다는 이야기는 아니야. 하지만 캘리포니아에서 술집에 가면 사람들이 친절하기는 한데 진정으로 친절하지는 않지. 조지아에서는 술집에 가면 사람들과 어울려 술을 마시다가 그들과 함께 술집 문을 나서거나, 차를 얻어 타거나, 다음 날 바비큐 파티에 와 달라는 초대를 받거나 한다고."

"이유가 뭘까?" 내가 물었다.

"남부에서는 시간이 더디 가기 때문이지. 경쟁에서 이기려 드는 사람도 많지 않고."

"미식축구에서가 아닌 한 그럴 거야."

"미식축구에서라면 당연히 이겨야지!"

나는 내가 암에 걸린 것과 관련하여 가장 감동적이었던 것 중 하나가 서배너 사람들이 연대하여 나를 위로해준 것이라고 말했다. 동창들과 그들의 부모님들, 심지어 잠깐 알고 지낸 사람들까지도 스크럼을 짜고 타지에 사는 우리의 사기를 북돋워주려고 애썼다.

"그게 남부적인 가치야." 벤이 말했다. "충성심과 정직함, 우정 같은 것 말이지."

내가 우리 딸들이 벤에게서 배웠으면 하는 것도 바로 그런 가치들이다. 벤은 우리가 나고 자란 곳의 중요성을 알려줄 것이다. 어디를 가든 우리를 품어준 곳의 가치를 소중히 여기는 법을 알려줄 것이다. 얼마나 오래 살든 거듭해서 그런 가치들로 되돌아오는 법을 알려줄 것이다. 그는 내 딸들에게 "여기가 너희 아빠의 고향이란다. 그리고 너희들의 고향이기도 하지"라고 말해줄 것이다.

벤은 기억하는 법을 알려줄 것이다.

우리의 우정은 다섯 살 때부터 시작되었다. "너에 대한 가장 오래된 기억은," 벤이 말했다. "네 손을 붙잡고 유치원에 가던 거야." 그는 뒷마당에서 공을 차던 일을 기억했다. 또한 5학년 때 샤론 스터브스가 자기를 좋아한다고 믿는 그에게, 찰스 슈워츠가 그렇지 않다며 샤론에게 못되게 굴지 말라고 말했을 때 내가 그의 편을 들어주던 것을 기억하고 있었다. 그리고 벤이 가장 또렷하게 기억하는 사건은 사뭇 감동적이었다.

"4학년 때 우리는 카펫에 배를 깔고 누워 책을 읽곤 했지. 한번은 내가 코를 파던 손을 입에 넣었어. 모두들 나를 비웃었지만 너는 아무렇지도 않아 했지. 너는 '벤, 모두들 네가 코를 파는 걸 보고 있어'라고 말해주었어. 그 말에 고개를 들어보니 모두들 내게 손가락질을 하며 웃고 있었어. 그리고 2주일 동안 모두들 나를 놀려댔지만, 너는 놀리는 말 따위는 한마디도 하지 않았어."

"35년이 지난 지금도 그런 걸 다 기억해?"

"가장 친한 친구가 코를 파다가 코딱지를 입에 넣었는데도 변함없이 친하게 지낼 수 있다는 것, 그건 신뢰의 문제야."

나는 그에게 우리가 왜 친구가 되었다고 생각하는지 물어보았다.

"처음에는 가까이 살아서 친해졌겠지." 벤이 말했다. "그러다가 관심 분야가 비슷해졌어. 하지만 우리는 상대방보다 자신을 더 우월하게 여긴다거나 하는 일 없이 언제나 대등한 관계를 유지했지. 놀이나 그 밖의 것들에는 확실히 네가 한 수 위였지만, 스포츠에서는 늘 내가 너보다 나았어. 하지만 무엇이 되었든 네가 하는 일은 나도 했고, 내가 하는 일은 너도 했지. 하고 싶지 않았을 때조차도 말이야."

우리 사이의 그 모든 유사성에도 불구하고 우리에게는 한 가지 커다란 차이점이 있었다. 그것은 당시 남부에서 인종 문제 다음으로 중요한 차이점이었다.

벤은 기독교인이었던 데 반해 나는 유대인이었던 것이다.

벤은 대화 도중에 몇 번인가 그 점을 언급했다. 우리 가족은 유대인이었기에 남들과 다른 음식을 먹었고, 유대인이었기에 금요일 저녁에는 촛불을 켜고 와인을 마셨다.

하지만 이러한 차이점은 오히려 가장 강력한 유대관계를 경험하게 해준 원천이었다. 해마다 12월이 되면 나는 벤의 집에 가서 크리스마스트리 장식하는 것을 도왔다. 색색의 불을 밝힌 꼬마전구와 천사 인형, 그리고 그곳에 속해 있다는 느낌이 좋았다. 내가 암에 걸린 후 벤의 어머니는 "벤을 보면 네 생각이 난단다. 너희 둘은 서로 뜻이 잘 맞았지"라는 아름다운 회상으로 시작되는 편지를 보내주셨다. 그 편지는 다음과 같은 질문으로 끝났다. "네가 우리 집에 와서 크리스마스트리 장식을 돕던 것 기억하니?"

크리스마스트리를 장식하는 유대인들도 있지만, 우리 가족은 크리스마스트리를 세우지 않았다. 린다와 나는 지금도 크리스마스트리를 세우지 않는다. 하지만 벤의 집에서 크리스마스트리 장식을 했던 경험은 내가 다른 종교를 이해하는 데 조금이나마 도움이 되었다. 벤은 우리가 서로 다른 종교를 믿었던 게 그의 삶에 지대한 영향을 끼쳤다고 믿는다.

"내 장점이 뭐라고 생각하는지 묻는다면," 벤이 말했다. "우선 나와 다른 사람들과 어울리는 것이라고 말할 거야. 내가 나무랄 데 없는 사람이었다거나, 대학 시절 사람들이 다른 사람들을 놀릴 때 단지 집단의 일원이 되려고 그들의 말에 동조하는 일 따위는 없었다는 말을 하려는 게 아니야. 나는 늘 다양한 사물이나 사람들에 대해 개방적이었지. 상대방이 흑인이든 백인이든 유대인이든 기독교인이든 동성애자든 성도착자든 그런 게 중요한 게 아니니까."

"그런 태도는 어디서 배웠어?"

그는 주저 없이 말했다. "네 집에 드나들면서 자연스럽게 배운 거야. 전적으로 네 덕이라고 할 수는 없겠지만 그래도 네 덕이 컸어. 네 가족은 우리 가족과 달랐으니까 말이야. 원칙은 같았지만 그 기저 문화는 완전히 달랐지. 팝타르트 대 밀라노 쿠키라고 해야 할까, 즐거움을 추구하는 집안과 진지하고 예술적이고 세상의 구원에 관심이 있는 집안의 차이라고 해야 할까. 언젠가 네가 그런 말을 한 적이 있었지. 너한테는 내가 미국인 소년의 기준이라고 말이야. 그래, 나는 대학에 진학하고 취직을 했지. 고등학교 시절부터의 연인과 결혼을 했고……." 그는 복받치는 감정을 억제했다. "그리고 얼마 전에 이혼을 했지. 전형적인 미국인의 패턴에 딱 들어맞는 셈이야!"

"그렇지만," 그는 다시 말을 이었다. "너의 집안사람들은 달랐어. 네 가족들 중에는 내가 생각하는 남부인의 기준에 들어맞는 사람이 아무도 없었지. 하지만 그런 다양한 사람들의 존재가 내 생각을 변화시켜서 오늘날 미국적인 것에 대한 나의 기준이 되었어."

그러고 나서 벤은 내가 처음 듣는 이야기를 들려주었다. 벤은 고등학교를 졸업한 후 조지아 주립대학에 들어가서 남학생 사교 클럽에 가입했는데, 2학년 때 클럽 회원들이랑 미식축구에 대한 이야기를 하던 중에 한 사건이 벌어졌다. "나는 1년간 알고 지내온 남학생 두 명과 같이 앉아 있었는데, 그중 한 친구가 '오, 하지만 그는 유대인이야. 설마 유대인을 클럽에 받아들이자는 건 아니겠지?' 라고 말하는 거야. 내가 순진했는지는 모르지만 어쨌든 나는 그렇게 경멸적인 말은 들어본 적이 없었어. 그래서 '무슨 소리를 하는 거야?' 라고 말했지. 그랬더니 그 녀석이 '그들은 우리랑 다르다는 걸 알잖아' 라고 말하더군. 나는 이렇게 쏘아주었지. '네가 어떻게 알아? 유대인 친구들을 사귀어본 적 있어? 있으면 말해봐' 라고 말이야. 결국 우리는 투표를 해서 그 유대인 학생을 클럽에 받아들였어."

벤의 상실의 해는 그의 사촌 라울이 병원으로 전화를 걸어온 어느 날부터, 다시 말해 나보다 석 달 먼저 시작되었다. 라울은 예전에 리 대로에 있는 우리 집에서 세 집 건너에 살았는데, 그 라울의 열세 살 난 아들이 다리에 심상치 않아 보이는 혹이 생겼다고 했다. 골방사선과 의사인 벤은 MRI 필름을 보면서 이렇게 생각했다고 한다. '이런! 이건 골육종이잖아. 골육종을 다 보다니, 내 평생에 이런 일은 다시 없을 거야.'

"그 다음에 떠오른 생각은 뭐였는데?" 내가 물었다.

"그 아이가 죽겠구나 하는 거였지."

이듬해 '작은 라울'이 항암 치료와 수술을 받을 때, 마을 사람들은 아이를 중심으로 한마음이 되어 도움을 주었다(이들은 훗날 나를 중심으로 뭉쳤다). 사람들은 라울에게 음식을 만들어주었고, 크리스마스 때 그의 집을 장식해주었다. 그리고 7학년 남학생 전체가 그를 위해 삭발을 했다.

그런데 작은 라울이 회복기에 들어서자마자 벤은 내게서 비슷한 전화를 받은 것이다.

나는 벤에게 내 병명을 듣고 무슨 생각이 들었느냐고 물어보았다. 벤은 잠깐 말을 더듬는 듯싶더니 이렇게 말했다. "먼젓번과 같은 생각을 했지. 왜 그렇게 좋은 사람들에게 그런 나쁜 일이 생길까 하는 생각……. 병원에 있으면 그런 일을 얼마나 자주 접하는지 몰라. 생검을 할 때 환자가 얼마나 좋은 사람이냐에 따라 종양의 악성 여부를 예측할 정도라니까. 좋은 사람일수록 악성일 경우가 많지. 이건 영상의학과에 널리 퍼져 있는 농담이야."

"나랑 통화하면서 또 어떤 생각이 들었어?" 내가 물었다.

"젠장, 가장 친한 친구가 죽겠구나 하는 생각이 들었지."

"그러니까 지금으로부터 20년 뒤에 말야," 내가 말했다. "내 딸들이 자네를 만나러 온다 치자. 와서 '아저씨만큼 우리 아빠와 오랫동안 알고 지낸 친구 분도 없을 거예요'라고 말하며 나에 대해 알고 싶어 한다면 너는 그 아이들을 어디로 데려갈 거야?"

"그건 어려운 질문인데?" 벤이 말했다. "내가 생각해낸 장소는 이미 누군가가 생각해냈을 테니 말이야." 그는 타이비 섬과 우리가 다니던 학교를 언급한 뒤 이렇게 말했다. "결국 나는 그 아이들을 네가 살던 집 뒤편에 있는, 우리가 올챙이를 잡곤 하던 그 지저분한 개울가로 데려갈 거야."

"아, 그 운하!" 내가 말했다. "꽤 오랫동안 잊고 있었는데."

햄스테드 운하는 운하라기보다는 하등생물(조류라든가 올챙이, 혹은 사춘기 사내아이들 같은)로 가득한, 하수가 흘러내려가는 도랑 같은 곳이었다. 폭이 2미터도 채 안 됐지만 우리에게는 아마존이나 마찬가지였다. 어느 해 여름, 우리는 이곳에서 올챙이를 잡아 개구리가 될 때까지 키우기로 하고 올챙이들을 차고에 있는 플라스틱 통에 넣어두었다. 올챙이들은 팔다리가 뻗어 나오면서 개구리의 형체를 갖추어가는가 싶었지만, 곧 사방에 악취를 풍겨서 그냥 놓아 보낼 수밖에 없었다.

"그래, 에덴과 타이비가 그 운하에서 무엇을 배울 수 있을까?" 내가 물었다.

"그곳은 우리가 자라난 곳이야." 벤이 말했다. "냄새나고 지저분한, 가지 말았어야 할 장소지. 하지만 우리는 거기서 우리 자신이 되는 법을 배웠어. 거긴 우리의 고향이야."

그의 말을 들으면서 나는 벤이, 내가 깊이 알지 못하고 자주 만나지도 못했던 친구가, 나로서는 위기 상황에서 연락을 취할 만한 사람으로 떠올렸을 뿐인 그 친구가 지금 세상에서 가장 심오한 진리 중 하나를 말하고 있음을 깨달았다.

벤은 나의 올챙이였다.

그는 처음부터 나와 함께했던 친구였다. 그때 이후로 지금까지, 어떤 일이든 우리는 함께해왔다. 그리고 내 생애의 마지막이 될지도 모르는 시기에 우리의 출발점을, 도랑 속에서 팔다리를 버둥거리며 세상을 향해 뛰어오르려 하던 두 소년을 상기시켜준 친구였다.

나는 벤과의 대화를 통해 깨달은 것을 '상실의 해'를 보내면서 거듭해서 발견했다. 내 정체성을 규정하려 할 때 내가 몸담고 있는 공간이 매우 중요함에도 불구하고, 나는 아직 내가 나고 자란 곳을 잘 알지 못했다. 내 곁에 있는 사람들이 매우 중요한데도, 나는 우리 가계에 대해 깊이 알지 못했다. 할아버지의 회고록을 다 읽지도 못했고, 아버지의 과거를 자세히 알지도 못했다. 친구들에게 그들의 삶과 관련된 근본적인 것들은 물어보지도 못했다. 나는 반쯤 알고 있는 것들과 말해지지 않은 것들에 만족해왔다.

운하를 회피해왔다.

하지만 나는 과거 속으로 뛰어들었을 때 비로소 물속을 떠다니는 그 모든 영양분을 발견할 수 있었다. 우리 딸들이 타이비 섬으로 이어진 낮은 다리를 건너며 노래하듯, '당신은 언제나 이웃을 알게 될 것이다 / 언제나 친구를 알게 될 것이다 / 이렇게 운하를 항해한 적이 있다면.'

운하를 항해하라.

올챙이를 돌봐라.

우리는 살면서 언제 친구가 필요할지 결코 알지 못한다.

고독, 내 안의
진짜 나를 만나는 시간

디브너 과학기술사 도서관은 워싱턴 D.C.에 있는 스미소니언 국립 역사박물관 1층 한 귀퉁이에 있었다. 나는 줄리아 차일드(미국의 유명 요리사-옮긴이)의 주방과 그림 성경책들이 전시된 공간을 지나, 조그마한 대기실로 들어가 가방을 맡긴 뒤 유리문 안으로 들어섰다.

그 안에는 테이블 여섯 개와 독서등이 놓인 소박한 도서실이 있었다. 1783년 서배너로 이주하여 조면기를 발명한 예일 대학 졸업생 엘리 휘트니의 초상화가 도서실 벽을 장식하고 있었다. 나는 서배너와 연고가 있는 또 다른 예일 대학 졸업생의 수집품을 보기 위해 이곳에 들렀다.

사서가 가로 21센티미터, 세로 28센티미터의 얇은 반투명지에 붉은색과 검은색 잉크로 타이핑된 종이 묶음이 끼워져 있는 검은색 바인더 5권을 가져다주었다. 그녀는 제1권을 독서대에 내려놓았고,

나는 흰 면장갑을 끼고 표지를 넘겼다. 첫 장에는 한 페이지짜리 저자 약력이 있었다.

벤저민 S. 에입스하우스 박사는 1901년 2월 7일 코네티컷 주 뉴 헤이븐에서 태어났다. 뉴 헤이븐 고등학교를 졸업하고 예일 대학교에 진학하여 1921년 대학을 졸업했으며, 그 후 예일 대학 의과대학원에 들어가 1924년 의과대학원을 졸업했다.

저자 약력은 의사로서의 경력으로 이어져, 1945년 볼티모어에 있는 시나이 병원 비뇨기과 과장으로 일한 사실을 소개하고 있었다. 그리고 그의 세 자녀와, 그가 쓴 120편의 학술 논문에 대해 언급한 뒤 다음과 같은 문구로 끝을 맺었다. "그에게는 골동품 수집이라든가 상아로 만든 모형 조각상 수집과 같은 다양한 취미가 있었다. 하지만 그가 가장 자랑스럽게 여긴 수집품은 이 안에 담긴 세계 최다最多의 묘비명이다. 총 9000개에 달하는 이 묘비명들은 에입스하우스 부부가 30여 년에 걸쳐 수집한 것이다."

나는 몸이 떨려왔다. 이 책은 내가 태어나기 석 달 전에 세상을 떠난, 그리고 그의 이름 첫 알파벳을 따서 내 이름을 지은 바로 그 사람을 아주 가까이에서 느낄 수 있게 해주었다.

기분이 묘했다. 나를 짓누르던 가장 큰 두려움이 죽음에 대한 공포였던 해에, 내 어린 시절 위로 그림자를 드리우던 인물이 평생에 걸쳐 묘비명을 수집해왔음을 알게 된 것은 어딘가 섬뜩한 데가 있었다.

잠시 후 나는 깜짝 놀랐다. 책의 첫 페이지를 넘기는 순간 거리감은 사라지고 외할아버지를 알 것 같은 느낌에 사로잡혔기 때문이다. 심지어 외할아버지가 친근하게 느껴지기까지 했다.

어릴 때 보아온 외할아버지의 사진 중에는 성격을 잘 드러내는 게 하나 있었다. 바로 내 방 바깥에 걸려 있던 사진으로, 빳빳하게 풀을 먹인 흰색 넥타이에 모닝코트를 입은 외할아버지의 옆모습을 찍은 것이다. 옥스퍼드에서 토론이라도 벌일 듯한 태세의 그 사진에서, 외할아버지는 천사 같은 둥근 얼굴에 해리 포터 안경을 끼고, 왁스를 발라 옆으로 넘겨 붙인 고운 머릿결에 가르마가 선명하다. 그에게서는 소년다운 순수함과 성인다운 진지함이 엿보인다. 토론의 장을 마련해 주면 상대방을 압도할 것 같고, 바늘로 찌르면 여리고 섬세한 면이 홍수처럼 쏟아질 것 같다.

어렸을 때는 외할아버지에게서 그런 여리고 섬세한 면을 발견하지 못했다. 오히려 어찌나 당당해 보이던지 로마 황제라고 해도 믿었을 것이다. 그의 조각 같은 얼굴에는 범접할 수 없는 위엄이 서려 있어서 마치 고대 로마의 동전을 보는 듯했다. 한번은 아버지에게 외할아버지에 대해 물어보았는데, 아버지는 "훌륭한 분이셨다."라는, 더 이상 질문을 할 수 없는 짤막한 답을 들려주었다.

물론 진실은 보다 복잡했다.

외할아버지 '부키' 에입스하우스 역시 아버지 없이 자라났다. 그는 리투아니아의 빌나라는 지역에서 이민 온 부부의 아홉 남매 중 막내였다. 그가 두 살 때 아버지 에이브러햄이 세상을 뜨는 바람에 어머니 혼자 채소가게를 하면서 아이들을 키워야 했다. 부키는 그의 집안에서 대학에 진학한 최초의 인물로, 캠퍼스에서의 유대인 거주를 불허하던 시절에 예일 대학에 들어갔다. 그리고 의과대학원을 마친 후 볼티모어로 가서 유명한 비뇨기과 의사 밑에서 수련을 했다.

1920년대에 비뇨기학은 비교적 새로운 학문 분야여서 부키는 빠르게 성장했다. 그는 요로육종에서부터 고환 수술 및 '이물질(연필)에 의한 방광염'에 이르기까지 온갖 증상에 대한 학술 논문을 썼으며, 신장 조영술과 신장 투석에 대한 연구를 선도했다.

또 외할아버지는 늘 책을 썼다. 아이작 뉴턴에서 우드로 윌슨에 이르는 명사들의 생식기 및 비뇨기 질환에 관한 대중적인 역사서를 펴냈는데, 《배뇨 장애》라는 그 책에는 벤저민 프랭클린의 방광 결석과 나폴레옹의 요로 감염에 관한 장이 포함되어 있다.

외할아버지는 남성 생식기에 관한 연구를 했기 때문에 당시로서는 드물게 성性에 대한 대화를 편안하게 생각했다. 그는 벨기에의 유명한 오줌싸개 소년 동상의 복제품을 수집했다. 심지어 당시 열 살 난 우리 어머니에게 정원에서 사용하는 호스를 다리 사이에 대고 서 있게 하고서 어머니를 모델로 비슷한 조각상을 직접 만들기도 했다. 한 친구가 유럽에서 가져다준 복제품에는 소년의 성기가 완전히 발기되어 있었는데, 외할머니 캐리는 그것을 싱크대 위에 올려놓고 설거지할 때 결혼반지를 빼서 걸어놓는 용도로 사용했다.

어머니는 70년 넘게 모르고 있었지만 외할아버지는 1936년에 출판된 성생활 지침서의 서문을 쓰기도 했다. 《미혼자·약혼자·기혼자》라는 그 책은 20년이 지난 후에도 발간될 만큼 인기가 있었다. 그 책에서 저자는 성관계에 대해 보다 공개적으로 논의하고 즐길 수 있어야 하며, 사람이 미혼 상태에서 약혼을 거쳐 결혼을 하면 성관계의 횟수가 크게 증가하리라고 주장했다. 어쩌면 외할아버지에게는 맞는 말인지도 모르겠다.

어머니가 그 책이 출판되던 해에 태어났으니까, 외할아버지는 아마 외할머니가 어머니를 임신한 상태에서 그 서문을 썼을 것이다. 그의 서문을 보면서 나는 나의 기원을 목도하고 미래로 귀환하는 〈백 투 더 퓨처〉의 순간을 경험한 듯한 느낌이 들었다. 대공황이 한창 진행되던 시기에 평소 같으면 격식을 중시했을 외할아버지, 외할머니가 요즘 래퍼들이 흔히 말하는 것처럼 '부츠를 벗어 던진knocking the boots('성관계를 갖는다'는 의미 — 옮긴이)' 것이다.

세계 최다의 묘비명 목록은 5권으로 세분되었다. 1권에는 파라오라든가 시인, 철학자, 왕들과 같은 유명한 인물의 묘비명이 담겨 있었다. 2권에서는 묘비명을 사망 원인에 따라 정리해놓았는데, 독약을 먹고 죽은 사람에서부터 철도 사고로 죽은 사람, 벌에 쏘여서 죽은 사람, 불에 타 죽은 사람, 감전사한 사람, 떨어지는 닻에 맞아 죽은 사람, 설사병을 심하게 앓다가 죽은 사람, 교수형을 당한 사람 등 다양한 사람들의 묘비명이 등장했다. 어떤 장은 특이한 죽음으로만 한 장이 구성되어 있기도 했다. "그녀의 사망 원인은 이러하니 / 버스에 치여서 운명을 달리했도다." 음식과 관련된 묘비명도 있었다. "이런 병은 처음 들어보겠지만 / 내가 죽은 이유는 멜론을 너무 많이 먹었기 때문이라네."

그 다음 세 권에는 백살 이상 장수한 사람과 영화배우, 술주정뱅이들의 묘비명을 모아놓았는데, 여기에는 시계 수리공, 석탄 하역부, 광부, 마부, 크리켓 선수, 검시관 등 다양한 직업군이 등장한다. 매춘부의 묘비명만 해도 10여 가지가 된다. "여기 어린 아가씨 샬럿이 누워 있네. / 태어날 때는 처녀였지만 죽을 때는 매춘부로다. / 16년 동안 순결을 지켜왔지만 / 이 근방에서 16년은 기록적인 수치라네." 심지어 미망인들을 광고하는 묘비명까지 있었다.

> 1800년 8월 6일에 사망한
> 재러드 베이츠의 명복을 빕니다.
> 느릅나무 거리에 사는 스물네 살 난 그의 미망인은
> 좋은 아내로서의 자질을 두루 갖추고 있으며
> 위로받기를 간절히 원합니다.

제일 마지막에는 일각에서 예수의 묘비명이라고 주장하는 비문이 등장한다. "그러므로 그의 생애와 믿음에 만족하사 / 은혜 가운데 영원한 행복을 주시도다."

1500페이지에 달하는 그 책을 전부 훑는 데 여섯 시간이 걸렸다. 외할아버지 부키와 타이핑을 한 외할머니 캐리를 제외하면, 아마 내가 이 책을 끝까지 읽은 유일한 사람일 것이다.

이 책에 대한 첫인상은, 묘비명을 수집한 게 분명 평생 흥미를 두고 해온 일이지만 강박적으로 해온 일이기도 하리라는 것이었다. 부키 에입스하우스에게는 위대한 지성과 역사에 대한 해박한 지식과 시니컬한 유머 감각이 있었다. 그에게는 한번 시작한 일을 끝까지 파고드는 근성이 있었다. 《믿거나 말거나!》로 유명한 로버트 리플리가 죽을 때까지 수집한 묘비명이 5000개인 데 비해 부키 에입스하우스는

9000개의 묘비명을 수집했다는 사실이 이를 증명해준다. 또한 부키의 저서는 자세하긴 하지만 '백과사전적'이라는 말이 갖는 가장 좋은 의미와 가장 나쁜 의미 모두에서 백과사전적이다. 그의 책에는 관점이라고 할 만한 게 거의 없다. 책을 쓴 방법론에 대한 설명도 없고, 수집해놓은 묘비명들에서 어떤 의미를 찾으려는 시도도 없다. 숲은 없고 나무만 있다.

부키가 책에 대한 개관을 싣지 않았으므로 그가 이 책을 쓴 동기는 1권 서두에 나오는 한 페이지 반짜리 머리말을 통해 짐작해볼 수 있을 따름이다. '취미에 관한 서문'이라는 제목의 그 글은 일반 대중이 직업적인 관심사 이외의 분야에서도 재능을 발휘하는 의사들의 모습에서 영감과 위안을 얻을 것이라고 말한다. "이러한 예술적 자기표현들은 늘 죽음의 발자국을 따라 걷는 사람들에게 긴장감을 떨쳐버릴 배출구를 제공해주는 안전밸브로 여겨져야 할 것이다. 낭만적인 예술작품들은 괴롭고 우울한 마음을 없애주는 데 매우 효과적이다."

그의 결론은 다른 사람들도 그와 같은 길을 걸어야 한다는 것이었다. "수집가가 되어라. 정원을 가꿔라. 취미를 가져라."

우리가 어렸을 때 어머니도 비슷한 말씀을 하시곤 했다. 따라서 이것을 에입스하우스 집안의 가훈이라 불러도 좋을 듯하다.

나는 도서관을 나와 외할아버지의 묘소를 참배하려고 볼티모어에 있는 알링턴 국립묘지로 차를 몰았다. 아름다운 잔디밭 위로 아무 장식이 없는 무덤이 몇 줄씩 길게 늘어서 있었다. 그 한복판에 '에입스하우스'라고 새겨진 아치형 회색 묘석이 눈에 들어왔다. 자그마한 대석臺石에는 그의 이름과 함께 '사랑하는 남편이자 아버지'라고 쓰여 있는 강판이 붙어 있었고, 가운데에는 의술의 상징인 헤르메스의 날개 달린 지팡이가 그려져 있었다.

묘비명은 없었다.

부키 에입스하우스는 30년 동안 온갖 다양한 묘비명을 접하고도 정작 자신의 묘비명은 정하지 못했다. 어쩌면 정할 수 없었는지도 모른다. 너무 갑작스럽게 죽음을 맞아서 고를 시간이 없었는지도, 아니면 형의 말처럼 창작의 벽에 부딪힌 건지도 모른다.

어쨌거나 거기 서 있는 동안 내 머릿속에는 외할아버지 부키 에입스하우스와 친할아버지 에드윈 파일러의 삶이 오버랩되었다. 두 사람은 여러 면에서 그 이상 다를 수 없을 만큼 서로 달랐다. 한 사람은 북부의 도시 출신이고 다른 한 사람은 남부의 시골 출신이다. 한 사람은 학자이고 라틴어로 된 묘비명을 수집했으며, 다른 한 사람은 블랙잭 게임을 하고 덫을 놓아 다람쥐를 잡고 낚시를 했다. 한 사람은 술을 한 모금도 입에 대지 않았고 다른 한 사람은 밀주를 마셨다.

그렇지만 그들에게는 근본적인 유사성이 있었다. 두 사람 다 집안에서 대학에 진학한 최초의 인물이었고, 두 사람 다 전문직에 진출했으며, 그리하여 저절로 친척들에게서 멀어졌다. 두 사람 모두 누구도 읽을(혹은 들을) 것 같지 않은 글을 몇십 년에 걸쳐 써왔다. 그리고 훗날 그들의 자손들이 참여한 사회단체(예술가 집단이라든가 정당, 봉사 단체 등)에 관여하지 않았다.

그들 모두 자수성가한 사람들이었다. 그리고 결정적으로 그들은 혼자였다.

나는 부키 에입스하우스의 고독에 깊이 공감했다. 이름 때문에 에입스하우스라는 사자의 갈기가 늘 내 어깨 위에 드리워져 있었지만, 작가로서 나는 그 고독한 추구에 동질감을 느꼈다. 그는 매년 네 편씩 써낸 학술 논문과 한 권의 대중사와 묘비명 모음집을 통해 자신을 문학의 부름에 바쳤다. 어머니의 기억에 따르면 할아버지는 매일 밤 잔뜩 어질러진 방안에서 라디오 세 대와 텔레비전의 채널을 각기 다른 스포츠 프로그램에 맞춰놓고 일을 했다고 한다. "언제 들어가서 물어봐도 네 외할아버지는 모든 경기의 스코어를 알려주실 수 있었을 거야."

사실 내게도 매우 익숙한 풍경이다. 내 서재에도 언제나 컴퓨터 모니터에 뉴스 사이트 세 개가 떠 있고, 책상 위에 책이 잔뜩 쌓여 있으며, 평면 텔레비전을 통해 ESPN 스포츠 프로그램이 방영되고 있기 때문이다. 아마 외할아버지가 내 방에 들어왔더라면 매우 편안한 느낌을 받았을 것이다.

외할아버지는 직업상 죽음에 많이 노출돼 있었던 만큼 더욱더 묘비명에 끌렸을 게 분명하다. 그는 이런 느낌을 서문에서 '죽음의 발자국을 따라 걷는'이라는 말로 표현했다. 그러나 그가 묘비명에 끌렸던 데는 틀림없이 부친을 여읜 것도 한몫했을 것이다. 너무나 많은 시간을 유령들과 함께 지내다 보니 아버지를 더욱 가까이 느낀 것이리라.

외할아버지의 묘비명들을 보니, 확실히 그와 더 가까워진 느낌이 들었다. 특히 다가오는 죽음의 손길을 느끼고 그로 인한 고독에 사로잡혀 있는 요즘에는 더더욱 그랬다. 젊어서 병드는 것의 가장 안 좋은 면은 주변 사람들 중에 나처럼 죽음을 생각하는 사람이 거의 없다는 데서 오는 깊은 소외감이다.

묘비명을 생각하게 되는 해에 외할아버지의 무덤 앞에 서서, 나는 처음으로 부키 에입스하우스를 범접할 수 없는 위엄을 지닌 사진 속의 인물로만 생각하지 않게 되었다. 그는 실재했다. 나는 글쓰기에 대한 공통의 열정과 죽음에 대한 공통의 관심 속에서 마침내 늘 내 안에 있던 그의 일부를 발견했다.

그리고 나의 두 할아버지들이 전해주는 공통의 메시지를 떠올렸다. '달아나지 마라. 움츠러들지 마라. 메모와 기록과 책에서 벗어나 그 안에 있는 사람을 봐라.'

2월 3일

가족 및 친지 여러분께

브루클린에는 요 몇 주 사이에 눈과 우박이 사정없이 쏟아져서 길거리가 온통 짓이긴 눈과 염화칼슘 범벅입니다. 아이들을 집안에 붙들어둘 방법도 오래전에 바닥이 났습니다. 그렇지만 겨울도 이제 반은 지나서, 늦은 오후에 창밖을 내다보면 해가 더 길어진 것을 알 수 있습니다. 봄이 가까운 게지요.

　우리가 살아가면서 일생일대의 중요한 날이 되리라고 미리 알 수 있는 날은 극히 드문데, 제게는 12월 23일이 그런 날들 중 하나였습니다. 그날 저는 동트기 전에 잠에서 깨어 새벽 5시 45분에 병원에 도착했습니다. 왼쪽 허벅지에 수술을 받기로 한 날이었거든요. 정형외과 의사가 와서 제 허벅지를 살펴보았습니다. 그리고 오전 7시 30분, 저는 바퀴 달린 침대에 누운 채 그렇게 길어 보일 수가 없는 복도를 지나갔습니다. 세상에서 가장 긴 복도는 아마도 수술실로 향하는 복도일 것입니다. 나중에 알고 보니 병원 복도 중에서도 꽤 긴 편인 이 복도에는 '그린 마일(사형수가 사형장까지 걸어가는 복도를 뜻하는 말-옮긴이)'이라는 별명이 붙어 있더군요.

수술실 안에는 최첨단의 텔레비전 스크린과 일군의 간호사들, 그리고 우주비행사들이 쓰는 것 같은 커다란 헬멧을 쓴 남자가 있었고, 길이가 3~4미터쯤 돼 보이는 테이블 위에 메스를 비롯한 각종 수술 도구가 놓여 있었습니다. 국빈 만찬을 해도 될 만큼의 도구들이었지요. 비록 이번 경우에는 칼질을 당하는 대상이 저였지만요. 마취를 하기 직전에 존 힐리 박사가 수술대에 누워 있는 제게 다가와, 최근에 찍은 MRI를 판독한 결과 다리의 종양이 화학 치료로 완전히 제거된 것 같다고 말했습니다. "종양이 사라졌습니다"라고 그는 말했습니다. 나중에 그는 우리 가족들에게 "브루스가 미소 띤 얼굴로 잠드는 것을 보고 싶었어요"라고 말했다고 합니다.

제가 잠에 빠져들자 힐리 박사는 수술을 시작했고, 린다와 어머니와 형은 수술실 바깥에서 마음을 졸이며 기다렸습니다. 12시 15분에 간호사가 나와서 힐리 박사가 아직 제 대퇴골과 허벅지에서 암 종양의 주변 조직을 제거하는 중이라고 알려주었습니다. 우리 가족들은 2시 50분에도 같은 보고를 받았고, 4시 50분에도 같은 보고를 받았습니다. 린다와 앤드루와 어머니는 6시 10분에 별실로 안내되었고, 5분 뒤에 힐리 박사가 와서 말했습니다. "브루스는 괜찮습니다. 저도 괜찮고요. 이것이 모든 것을 말해줍니다."

힐리 박사는 수술 과정에 대해 약 45분 동안 알기 쉽게 설명해주었습니다. 먼저 그는 제 왼쪽 대퇴골 22센티미터가량과 대퇴 사두근의 3분의 1을 제거했습니다. 제거한 근육의 양은 처음에 예상했던 것보다 적었고, 힐리 박사는 특히 절제해야 할 거라고 예상했던 주요 동맥을 살릴 수 있어서 기뻐했습니다. "브루스가 좋아할 거예요. 그 동맥은 심대퇴동맥이라고 하는 것이랍니다."

그런 다음 힐리 박사는 특수 제작된 티타늄 보철물을 대퇴골을 제거한 자리에 이어 붙인 뒤 전체적으로 단단히 고정시켰습니다. 그 보철물은 대퇴골을 대체하기 위한 것이지만 실은 튜브와 입방체, 막대 및 고리 모양으로 이루어진 충격 흡수제처럼 생겼습니다. 형의 말로는 〈스타워즈〉에 나오는 광선검의 손잡이처럼 생겼다고 합니다. 아무튼 힐리 박사는 보철물이 대퇴골과 연결되는 부위가 마치 배가 접안시설에 가 닿을 때처럼 잘 들어맞는 것에 고무되었습니다. 서로 잘 들어맞을수록 건강한 뼈가 보철물 속으로 더 잘 파고들 수 있기 때문입니다. 힐리 박사는 전반적인 상황이 그에게 용기를 주었으며, 그래서 더욱 용감하게 수술할 수 있었다고 말했습니다. 놀랄 만한 일은 없었느냐는 질문에 그는 이렇게 대답했습니다. "브루스는 다리가 정말 길더군요!"

힐리 박사의 일은 끝났지만 수술은 아직 끝나지 않았습니다. 힐리 박사가 우리 가족들에게 수술 과정을 설명하고 있는 동안 성형외과의인 메라라 박사가 제 다리 아랫부분의 수술에 들어갔습니다. 메라라 박사는 제 왼쪽 종아리뼈를 9인치 조금 넘게 떼어내 남은 대퇴골에 이식한 뒤 그 종아리뼈를 보철물에 고정시켰습니다. 종아리뼈를 살리기 위해 그는 종아리 혈관 4개를 허벅지에 이식했습니다. 오후 11시 30분, 메라라 박사도 이 모든 것을 우리 가족들에게 설명할 때 매우 낙관적으로 말했습니다. "뼈 상태도 양호하고 혈관 상태도 양호합니다. 아무 문제도 없습니다." 자정 무렵 힐리 박사가 다시 와서 이 기념할 만한 날에 방점을 찍었습니다. "믿기 어려우실지 모르겠지만 저는 아주 기분이 좋습니다." 힐리 박사는 약속했던 대로 마지막까지 최선을 다해 싸워주었고, 예측했던 대로 이 전쟁을 승리로 이끌었습니다.

저는 수술이 끝난 뒤 회복실로 옮겨졌고, 다음 날 아침 주사 튜브와 배액관排液管을 꽂은 채로 마취에서 깨어났습니다. 왼쪽 다리 측면에 31인치가량 꿰맨 자국이 있었는데, 그것만 봐서는 무슨 일이 있었는지 전혀 알 수가 없었습니다. 더욱 혼란스러웠던 것은 제가 수술대에 누워 있는 동안 의사들이 제 눈에 청 테이프 같은 것을 붙여놓은 일이었습니다. 각막이 찢어진 탓이었죠. 최첨단 설비가 갖추어진 수술실에서 왜 그런 저차원적인 방법을 써야 했는지 알 수 없는 노릇이었습니다.

크리스마스이브였던 그날 저녁, 안과의가 와서 시력 검사를 했습니다. 그는 제 얼굴에서 6인치쯤 떨어진 곳에 시력 검사표를 붙여놓고 검사를 했는데, 저는 그 시력 검사표 자체가 위아래로 흔들려 보였습니다. 안과의는 "안경을 쓰셔야겠는데요"라고 말하더니 제 눈앞에 외알 안경을 디밀었습니다. 절망에 휩싸인 저는 "안경 따윈 필요 없어요. 이런 검사도 필요 없어요."라고 그에게 한바탕 퍼부어댔습니다. 그러나 안과의는 조금도 동요하지 않고 제 눈의 찢어진 각막은 그가 본 중에 최악이라며 사흘간 오른쪽 눈을 뜨지 말라고 말했습니다.

며칠이 지나자 시력이 회복되었습니다. 몸 상태도 진통제를 맞지 않아도 될 정도로 나아졌고요. 몸을 자세히 살펴보니 상처 부위가 두 군데였습니다. 하나는 허벅지에 난 상처로, 엄청나게 부풀어 있어서 붓기를 빼려고 두 개의 배액관을 꽂아놓은 상태였습니다. 그리고 엉덩이에서 무릎까지 75바늘을 꿰맸는데 그 길이가 45센티미터쯤 되더군요. 다른 하나는 종아리에 난 상처로, 여기에도 역시 배액관이 꽂혀 있었고 움직이지 못하도록 부목을 대어놓은 상태였습니다. 녹지 않는 실로 꿰맨 상처가 40센티미터쯤 되었고요. 정형외과 팀이 허벅지의 상처 부위를 담당하고 성형외과 팀이 종아리의 상처 부위를 담당하고 있었는데, 양 팀은 상대편 팀이 담당한 상처 부위를 언급하거나 살펴보거나 심지어 쳐다보는 일조차 없었습니다. 그러면서도 저를 침대에 붙들어둔다고 끊임없이 상대편 팀을 비난했죠. 한동안 제 다리는 남북전쟁이 발발하기 직전의 미국 같았습니다. 허벅지는 북군, 종아리는 남군, 무릎은 메이슨딕슨 선(펜실베이니아, 메릴랜드, 버지니아 세 주의 경계선으로 노예제 폐지 이후 남부와 북부의 감정적 경계선이 되었다―옮긴이)이었던 셈이지요. 교착 상태가 계속되어 링컨이 연방을 회복시킬 필요가 있었습니다.

7일째 되는 날 힐리 박사는 자기는 링컨처럼 키가 크지 않다고 항의하고서는, 마침내 교착 상태를 깨뜨리고 놀라운 진단을 내렸습니다. 제 몸이 수술 합병증의 발생 가능성에서 예상보다 빨리 벗어났는데, 다리의 회복이 그 속도를 따라가지 못하고 있다는 것이었습니다. 힐리 박사는 "당신은 너무 빠르게 회복되고 있는 것 같아요"라고 농담을 했습니다.

11일째 되는 날, 저는 처음으로 일어나 앉아 있어도 된다는 말을 들었습니다. 힐리 박사가 "다리가 부풀어 오를 거예요. 피로 가득 차서 자줏빛으로 변할 겁니다. 그리고 머리가 울리고 현기증이 나다가 정신을 잃을 거예요"라고 경고했는데, 그 말이 맞았습니다. 그런 다음 24시간은 천천히 침대에서 빠져나와 휠체어를 타고 새로운 삶을 시작했습니다. 병원에 온 지 12일째 되던 날, 즉 1월 3일 토요일에 드디어 퇴원을 했습니다. 맨해튼을 빠져나와 브루클린의 우리 집, 제 방 침대까지 가는 데 앰뷸런스 한 대와 소방차 한 대, 응급구조사 두 명, 들것 하나, 다량의 진통제가 필요했습니다. 집에 도착하니 딸들이 반가이 맞아주었습니다. 전쟁의 2단계가 끝나가고 있습니다. 그것도 매우 긍정적인 소식과 함께 말입니다.

제가 퇴원하기 전날, 힐리 박사가 예고 없이 입원실로 찾아왔습니다. 그때 린다와 저는 7층에서 몰래 들여온 버섯멸치 피자를 먹고 있었죠. 힐리 박사는 방금 종양검토위원회에 다녀오는 길이라며, 화학요법이 대단히 성공적이어서 대퇴골의 종양이 100퍼센트 제거되었다는 소식을 전해주었습니다. 이는 7월 이후로 줄곧 걱정해온 혈액 속의 보이지 않는 암도 화학 치료로 제거되었을 가능성이 커졌고, 따라서 앞으로의 예후도 좋으리라는 것을 의미했습니다. 평소에 과묵하던 힐리 박사도 흥분을 감추지 못하고 이렇게 말했습니다. "이건 전초전이 아니라 큰 전투에서 승리를 거둔 거예요." 그러고는 제 손을 잡고 흔들어댔습니다.

그럼에도 불구하고 그 다음 몇 주간은 몹시 힘들었습니다. 집에 돌아오니 통증도 심하고 불편한 점도 한두 가지가 아니었습니다. 몸을 움직일 수 있도록 힘을 되찾는 과정도 제가 두려워했던 것보다 훨씬 지루하고 짜증스러웠고요. 저의 하루는 약을 먹고 환자용 변기에 볼일을 보고 스펀지로 목욕을 하고 물리 치료를 받고 왼쪽 다리를 조금이라도 움직이기 위해 운동을 시도하는 것으로 끝납니다. 침대에서 돌아눕기만 해도 비명이 나올 때가 많고, 병원에라도 갈라치면 다리를 들어줄 사람을 포함해서 세 사람의 부축을 받아야 합니다. 사람들의 부축을 받으며 걸음마 하는 아이처럼 앉아서 엉덩이로 계단을 내려와 현관을 나서서 얼음이 깔린 계단을 내려가는 것이죠. 밸런타인데이 때까지는 왼쪽 다리에 힘을 주어서는 안 되고, 그 다음 6주간은 체중을 절반쯤 실어도 괜찮습니다. 그 시기가 지나면 몇 달간 다시 걷는 법을 익히기 위한 재활 치료가 시작될 겁니다.

퇴원한 지 열흘 후부터 시작되는 3개월간의 화학 치료 때문에 안그래도 복잡한 삶이 더 복잡해졌습니다. 문득 다리의 통증 때문에 지난 가을의 고통스러웠던 기억(오심과 체중 감소, 백혈구 수치의 감소, 정신적 고통)이 떠오르더군요. 그때 이후로 병원에 입원한 적이 한 번 있었고, 저도 모르게 "다시는 암에 걸리고 싶지 않아!"라고 소리친 적도 몇 번 있었습니다.

물론 이제는 암이 모두 제거되었습니다. 언제라도 재발할 수 있겠지만 적어도 지금 당장은 암으로부터 해방되었답니다. 작년 여름, 제 몸이 화학 치료에 반응하는지 보려고 6개월간 수술을 미루기로 했던 것이 효과가 있었던 것 같습니다. 1단계(화학 치료)의 결과는 더할 나위 없이 훌륭했고, 2단계(수술)의 결과도 대단히 성공적이었습니다. 이제 1, 2단계의 성공에 힘입어 미래에 대한 확고한 소망을 가지고 3단계에 돌입했습니다.

그래, 다른 사람들은 모두 어떻게 견디고 있느냐고요? 린다는 제가 생각할 수 있는 그 어떤 사람보다도 더 씩씩하게 이 엄청난 시련을 이겨내고 있습니다. 우리 가족은 똘똘 뭉쳐서 아이들이 끊임없이 무언가에 몰두할 수 있게 해주었고, 밤낮으로(처음에는 병원에서, 나중에는 집에서) 필요한 물건들을 손에 닿는 곳으로 옮기며 시간을 보냈답니다. 어머니는 며칠 동안 오후에 저와 함께 카드놀이를 하면서 번번이 저를 이기곤 하셨죠.

수술한 지 5일이 지난 어느 기억할 만한 오후에, 우리는 딸들에게 병원 구경을 시켜주었습니다. 아이들에게 충격을 주지 않으려고 몇 달 전부터 마음 졸이며 준비한 일이었죠. 저는 간호사를 설득해서 몸에서 주사 튜브를 떼어내고 평상복으로 갈아입은 후 수술 부위와 무시무시한 느낌을 주는 의료 설비들을 전부 시트로 감추고 침대에서 아이들을 맞았습니다. 린다와 저는 이 행사를 위한 계획을 아주 세세하게 세워두었습니다. 아이들은 제게 선물을 주었고, 저도 아이들에게 선물을 주었습니다. 우리는 《호기심 많은 조지, 병원에 가다》를 함께 읽은 뒤 아이들이 너무 많은 정보를 접하기 전에 서둘러 집으로 돌려보냈습니다. 타이비는 엘리베이터 근처에서 힐리 박사를 만난 것에 몹시 흥분해 있었고, 에덴은 모두가 입원실에서 나간 뒤 "병원에 데려와줘서 고마워요, 엄마"라고 말했답니다. 위층에서 저는 아기처럼 울면서도 아버지로서 자부심을 느꼈습니다.

시간이 지나면서 우리의 생활도 다시금 안정을 되찾았습니다. 화학 치료를 받았던 추수감사절 이전부터 시간은 참으로 많이 지났습니다. 이제 눈썹과 속눈썹, 그리고 해병대 식으로 자른 머리카락에 힘이 생겼습니다. 새로이 더해진 별로 달갑지 않은 현상이 하나 있다면 매일 새벽 다섯 시면 눈이 떠진다는 겁니다. 한편 아이들은 제 다리의 꿰맨 자국이 흉터로 진화해가는 과정을 흥미롭게 지켜보았고, 늦은 오후가 되면 우리 방에서 발레 공연을 선보였습니다. 아이들의 멋진 공연이 끝나면 우리는 꽃을 던지는 시늉을 하거나 '앙코르'를 외치면서 캔디를 던지는 시늉을 해야 합니다. 우리 가족은 다시금 하나가 되었습니다. 그리고 비록 절뚝거리기는 하지만 앞으로 나아가고 있습니다.

2월과 3월은 매우 힘든 달이 될 것 같습니다. 린다가 캘리포니아와 인도 여행을 앞두고 있고, 저는 다시 병원에 입원할 게 확실하니까요. 그렇지만 저는 아이들에게 4월 중순에 있는 아이들의 생일 때까지는 지금보다 더 잘 걷고 여름까지 머리를 기르겠다고 약속했습니다. 때로는 그럴 날이 멀지 않았다는 생각도 듭니다.

많은 분들이 우리의 여행길에 함께해주셔서 위안이 됩니다. 우리는 여러분이 각자의 고통과 좌절과 역경 속에서도 어느 날 오후 사랑하는 이와 함께 시간을 보내리라는 것을 압니다. 여러분이 우리 가족에게 베풀어준 많은 축복을 생각하며, 고난을 이기려는 우리의 노력이 여러분이 힘든 시기를 좀 더 수월하게 넘기는 데 도움이 되었으면 합니다. 그리고 물론 저를 위해 산책을 해주셨으면 합니다.

사랑합니다,
브루스

마음 속 풀리지 않는
모든 것을 인내하라

벤 셔우드는 내 휠체어를 밀며 조용히 대화를 나눌 수 있을 만한 장소를 찾아 메모리얼 슬로언케터링 병원의 7층을 돌아다니는 중이었다. 수술한 지 한 달이 지나서 약해진 면역체계 때문에 다시 병원에 입원한 나는 수척해진 몸을 움직일 수 없었고 두려움만 가득했다. 나는 가장 있고 싶지 않은 장소에 와 있었다.

반면 벤은 처음부터 그가 속해 있던 세계에 있었다. 그리고 내 곁에 있었다.

내가 암으로 판명된 그 순간부터 벤은 하루에도 몇 번씩 이메일을 보내오기 시작했다. 교통체증에 갇힌 도로 위에서나 텔레비전 방송실에서, 혹은 뒤뜰에서 아들과 캐치볼을 하다가, 나와 경쟁이라도 하듯 살을 빼려고(비록 화학 치료를 통해 저절로 살이 빠지는 내가 더 유리한 입장에 있었지만) 식이요법을 단행하고 러닝머신 위를 달리다가도 전화를 걸어왔다. 내 종양 조직의 생검이 있던 날 그는 로스앤젤레스에서부터 날아와 새벽 5시 30분에 병원에 도착했다.

벤은 그의 말마따나 내가 이끄는 군대의 병사였다.

우리는 빈 회의실을 찾았다. 벤은 내 휠체어를 테이블 끝에 댔다. 벤은 아빠 위원회 명단의 제일 위쪽에 이름을 올린 아빠들 중 하나였지만 위원회에 대한 소식은 가장 나중에 들었다. 그 이유는 그가 질문이 많은 친구이기 때문이다. 벤은 가설에 도전하고 결함을 찾아낸다. 어떤 친구들이 치어리더나 든든한 보루라면 벤은 심문관이라고 할 수 있다. 그는 모든 결정이 잘 생각해보고 난 뒤에 이루어진 것인지 꼬치꼬치 따져 묻는 군대 교관이다. "조금만 더! 조금만 더! 한 번만 더 해보자! 고통 없이는 아무것도 얻지 못해."

나는 마음의 준비를 해야 했다. 나는 숨을 깊이 들이마신 뒤 내가 쓴 편지를 읽어 내려갔다.

"저라면 어떻게 생각했을지 말해주지 않겠습니까? 제 목소리가 되어주지 않겠습니까?"

벤은 목이 메는 듯했다. 그의 얼굴 위로 눈물이 흘러내렸다. "오, 브루스," 그가 말했다. 이윽고 벤은 복받치는 감정을 억제하고 말했다. "하지만 나는 자네의 전제를 거부하네. 따라서 위원회 회원 자격을 반납하겠네."

면전에서 과감하게 상대방 이론의 근본 토대를 공격하는 게 정말로 그다웠다. 하지만 나는 그가 곧 수락하리라는 것을 알고 재빨리 얼버무렸다. "하지만 린다는 자네가 위원회의 일원이 되어주길 바란다네."

벤은 더 이상 거절할 수 없음을 알았다. "그렇다면," 그가 말했다. "나는 자네를 데리고 갈 완벽한 장소를 알고 있네."

아빠 위원회가 구성된 후 나타난 놀라운 결과 중 하나는 내 의도와는 상관없이 6명의 회원들이 각자 자유롭게 자기 목소리를 낸다는 점이었다. 그들은 육아에 대해서뿐만 아니라(내 경험에 의하면 남자들은 대개 육아에 대해 판단을 유보하거나 적어도 목소리를 높이지는 않는다), 위원회 자체에 대해서도 할 말이 많았다. 위원회 회원들이 만나야 한다느니 결코 만나서는 안 된다느니, 아이들을 어딘가에 데려가야 한다느니 당분간은 그냥 내버려두어야 한다느니 등 의견이 분분했다. 심지어 낚시를 가야 한다는 주장도 나왔다.

나는 이런 문제들을 깊이 생각해보지 않았고 규칙을 정하고 싶은 마음도 없었다. 그보다는 균형 잡힌 모임을 만들어 시간이 지나면서 저절로 틀이 잡히도록 하고 싶었다. 하지만 곧 위원회의 마법 같은 일면이 여섯 남자를 한데 모아 그들을 아빠답게 만들어주고 있음을 깨달았다. 위원회의 목적은 우리 딸들에게 아빠의 빈자리를 채워주는 데 있었다.

우리 세대의 육아 분담에 따른 그 모든 수고(제프는 아이를 어르고 맥스는 새벽 2시에 기저귀를 갈아주며 데이비드는 간식을 먹인다)에도 불구하고, 대부분의 사람들은 여전히 아버지가 특정한 역할을 수행해야 한다고 믿는다. 여기에는 경계선을 뚜렷이 하고 기대 수준을 설정하며, 자녀들을 분발시키거나 어떤 일을 하게 만들고, 그들의 말에 귀 기울이고 그들을 품어주는 일이 포함된다. 그 외에 어떤 일을 더 하든, 이 시대의 아버지들 역시 이전 시대의 아버지들과 마찬가지로 자녀가 무언가를 성취하도록 밀어붙이고, 그들의 인격을 형성하고, 책임감을 일깨워주어야 한다고 여겨진다.

아빠 위원회에서 그 누구보다 더 적극적으로 아이들을 밀어붙이고, 더 사려 깊게 아이들의 인격을 다듬어가고, 더 큰 목소리로 책임감을 일깨워줄 사람은 벤이었다.

벤은 거인이다. 그의 가족들 역시 거인이다. 할아버지는 입지전적인 인물이고 아버지도 대단한 분이었으며 누나는 새로운 분야를 개척해나갔다. 벤은 이력도 거창해서, 고등학교 시절에는 토론 대회에 나가 트로피를 받았고 대학 때는 로즈 장학생으로 뽑혔으며 사회에 나가서는 에미상을 수차례 수상했다. 체격도 거구여서 그의 말마따나 "유난히 크고 비뚤어진 머리"에 케네디를 닮은 갈라진 턱을 하고 있었고, 신장은 190센티미터가 넘었다. 내가 벤만큼 키가 컸다면 농구 선수가 됐을 것이다.

벤은 마음도 넓었다. 로스앤젤레스에서의 어느 어슴푸레한 아침, 벤은 나를 선셋 대로변에 있는 어릴 적 살던 집의 뒤뜰로 데리고 가서 완두콩 색깔의 넓적한 잎이 달리고 수피가 벗겨져 흰색 속살이 드러난 플라타너스 나무 밑에 앉혔다. "이곳은 아버지가 어머니에게 청혼한 곳이라네." 벤이 말했다. "그리고 누나와 매형이 결혼한 곳이고, 나와 캐런이 결혼한 곳이기도 하지. 15년 전에는 여기 모여서 아버지의 추모식을 가졌다네. 이곳은 누나와 내가 놀던 곳이고, 지금은 내 아들이 노는 곳이야. 우리 가족의 근거지인 셈이지." 셔우드 집안에서 특정한 장소가 차지하는 비중은 매우 크다. 이를테면 벤에게 비버리힐스의 아파트들은 내게 타이비 섬의 언덕이나 매한가지였다.

"할아버지 벤 1세는 보석상이셨다네." 벤이 설명했다. "많이 배우지는 못했지만 에너지와 카리스마가 넘치고 무척 재미있는 분으로, 뼈 있는 농담으로 가족들을 괴롭히고 사람들을 힘들게 하셨지. 나는 할아버지의 그런 점을 물려받은 것 같아."

벤의 아버지 딕은 부드러운 어조와 학구적인 분위기가 할아버지와는 완전히 달랐다. 그의 부친이 법학을 전공할 것을 강요하지만 않았어도 아마 교수나 외교관이 되었을 것이다. 하지만 벤의 아버지는 변호사가 되어 대법원에서 변론을 하기에 이르렀다. 그러나 곧 우리 아버지와 비슷하게 당시 '도시 기반시설의 건설'로 알려진 일에 열정을 쏟았다. 그는 20세기 말의 현자였다.

"아버지는 '신사gentleman'이면서 '부드러운 남자gentle man'셨지." 벤이 말했다. "그러나 할아버지 같지는 않았어. 아버지는 사람들과의 사이에 약간의 거리를 두고 사귀는 편이었고, 직접적인 감정 표현을 불편해하셨어. 아버지에게는 스토아적인 면이 있었지. 그러고 보니 아버지가 우는 모습을 처음 보고 충격을 받았던 게 기억나네. 할머니가 돌아가시고 나서 아버지 방에 들어갔을 때였는데, 아버지는 내가 들어가자마자 울음을 멈추려고 애를 쓰셨지."

벤의 아버지는 또한 가족들에게 애정을 쏟았다. "아버지의 자녀 양육 스타일은 가능한 한 많은 시간을 함께 보내는 거였네. 이는 아침 식사와 저녁 식사를 함께했음을 의미하지. 식사를 하는 동안 우리는 세상사의 이모저모에 대해 진지한 이야기를 나누었네. 아버지는 호기심이 많은 분이셨어. 잘 알려지지 않은 특이한 책이나 잡지의 이해하기 힘든 기사를 오려서 당신이 근무하는 로펌에서 가져온 노란 봉투에 담아 가족들에게 돌리곤 하셨지. 주로 가족들이나 그중 누군가의 일과 관련이 있는 기사였어. 우리는 누구나 아버지에게서 그 노란 봉투를 받았다네. 대학 시절 나는 그 봉투 속의 기사들을 다 읽을 시간이 없어서 봉투를 열어보지도 않은 채 쌓아두곤 했지."

때때로 딕 셔우드의 독서 취미는 부모로서의 역할 수행과 상충하곤 했다. 그가 손에 익지 않은 야구 글러브를 끼고 아들과 야구를 하다가 공을 숲속에 잘못 던졌을 때처럼 말이다. "록스베리파크에서 어린이 야구팀 경기가 열렸을 때 편안한 복장에 넥타이를 맨 아버지가 외야석에서 〈뉴욕타임스〉를 읽고 있던 모습이 생각나는군. 내가 방망이를 휘두를 순서가 되면 신문이 내려갔고 방망이를 휘두르고 나면 신문이 올라갔지."

무엇보다도 딕 셔우드는 부드러운 질문으로 자녀들을 교육했다. "아버지는 끊임없이 우리의 가설을 테스트하셨네. 우리가 내린 모든 결정에 대해 의문을 제기하셨고, 아주 엄격한 테스트에도 통과할 만한 아이디어를 내게끔 우리를 유도하셨지."

딕은 이런 교육 방법을 놀이로 발전시켰다. "우리는 종종 '네모 게임'이라는 놀이를 했다네." 벤이 말했다. "아버지가 문장 끝에 네모 칸을 넣어서 질문을 하시면 그 네모 칸을 채우는 게임이었지." 벤은 손가락으로 네모꼴을 만들어 보였다. "예컨대 아버지가 '미국에 대통령이 있다면 영국에는 ㅁㅁ가 있다'라고 하시면 우리는 그 네모 칸을 채우는 걸세. 아버지의 깊게 울리는 근사한 목소리 때문에 '네모'는 '네에에모오오'처럼 들렸지. 대학 친구들은 아버지의 네모 게임을 매우 좋아했다네. 친구들이 주제를 '멕시코의 무역 정책'으로 정하면

아버지는 '캘리포니아와 교역을 시작한 최초의 멕시코 대통령은 □□ 다' 같은 문제를 내곤 하셨는데, 그러면 친구들은 답을 몰라서 쩔쩔 맸다네! 아버지에게 문제를 낸 친구는 배리 에델스타인이 유일했는데, 아버지는 배리가 낸 문제를 맞히지 못하셨어. 참으로 놀라운 순간이었지. '오 하느님, 챔피언을 이기다니요!' 그 문제는 이거였네. '브로드웨이에서 상연된 오리지널 〈스위니 토드〉에서 주인공 역을 맡은 사람은 □□다.'"

"자네에게 네모 게임은 어떤 의미였나?" 내가 물었다.

"네모 게임은 사물에 대해 생각하게 해주지. 사물을 알아가게 하고, 세상에 대해 질문하는 법을 알려준다네."

네모 게임은 효과가 있었다. 벤은 방송 저널리스트가 되어 저녁 뉴스와 심야 뉴스, 아침 뉴스까지 두루 섭렵하며 방송계의 총아로 떠올랐다. 1993년 벤이 워싱턴에서 근무하던 어느 토요일 저녁, 그의 어머니에게서 전화가 걸려왔다. 어머니는 "네 아버지에게 일이 생겼단다"라고 말했다. 딕 셔우드가 비서의 책상 옆에 서서 〈파이낸셜 타임스〉를 읽다가 쓰러진 것이다. 그는 잠깐 정신이 돌아왔으나 다시 쓰러졌고, 그리하여 로스앤젤레스 중심가에 있는 선한 사마리아인 병원으로 옮겨졌다. 의료진의 말로는 뇌출혈이라고 했다. 당시 그의 나이 예순네 살이었다.

다음 날 벤이 병원에 도착했을 때 그의 아버지는 혼수상태에 빠져 있었다. "의사들이 '아버님이 깨어나지 않으시기를 바라야 할 겁니다. 깨어나셔도 예전 모습을 되찾을 수 없을 테니까요'라고 말하더군. 나는 6개월 전에 아버지와 나눈 대화를 떠올렸네. 그때 아버지는 뇌에 대해 이야기하면서, 당신이 재판정에 섰을 때 유리했던 점은 농구 용어로 '다른 사람들보다 반 발짝 앞서 있었다'는 것이었다고 하셨네. 그 반 발짝이 아버지의 인생에 큰 기쁨을 주었다고 말이야. 그래서 깨달았네. 그 다음 5일간은 아버지의 회복을 바라기보다는 결국 아버지의 연명 치료를 중단해야 한다는 사실을 받아들이는 기간이 되리라는 것을. 우리는 연명 치료를 중단시켰네."

"작별 인사는 했나?"

"응, 누나와 함께 했지. 아버지의 얼굴을 어루만지고 작별의 키스를 해드렸네. 그리고 우리가 어머니를 돌봐드리겠다고 말씀드렸지." 벤은 잠시 멈췄다가 다시 말을 이었다. "참으로 이상한 점은 아버지가 살아 계시는 것처럼 느껴진다는 거였네. 아직 심장이 뛰고 있었고, 일주일 째 면도를 못해서 수염이 자라 있었으니까. 하지만 물론 아버지는 살아 계신 게 아니었지."

"아버지와 관련해서 가장 그리운 것은 무엇인가?"

"아버지의 질문이 그립지는 않네. 내게 질문하는 법을 가르쳐주셨으니까." 벤의 목소리가 가늘게 떨려 나왔다. 감정이 한 단계 더 깊어질 때마다 목소리가 한 옥타브씩 올라가는 듯했다.

"나는 아버지의 목소리가 그립다네." 벤은 숨을 깊이 들이쉬었다. "아직도 그 목소리가 들리는 것 같아." 벤은 이제 어린아이처럼 흐느끼고 있었다. 거구의 사내가 눈물을 흘리는 것을 보니 그들 부자가 묻고 대답하는 모습이 떠올랐다.

"아버지는 목소리가 좋았지. 특히 음색이. 아빠 위원회에 대한 자네의 구상이 마음에 와 닿는 것도 그 때문일세. 나는 나중에 자네 딸들이 자네의 목소리를 들을 수 있었으면 하니깐. 하지만 슬플 때 그 목소리를 듣고 싶은 건 아닐세. 내 경우, 아버지의 목소리가 가장 그리울 때는 가장 슬플 때가 아니니까. 그보다는 오히려 가장 행복할 때 듣고 싶어지지. 그런 때는 기쁘면서도 한편으로는 마음이 아프다네. 아버지가 함께하지 못해서, 아버지가 기쁨의 순간을 목도하지 못하고 그의 목소리를 보탤 수가 없어서……."

1997년 뉴욕으로 이사했을 때 나는 친구 두 명과 매주 한 번씩 만나는 모임을 시작했다. 우리는 모임을 조직하는 데 능한 사람들이 못 돼서 모임의 이름을 그냥 '이름 없는 행복한 시간'으로 정했다. 그 모임에는 작가들과 편집자들, 방송인들이 참석했다. 1년쯤 지났을 때 한 친구가 말했다. "다음 주에 누군가를 데려올 생각인데, 자네들은 아마 그를 좋아하게 되거나 싫어하게 되거나 둘 중 하나일 걸세. 그의 이름은 벤 셔우드라고 하지."

그 당시 벤은 뉴욕 일대를 주름잡던 인물이었다. 그는 키가 크고 성공한 독신남으로, 다소 뻣뻣한 데가 있었다. 벤은 하루 종일 NBC 뉴스 보도국에서 일하고 밤에는 낭만적인 소설을 썼다. 토론 대회에서 수상한 경력이 있으면서도 정해진 규칙, 예를 들어 '토론은 8분간의 설명과 3분간의 질의, 4분간의 응답으로 한다' 같은 규칙 없이는 사교적인 환경에 노출되는 것을 불편해했다. 그야말로 〈섹스 앤 더 시티〉를 패러디하기에 아주 그만인 인물이었다. 게다가 〈섹스 앤 더 시티〉의 작가와 데이트를 한 적도 몇 번 있으니까 아마 그 프로그램에 나오는 인물을 흉내 낸다면 썩 잘해냈을 것이다.

나에 대한 그의 첫인상은 회의적이었다. "자네가 말이 많은 사람일 거라고 생각했다네. 대범한 성격에 통도 크고 거창한 이야기들을 곧잘 하니까 말이야. 늘 무언가를 보여주기를 좋아할 거라고 여겼지. 그래서 자네가 주위의 반응에 얼마나 민감한지를 깨닫기까지는 시간이 조금 걸렸네. 알고 보니 자네는 말을 하기만 하는 게 아니라 듣기도 하는 사람이었어. 우리가 둘 다 사람들의 말을 경청하는 사람이 아니었더라면 지금처럼 친해지지는 못했을지 몰라."

벤과 나는 금세 정치와 이성, 미디어, 명사들에 대한 가십과 나중에 어떤 사람이 되고 싶은지 거의 하루 종일 이야기를 나누는 사이가 되었다. 대화 주제에서 빠진 분야는 스포츠뿐이었다. 안타깝게도 벤은 부친의 운동에 대한 무관심을 그대로 물려받았기 때문이다.

무엇보다도 우리는 성인이 된 이후에 절친한 동성 친구를 사귀는, 가장 하기 힘들다는 일을 해냈다. 벤이 연애를 하고 결혼을 하고 아버지가 되어가는 과정을 통해 나는 한때 뻣뻣하던 사람이 보다 따스하고 원만한 인격체로 변해가는 것을 보았다.

그 세월 동안 변하지 않은 것이 있다면 그것은 벤의 마음 혹은 정신이었다. 벤은 질문하는 것을 멈추지 않았다.

내가 우리 딸들이 벤에게서 배웠으면 하는 것도 바로 그와 같은, 때로는 지나칠 정도로 왕성한 호기심이다. 진실을 파헤치고자 하는 열의와, 얻은 정보를 놀라우리만큼 새로운 방식으로 제시하고자 하는 갈망 말이다. 린다는 이렇게 말했다. "뉴스에 어떤 사건이 보도되었는데 우리 딸들이 당신처럼 사건을 새로운 각도에서 볼 수 있었으면 할 때 나는 아이들을 벤에게 보낼 거예요."

벤은 우리 딸들에게 생각하는 법을 가르쳐줄 것이다. 플라타너스 아래에서 내가 세상을 떠난 뒤 우리 딸들에게 어떤 이야기를 들려주겠느냐고 물었을 때 그가 블랙베리를 꺼내 든 것도 놀라운 일이 아니었다. "라이너 마리아 릴케의 이야기를 들려주겠네." 벤이 말했다.

마음속에서 풀리지 않는 모든 것을 인내하라. 의문 자체를 사랑하려고 애쓰라. 지금 당장 해답을 구하려 하지 말라. 해답이 주어진다고 해도 지금 그대로 살아가기는 힘들 수도 있으니. 중요한 것은 모든 것을 품은 채 살아가는 것이다. 늘 의문을 품고 살라.

"이는 네모 게임과도 관련이 있다네." 벤이 말했다. "내가 사물을 바라보는 방식과 관련이 있고, 여행자로서의 자네와도 관련이 있지. 질문을 하는 사람은 길을 잃지 않는다는 아프리카 속담이 있네. 이는 온 세상을 돌아다니는 자네의 방식과도 많이 비슷할 걸세. 아주 낯설고 생소한, 전혀 알 수 없는 장소에서도 질문을 하면 길을 찾을 수 있으니까 말이야. 확신은 질문에서 비롯된다네. 그래서 나는 자네 딸들에게 늘 의문을 품고 살아가라고 말해주겠네. 의문에 대한 답을 찾기 위해서라면 세상 어디에라도 갔을 아빠처럼, 너희들 역시 새로운 시각을 가질 수 있어야 한다고 말이야."

떠오르는 해가 이른 아침의 어스레한 기운을 몰아내기 시작했다. 까마귀 한 마리가 플라타너스 가지에 내려앉았다. 벤의 입에서는 더 이상 목쉰 소리가 나오지 않았다. 대신 맑은 음성이 흘러나왔다.

"아빠 위원회와 관련하여 한 가지 마음에 드는 점은," 벤이 말했다. "자네 딸들이 너무 어려서 자네의 목소리를 듣지 못할 경우 이 위원회가 전체적인 조화 속에서 자네의 소리를 낼 수 있는 목소리들의 심포니를 만들어 아이들 주변을 에워쌀 거라는 점일세. 그건 어느 한 악기만으로는 불가능하네. 셔우드의 드럼이 너무 요란할 수도 있고, 블랙이나 스티어의 드럼이 연주를 망쳐놓을 수도 있어. 하지만 린다는 아이들이 자네의 목소리를 충분히 들을 수 있도록 오케스트라를 잘 지휘할 걸세."

"그래, 그 목소리들의 심포니에서 자네의 목소리가 어떤 음을 냈으면 싶은가?"

"나는 대조적인 목소리를 내고 싶네." 벤이 말했다. "불협화음이라고도 할 수 있겠지. 잘 어울리는 것 같지 않아도 음악을 완벽하게 연주하는 데 결정적인 역할을 하는 음, 거짓되지 않은 진실한 음을 내고 싶어. 그것이 우리가 서로에게 해온 역할이기 때문이지. 나는 종종 '다른 사람들은 모두들 이렇게 말하지만 브루스라면 뭐라고 말할까?' 하는 생각이 드니까 말이야. 내가 어떤 아이디어를 여러 번 시험해보고 나서 그것이 효과적이라는 결론에 도달했을 때도 자네는 또 다른 질문을 던졌지. 그래서 내가 보다 큰 확신을 가지고 앞으로 나아가거나, 아니면 모든 자료를 수거하여 완전히 다른 방식으로 접근하도록 만들지. 내가 타이비와 에덴과 함께 나누고 싶은 건 바로 그런 재능일세. 답을 알면 훨씬 더 안전하고 안정적인 삶을 살 수 있으니까 말이야."

"그럼, 문제를 내겠네. '의문을 품고 살아가는 사람들은 ㅁㅁ 다.'"

"'발견자들' 이다."

마지막 몇 발짝은
혼자서 가야 하리

서배너 동쪽의 보나벤처 공원묘지 입구에는 돌문 두 개가 나란히 서 있다. 왼쪽 문은 십자가를 안고 있는 여인상이 꼭대기를 장식한 돌기둥 두 개로 이루어져 있는데, 이것은 기독교인을 위한 출입구로 알려져 있다. 오른쪽 문은 비슷한 돌기둥 위에 다윗의 별이 장식되어 있는 것으로, 유대인 출입구라 불린다.

모기떼가 들끓는 어느 습한 오후, 나는 차를 운전해서 유대인 출입구를 통과했다. 목발을 짚고 계단을 올라 안내소에 들어가 보니, 그 안에는 묘석 견본과 도자기로 된 유골함이 전시되어 있었다. 그리고 주지사들과 대사들, 남군 장군들과 더불어 퓰리처상을 수상한 시인 콘래드 에이컨과 오스카상을 네 번 수상한 작곡가 조니 머서의 초상화가 걸려 있었다.

보나벤처 공원묘지의 가장 유명한 조각상인 '새 모이를 주는 소녀(양손에 그릇을 들고 서 있는 소녀의 청동상으로, 높이가 120센티미터쯤 된다)'가 시내의 박물관으로 이전되었음을 알리는 안내문이 보였다. 이 잘 알려지지 않은 조각상은 존 베런트의 《선악의 정원》 표지에 사진이 실린 것을 계기로 유명해져서 많은 관광객을 끌어모았는데, 관광객 중에는 조각상의 받침대 일부를 뜯어가는 사람들도 많았다.

묘지 관리인에게 우리 가족의 성을 알려주자, 관리인은 곰팡내 나는 뒷방으로 사라졌다. 그러고는 잠시 후 누렇게 색이 바랜 카드 여섯 장을 들고 나왔다. 카드 각각에는 묘지에 묻힌 사람의 이름과 사망한 날짜와 장소, 매장한 날짜와 매장 방식 및 위치가 적혀 있었다. 카드의 주인공은 증조할아버지 멜빈 파일러와 증조할머니 데이지 파일러, 증조할머니의 오빠 에드윈 코언, 할아버지 에드윈 파일러와 할머니 앨린 파일러, 삼촌 스탠리 파일러였다.

나는 카드 안에 그토록 많은 정보가 들어 있다는 사실에 놀라지 않을 수 없었다. 증조할아버지는 사망 당일인 1952년 7월 18일에 이곳 묘지에 묻혔고, 증조할머니는 1960년 9월 27일에 미시시피 주 스타크빌에서 운명한 뒤 이틀 만에 이곳에 매장되었다. 과학 발전을 위해 시신을 기증한 삼촌의 유해는 사망한 지 일곱 달이 지난 2001년 4월에 화장되었다. 할머니는 관에 묻혔고, 증조할머니는 납골묘에 안치되었다. "그건 콘크리트로 되어 있습니다"라고 관리인은 설명했다. "유대인은 대개 납골묘를 쓰지 않지만 상황은 늘 변하기 마련이니까요."

나는 관리인에게 감사를 표한 뒤 카드를 반납하고 자리에서 일어섰다.

"가족들의 묘소를 둘러보시려고요?" 관리인이 물었다.

"비슷해요. 실은 제 묏자리를 보려고 왔답니다."

내가 대답했다.

'아름다운 곳'이라는 뜻의 보나벤처는 유서 깊은 도시의 유서 깊은 장소다. 윌밍턴 강 상류에 있는 이 경사진 숲 지대는 독립혁명 이전에는 벼를 수확하던 플랜테이션 지역이었다가 1846년에 개인 묘지가 되었다. 그곳의 소유주였던 해군 준장 조사이어 태트널은 1859년 중국에서 영국군을 도와 싸운 뒤 '피는 물보다 진하다'라는 속담을 미국에 전한 인물로 알려져 있다.

보나벤처 공원묘지에서도 가장 눈에 띄는 장소는 1860년 〈하퍼스 매거진Harper's Magazine〉에 '쓸쓸한 오크 거리'로 묘사된 산책길이다. 길의 양옆에는 한때 영국 해군에서 사용하려 했다는 이유로 '왕의 나무'라 불리는, 하늘을 찌를 듯한 상록수들이 도열해 있다. 1867년 보나벤처에서 5일간 야영을 한 시에라 클럽Sierra Club(미국 최대의 환경보호단체-옮긴이)의 창설자 존 뮤어는 이 나무들을 다음과 같이 묘사했다. "인간이 심은 나무들 중 이렇게 장엄한 나무들은 처음 본다. 주 가지들은 도로와 수평으로 뻗어 있고, 각 가지들은 양치류와 꽃과 풀들로 마치 정원처럼 장식되어 있다."

이 거대한 나무들은 가지마다 '스페인 이끼'라고도 불리는 틸란드시아가 은빛 수염처럼 드리워져 있어 묘지 전체에 음울한 분위기를 더한다. 파인애플과에 속하는 이 이국적인 식물은 바람이 불 때마다 이리저리 흔들리는 게, 1859년 이곳을 방문한 어떤 방문객의 말처럼 "옛날에 승전 기념으로 고딕 성당 지붕 위에 걸어놓은 누덕누덕한 깃발처럼 보인다."

160에이커(약 65만 평방미터)에 이르는 보나벤처는 분묘가 빼곡히 들어찬 교회 뒤뜰에서부터 그 면모를 드러낸다. 이곳은 고인이 자연과 가까운 곳에서 휴식을 취하고 추모객들 역시 꽃을 보며 마음을 달랠 수 있는 장소다. 보나벤처는 19세기 지상 낙원과도 같은 공원으로 이전하고자 하는 '전원 묘지 운동'의 일환으로 생겨났다. 이 '죽은 자들의 도시'는 슬픔이 아니라 소망의 장소로 조성되었으며, 여기서 죽음은 섬뜩한 어떤 것이 아니라 '고요한 잠'이나 '달콤한 휴식' 혹은 '영원한 안식'으로 여겨졌다.

현대적인 공원의 선두주자 격인 공원묘지는 사람들이 유모차를 끌고 산책을 나오거나 피크닉을 오거나 데이트를 즐기는 장소가 되었다. 일요일에 보나벤처에서 청혼을 하면 반드시 결혼에 성공한다는 말이 있을 정도다. 또한 '죽음의 공포도 반쯤은 사라진다'라는 기록을 남긴 사람이 있을 만큼 아름다운 곳이다.

나는 우리 가족의 묘지로 향하기에 앞서 다른 가족의 묘지 세 군데를 둘러보았다. 가장 먼저 찾아간 곳은 서배너의 비공식적 시가市歌인 애조 띤 발라드 '문 리버Moon River'의 작사가 소니 머서의 묘지였다. 1500곡이 넘는 노래의 작사가이자 캐피탈 레코드의 공동 창설자인 머서는 아내 진저 및 다른 가족들과 함께 나란히 묻혀 있다. 가족들의 묘비에 그가 작사한 노래의 제목이 새겨져 있는 게 눈에 띄었다. 어머니의 묘비에는 '어머니가 말씀하셨네'라고 새겨져 있었고, 아내의 묘비에는 '당신은 예쁜 아기였음에 틀림없어요'라는 글귀가 있었다. 그리고 머서 자신의 묘비에는 '그리고 천사들이 노래하네'가 새겨져 있었다.

비록 비극으로 얼룩진 유년 시절을 보내기는 했지만 콘래드 에이컨 역시 부모님 곁에 누워 있다. 에이컨은 열한 살 때 아버지가 권총으로 어머니를 살해하고 스스로도 목숨을 끊는 일을 겪었다. 훗날 미국의 계관시인이 된 그 소년은 당시 맨발로 경찰서에 달려가 "아빠가 엄마와 자기한테 총을 쏘았어요"라고 말했다.

시인의 부모님 무덤에는 기념비가 하나 서 있었다. 그리고 대학 시절 T. S. 엘리엇과 하버드 문예지를 편집하고 세상을 떠돌다가 서배너로 돌아온 시인의 무덤에는 방문객이 쉬어갈 수 있도록 화강암 벤치가 놓여 있었다. 우리 형은 그 벤치에 새겨져 있는 문구에서 인터넷 필명을 따왔는데, 그 문구가 새겨진 사연은 다음과 같다.

어느 날 콘래드 에이컨은 서배너 항구에 입항하는 '코스모스 매리너Cosmos Mariner' 호를 보았다. 에이컨은 그 배에 매료되어 배가 어디로 향하는지를 알아보려고 신문을 뒤적였지만 목적지는 알려져 있지 않다는 짤막한 기사를 접했을 뿐이다. 그 기사 제목은 훗날 그의 묘비명이 되었다.

목적지 미상의

우주 항해자

세 번째로 방문한 잭 리의 무덤은 개인적으로 보다 의미 있는 곳이었다. 《선악의 정원》 표지에 나오는 '새 모이를 주는 소녀'의 사진을 찍은 잭 리는 서배너 출신으로, 나와는 고등학교 동문이었다. 그는 화가가 되려다 사진작가로 전향했다. 훗날 여러 스승을 사사한 뒤 서배너로 돌아왔는데, 관광객이 많이 모여드는 분수대 안의 백조를 촬영하면서 고향을 새로운 시각으로 볼 수 있음을 알았다. 그 사진은 지금 브루클린 하이츠의 우리 집 안방에 걸려 있다. 린다와 내가 결혼식을 마치고 그 분수대 주변을 산책한 기념으로 걸어둔 것이다.

잭은 조지아 주의 강과 늪과 수로를 따라 죽어가는 것들의 세계를 초점이 뚜렷한 영상으로 포착하여 다섯 권의 사진집을 냈다. 2003년 그는 오십 대 초반의 나이에 말기 대장암 선고를 받았다. 잭은 생의 마지막 몇 주를 그가 가장 사랑하는 장소인 타이비 섬에서 보내고 싶어 했는데, 우리 부모님은 그런 그에게 여름 별장을 빌려주셨다. 잭은 내가 어린 시절을 보낸 곳에서 생의 마지막 날들을 보낸 것이다. 나는 암 진단을 받은 초기에 나처럼 두 딸을 두고 간 오랜 친구를 생각하며 얼마나 가슴이 아팠는지 모른다. 생의 마지막 순간이 가까웠을 때 잭의 마음이 어땠을지 궁금했다.

마지막 몇 달간 그의 곁을 지킨 잭의 전 부인 수전 패트리스는 이렇게 말했다.

"다큐멘터리 사진작가로서 잭의 가장 중요한 작품들은, 어떤 상황에서도 열린 마음으로 사람들과 교류할 수 있는 사람의 작품입니다. 예술가로서 그런 자질을 개발할 수 있는 사람이라면 한 개인으로서도 그리할 수 있지요. 잭은 몇 달간 병원에 입원해 있다가 저와 함께 타이비 섬으로 드라이브를 나갔습니다. 잭이 드라이브 중에 '속도를 줄여. 그동안 이 세상이 얼마나 아름다운지 잊고 있었어. 저기 보여? 보여?'라고 말하던 게 기억나네요. 그때 저는 이런 생각을 했답니다. '잭이 세상의 아름다움을 볼 수 있는 건 죽음이 가까웠기 때문이기도 하지만 심미안을 개발했기 때문이기도 하다. 잭은 카메라를 들어 올릴 힘조차 없지만, 그런 건 이제 중요하지 않다' 라고요."

잭은 보나벤처를 특히 좋아했다. 그의 딸 그레이시가 아직 어렸을 때 두 사람은 매일같이 몇 시간씩 보나벤처 안을 거닐었다. 잭은 암 선고를 받기 전 몇 년 사이에 건강이 악화되었는데, 그 기간 동안 보나벤처와 다른 공원묘지에 있는 수백 개의 천사 석상을 카메라에 담았다. "그는 무의식중에 영적인 전통을 회복하고자 했던 걸 거예요"라고 수전은 말했다.

암 선고를 받기 전 몇 달간, 나는 초조하고 잠이 안 오고 짜증이 나곤 했다. 나중에 린다가 한 말에 따르면 평소의 내 모습이 아니었다고 한다. 잭의 가족들도 잭에게서 비슷한 증상을 발견했는데, 그런 증상은 그의 작품에 영향을 미쳤다. 잭은 태어나서 처음으로 그의 트레이드마크인 초점이 뚜렷한 사진들을 포기하고 초점이 맞지 않는 흐릿한 영상들, 특히 물의 흐릿한 이미지들에 집중했다.

"잭은 아무런 의도 없이 사진을 찍는 법이 없었어요." 수전이 말했다. "그의 개인적인 취향이 가장 잘 드러난 작품은 늘 물을 주제로 한 것이었답니다. 잭은 어딘가에서 사진을 찍고 있다가 문득 정신을 차리고 보니 카메라 장비가 죄다 바닷물에 씻겨 내려가고 없는 꿈을 반복적으로 꾸었답니다."

나는 그 꿈이 무엇을 의미하는지 물어보았다.

"예술가로서 자신의 작품들이 사람들의 기억에서 잊힐까봐 두려웠던 것 같아요." 수전이 말했다. "하지만 잭은 말년에 평안을 느꼈어요. 비록 카메라가 바닷물에 씻겨 내려가고 본인은 사진을 찍느라 바뻘지라도 그 작품들이 그를 빚어냈음을 알았기 때문이죠. 잭은 그동안 자신이 찍어온 이 놀라운 삶들이 자신에게 남겨져 있음을 알게 된 거예요. 생의 마지막 시기에 잭은 우리 딸들에게 불러주던 자장가를 불러달라고 했어요. 강이 우리를 고향으로 데려다준다는 내용의 자장가였지요. 잭이 세상을 뜨기 전날 밤, 저는 잠깐 그의 곁에 누워서 잠이 들었습니다. 꿈속에서 저는 죽음이란 배를 타고 강물 위를 떠다니는 것과도 같다고 잭에게 말했어요. 그러니 그냥 강물에 몸을 맡기면 된다고요. 나중에 잭의 침대 옆에서 그가 마지막으로 찍은 폴라로이드 사진들이 들어 있는 상자를 발견했는데, 제일 위에 놓인 사진이 강가에 매어놓은 카누의 흐릿한 영상을 담은 것이더군요.”

파일러 집안의 묘지는 누네즈街에서 조금 떨어진 Q구역 570번 부지에 있었다. 얕은 화강암 벽을 따라 펼쳐진 묘지는 가로로 열여섯 발짝, 세로로 열한 발짝쯤 되는 사다리꼴 모양으로 되어 있었다. 묘지 양옆에는 이끼 낀 떡갈나무가 서 있었고, 땅에서는 버섯이 고개를 내밀고 있었다.

묘지의 뒤쪽으로는 무덤 여섯 기가 자리하고 있었나. 할아버지는 비석에 ‘해야 할 일을 했다’라고 새겨달라고 했지만, 할아버지가 자살한 뒤 우리 부모님은 그 묘비명이 적절하지 않다고 판단했다. 그래서 할아버지의 묘비에는 ‘사랑하는 남편이자 아버지’라는 문구가 새겨졌다.

나는 돌아가신 분들의 나이를 훑어보았다. 61세, 62세, 77세, 78세, 82세, 89세. 44세는 생을 마감하기에는 너무 이른 나이였다.

묘지 한 귀퉁이에는 ‘그들의 삶이 영원히 아름답게 빛나기를 /

2011 북이십일 도서목록

북이십일이
특별한 감성으로
새롭게 태어납니다.

지식과 정보의
새로운 향유 방법을 창조함으로써
여러분과 함께 즐거움을 나누고
공유하겠습니다.

생각 버리기 연습

꾸준함을 이길 그 어떤 재주도 없다

무조건 행복할 것

김미경의 아트 스피치

감동을 남기고 떠난 열두 사람

아빠가 선물한 여섯 아빠

죽을 때 후회하는 스물다섯 가지

뇌를 경청하라 LISTEN TO YOUR BRAIN

안목 See The Unseen

21세기북스

죽을 때 후회하는 스물다섯 가지
감동을 남기고 떠난 열두 사람

오츠 슈이치 지음 / 각 권 값 12,000원

오직 참으면서 살아온 내 인생은 대체 뭐였을까?

1000명의 죽음을 지켜본 호스피스 전문의가 말하는
'후회 없는 삶과 죽음'을 위한 스물다섯 가지 키워드.
그리고 '죽을 때 후회하는 스물다섯 가지', 그 두 번째 이야기인
죽을 때 감동을 남기고 떠난 인생 이야기.

★ 교보문고 2010 올해의 책 ★ YES24 2010 올해의 책
★ 알라딘 2010 올해의 책

2010 퓰리처상 수상 소설
팅커스

폴 하딩 지음 / 값 12,000원

역대 가장 매혹적인 데뷔작!
생의 마지막 그리움에 바치는 보석같은 헌사

우리 인간은 가족에게 둘러싸여 있더라도 혼자서 죽는다는 자명한
사실을 웅변하는 또 하나의 명작이 탄생했다.

이 작품은 소설이 줄 수 있는 최고의 특권을 독자에게 부여한다.
즉 유령처럼 다른 인간의 영혼들에게 가까이 다가갔다는
환상에 빠지게 하는 것이다. _매릴린 로빈슨(소설가)

전 세계 30여 개국 출간 예정!
룸

엠마 도노휴 지음 / 값 14,000원

24년간 지하 밀실에서 감금되었던
소녀의 충격 실화, 소설로 재탄생!

태어나서 한번도 방 밖에 나가지 못하고 화초처럼 자란 분재소년,
여섯 살 생일날 탈출을 결심하다!

놀라운 상상력을 바탕으로 만들어진 아름답고 독창적인 작품이다.
올해 내가 읽은 작품들 중 최고라 단언할 수 있다.
_아마존(Amazon.com) 독자평

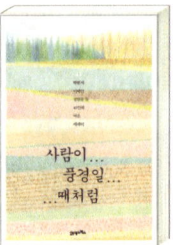

사람이 풍경일 때처럼
박완서 · 이해인 외 40인 지음 / 값 13,000원

조선일보 인기 연재 명작 에세이 40편

2009년부터 조선일보를 통해 연재되었던 문인들과 각계 인사들의 에세이 중 40편을 엮은 책이다. 박완서, 이해인, 정호승 등 한국을 대표하는 문인들과 기업인, 사회운동가, 스포츠선수 등 다양한 분야에서 활약 중인 유명인사들의 진솔한 이야기를 담았다. 용기를 얻을 수 있는 잔잔한 감동의 이야기들이다.

MBC 잠깐만
이인경 · 장연선 지음 / 값 13,000원

행복하기로 마음먹은 날, 세상이 달라집니다!

MBC라디오 캠페인 〈잠깐만〉을 책으로 만나다. 수많은 명사들이 들려주는 행복해지는 한마디! 20년간 세상을 감동시킨 MBC라디오 공익캠페인 〈잠깐만〉이 책으로 나왔다. 윤종신, 황정민, 신경숙 등 수많은 명사들이 〈잠깐만〉을 통해 전했던 따뜻한 이야기들을 읽다 보면, 희망과 행복을 찾는 법을 배울 수 있다.

아빠가 선물한 여섯 아빠
브루스 파일러 지음 / 값 12,000원

미국 전역을 울린 어느 시한부 아빠의 마지막 프로젝트

쌍둥이 딸을 앞에 두고 삶의 마지막을 준비해야 하는 아버지의 애달픈 마음을 담고 있는 감동 실화이다. 삶의 각 시기별로 자신을 대표할 만한 사람 여섯 명으로 구성된 '아빠 위원회'는 브루스가 떠난 후 쌍둥이들이 느끼게 될 아빠의 빈자리를 채워주고, 그를 대신해 놀랍게 성장해 갈 두 딸의 모습을 지켜보게 될 것이다.

세상에 마음 주지 마라
웨인 다이어 지음 / 값 12,000원

『행복한 이기주의자』 웨인다이어의 인생론

악착같이 모았던 것들이 버려야 하는 것임을 알았다! 많은 사람들이 욕망을 인생의 목표로 삼고 있다. 하지만 욕망은 행복을 품지 못한다. 욕망에서 벗어나기 위한 여행을 시작할 때, 당신은 그 자체로 의미가 된다. 돌아서서 당신 자신에게로 곧장 가라.

★ 출간 즉시 아마존 1위!

조선일보
연재

제국의 황혼

정진석 외 6명 지음 / 값 23,000원

한일병합 1년 전의 풍경 속에서 망국의 징조와 기미를 읽는다!

2009년 8월 29일에 시작하여 국치 100주년이 되는 날, 즉 2010년 8월 29일에 끝이
났다. 1년 동안 조선일보에 연재되면서 수많은 독자들의 관심과 호평을 받았다. 역사의
수레바퀴를 한일병합 1년 전인 1909년 8월 29일로 되돌려 나라가 망하던 비극의 그날
까지 365일간을 기록했다.

차갑지도 뜨겁지도 않은 청춘에게

이강락 지음 / 값 12,000원

스스로 자신의 역사를 기록하면서 삶을 업그레이드하라!

"어디로 배를 저어야 할지 모르는 사람에게는 어떤 바람도 순풍이 아니다." 요즘의 청
춘들에게 '나'의 자리는 없다. 오로지 '남들'의 이야기만 있다. 이런 이들에게는 어떠한
미래도 불투명할 수밖에 없다. 힘차게 달려 나가야 할 시기에 '나'를 잃고 미적지근하
게 살고 있는 청춘들에게 진정한 비전을 찾고 인생을 성공으로 이끄는 보석 같은 지침
들을 들려준다.

개의 사생활

알렉산드라 호로비츠 지음 / 값 16,000원

우리가 몰랐던 개의 진실이 밝혀진다!

개는 색맹이다? 개의 소변은 '영역 표시'다? 우리의 근거 없는 추측이 '개'를 이해하기
어렵게 만든다. 개들은 항상 우리에게 말을 걸고 있다. 다만 인간인 우리가 그들의 말을
이해하지 못할 뿐이다. 이 책은 개가 되어 보지 않고도 개에 관해 가장 잘 이해할 수 있
는 방법을 가르쳐준다.

인문의 숲에서 경영을 만나다 1·2·3

정진홍 지음 / 각 권 값 1,5000원

인문학은 삶의 학문이자 의지의 그루터기다!

이 책의 존재 이유는 오직 하나다.
인문학의 자양분을 섭취해 저마다 삶의 밑둥으로부터 통찰의 힘을
키우자는 것이다. 그것이 전부다. 그것을 키울 수만 있다면
이 책은 불쏘시개가 되어도 아깝지 않다.

21세기북스 트위터 @21cbook 블로그 b.book21.com 전화 031-955-2153 홈페이지 www.book21.com

똑바로 일하라

제이슨 프라이드 · 데이비드 하이네마이어 핸슨 지음 / 값 14,000원

열심히만 하지 말고 '제대로' 일하라!

성과를 내고 싶다면 일의 개념부터 완전히 바꿔야 한다. 큰 계획보다는 작은 계획을 세워라. 회의는 성과의 독이다. 일중독자가 되지 마라! 우리가 흔히 알고 있는 일에 관한 고정관념들을 발칙하게 깨부수며 일과 성과에 관한 새로운 시각을 제시한다.

이 책을 무시하면 위험해 진다. _세스 고딘

꾸준함을 이길 그 어떤 재주도 없다

문용식 지음 / 값 14,000원

나우누리에서 아프리카TV까지

세 번의 대주주사 부도와 3년 누적적자 100억 원의 위기를 극적으로 턴어라운드시켜 9년 연속 흑자 행진을 하고 있는 나우콤 문용식 대표의 20년 경영 노하우.

대한민국은 건국 이후 60여 년 동안 너무 승자 독식의 정글자본주의 사회로 치달았다. 이제는 모두가 불안한 사회에서 벗어나야 한다. 함께 사는 길을 찾아야 한다.

우리는 천국으로 출근한다

김송훈 시음 / 값 15,000원

8년 연속 대한민국 훌륭한 일터상 수상!

출근하고 싶어 안달난 회사를 만들어라! 일터를 바꾸고 세상을 바꾸어라! 여기 한미파슨스의 사례는 직장을 천국으로 만드는 일이 반드시 불가능한 꿈만은 아니라는 증거가 된다. 100퍼센트 종업원 지주제, 2개월간 유급휴가 애플배케이션 제도, 이익보다 구성원이 우선인 회사!

한 조각의 상상력 아침미술관 1·2

이명옥 지음 / 각 권 값 16,000원

"나는 매일 아침 한 점의 그림을 읽는다!"

비즈니스에 감성을 더하는 Morning Art. 매일 한 점의 그림과 글을 감상할 수 있게 구성되었다. 한 권의 책에 담기 어려운, 동서고금을 넘나드는 다양한 도판은 참신한 기획으로 유명한 사비나미술관 관장의 초이스다.

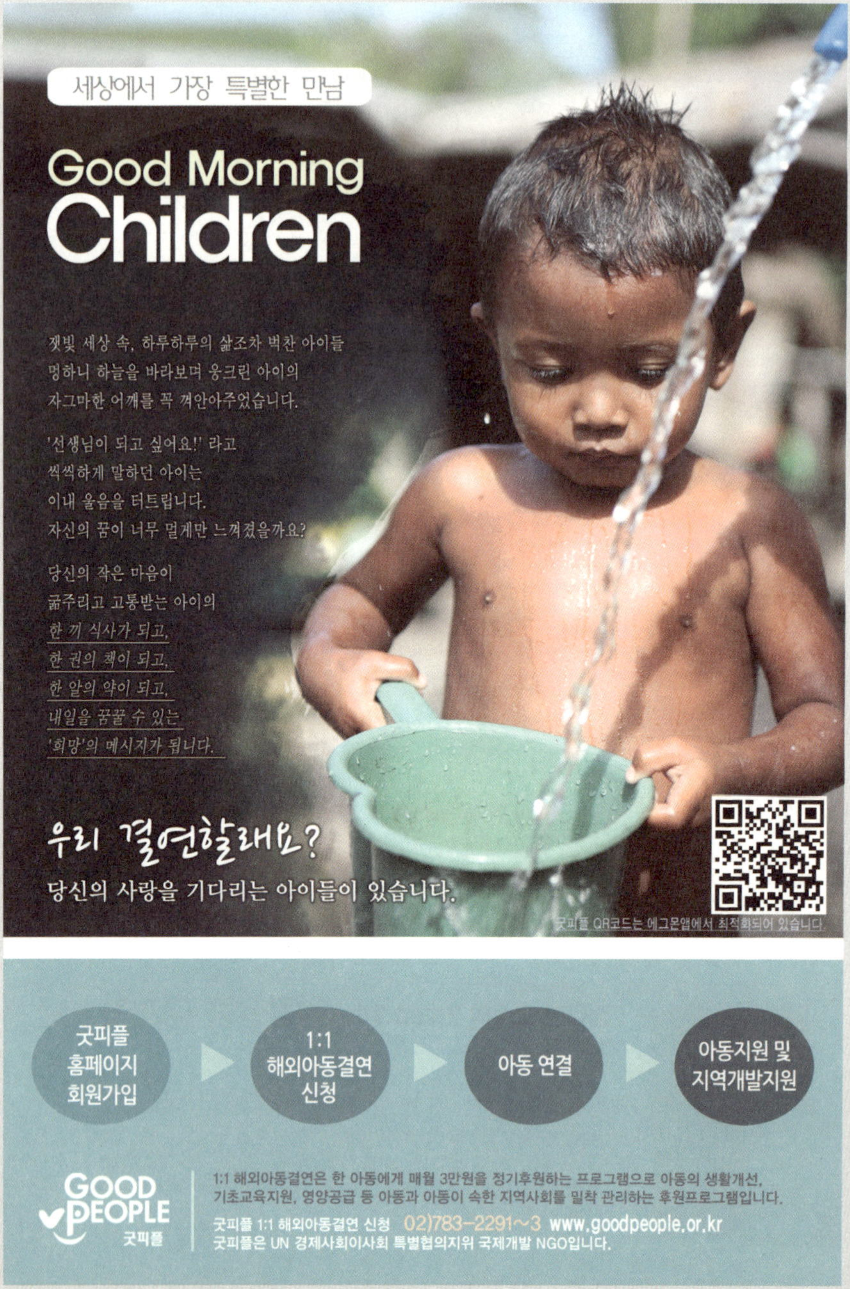

세상에서 가장 특별한 만남
Good Morning
Children
잿빛 세상 속, 하루하루의 삶조차 벅찬 아이들
멍하니 하늘을 바라보며 웅크린 아이의
자그마한 어깨를 꼭 껴안아주었습니다.
'선생님이 되고 싶어요!' 라고
씩씩하게 말하던 아이는
이내 울음을 터트립니다.
자신의 꿈이 너무 멀게만 느껴졌을까요?
당신의 작은 마음이
굶주리고 고통받는 아이의
한 끼 식사가 되고,
한 권의 책이 되고,
한 알의 약이 되고,
내일을 꿈꿀 수 있는
'희망'의 메시지가 됩니다.
우리 결연할래요?
당신의 사랑을 기다리는 아이들이 있습니다.
굿피플 QR코드는 에그몬앱에서 최적화되어 있습니다.
굿피플 홈페이지 회원가입
1:1 해외아동결연 신청
아동 연결
아동지원 및 지역개발지원
GOOD PEOPLE
굿피플
1:1 해외아동결연은 한 아동에게 매월 3만원을 정기후원하는 프로그램으로 아동의 생활개선,
기초교육지원, 영양공급 등 아동과 아동이 속한 지역사회를 밀착 관리하는 후원프로그램입니다.
굿피플 1:1 해외아동결연 신청 02)783-2291~3 www.goodpeople.or.kr
굿피플은 UN 경제사회이사회 특별협의지위 국제개발 NGO입니다.

우리의 삶이 늘 그들을 영예롭게 하기를' 이라는 문구가 새겨진 벤치가 있었다. 나는 거기 앉아서 경치를 조망했다.

나무들 사이로 비쳐 들던 햇빛이 스러져가면서 윌밍턴 강과 그 너머 타이비 섬으로 향하는 다리의 윤곽이 흐릿해졌다. 머리 위에서 매가 원을 그리며 날았다. 존 뮤어는 대머리 독수리가 떡갈나무에 깃들이는 장면을 묘사했는데, 오늘 그 나무에서는 매미 소리가 요란했다.

몇 분 뒤 린다가 도착해서 내 옆에 앉았다. 나는 암 선고를 받기 몇 주 전에 유언장을 손보았는데, 그때 린다에게 우리가 죽어서 어디에 묻혔으면 좋겠느냐고 물었다. 린다는 보나벤처를 택했다. 우리는 서배너에서 결혼했고 딸들도 늘 이곳을 찾아올 것이기 때문이라고 했다. 이곳의 모래흙은 우리의 본질을 시험하는 시금석이었다.

오늘은 린다가 이곳에 처음 와본 날이다.

"정말 아름다워요." 린다가 내 허리를 감싸 안으며 말했다.

"여기 있으면 창세기의 한 대목이 생각나." 내가 말했다. "하나님은 세상을 창조하신 뒤 하늘과 물과 땅을 보시며 보기에 좋았다고 말씀하셨지. 이곳은 보기에 좋은 장소야."

나는 계속해서 주변을 둘러보며 언젠가 부모님과 린다와 내가 휴식을 취할 곳으로 어디가 좋을지 생각해보았다. 그러나 마음을 정할 수 없었다. 마치 악몽을, 죽기 직전에 깨어나는 악몽을 꾸는 듯했다.

천둥이 울렸다. 하늘을 올려다보니 항구 도시에 흔히 나타나는 불길한 먹장구름이 습지 위로 빠르게 몰려오고 있었다. 곧 머리 위의 나뭇잎 사이로 굵은 빗방울이 떨어지기 시작했고, 빗방울은 금세 소나기가 되어 쏟아졌다.

우리는 벤치에서 일어섰다. 일어서면서 나는 내가 좋아하는, 그리고 오래전에 린다에게 장례식 때 낭송해달라고 부탁한 셸 실버스타인의 시 '다리This Bridge'를 암송하기 시작했다. 집시 캠프와 다양한 향신료를 파는 아라비아 시장을 지나, 일각수가 뛰노는 신비로운 숲속을 통과하여 온 세상을 휘감아 도는 길을 노래한 시다. 시의 마지막은 다음과 같은 안타까운 이미지로 끝난다.

그러나 이 다리는 그곳에 이르는 길의 중간까지만 데려다주리.
나머지 몇 발짝은 혼자서 가야 하리.

암송이 끝나자 린다의 입술이 내 입술에 와 닿았다. "그럴 필요 없어요." 린다가 말했다. "당신은 오래오래 살 테니까요." 두 사람 다 눈물이 뺨을 적셨다. 입안에서 짠 맛이 났다. 그리고 비 때문에 머리가 엉겨 붙고 목발이 바닥을 굴렀다. 뇌우가 쏟아지는 어둠 속의 보나 벤처에서 우리는 이마를 맞댄 채 서로를 꼭 끌어안았다. 그리고 언젠가 우리의 영원한 안식처가 될 이 땅에 입을 맞췄다.

4월 14일

가족 및 친지 여러분께

요즘은 거의 매일 아침 기분 좋은 햇살을 받으며 잠에서 깨어납니다. 집안에 비친 햇살은 저녁 시간이 지나서까지 남아 있지요. 아직은 이따금씩 차가운 빗줄기가 땅을 적시곤 해서 코트와 장갑을 가까이에 두어야 하지만, 길 건너 배나무에 활짝 핀 배꽃은 봄소식을 전해줍니다.

배꽃을 보니 매우 중요했던 또 다른 한 해가 생각납니다. 4년 전 오늘, 린다와 저는 맨해튼의 아파트 주변을 걷고 있었습니다. 그때도 지금처럼 오랫동안 병원을 오가며 무수히 많은 검사를 받고, 이따금씩 솟구치는 걱정에 어찌할 바를 몰라 했죠. 그때도 지금처럼 우리 중 한 사람이 석 달간 침대에 누워 지내다가 겨우 일어난 참이었고, 그때도 지금처럼 봄이 오기만을 손꼽아 기다렸지요. 그날 밤 우리는 가까운 이탈리아 식당에 앉아서 피자와 여러 달 만에 처음 마시는 와인을 앞에 놓고 단순히 집 밖에 나와 있다는 사실을 즐겼답니다. 그날 저녁 가장 기억에 남았던 것은, 린다의 눈을 들여다보며 '린다가 준비가 됐어'라고 생각했던 것입니다. 그날은 2005년 4월 14일로, 아이들이 태어나기 하루 전날이었지요.

우리 집에서는 딸들의 생일로 시간을 계산하는데(계절과 상관없이 얼마나 빨리 돌아오는지 모릅니다), 올해도 다르지 않았습니다. 9개월 반 사이에 29일 밤을 병원에서 보내고 의사를 100번쯤 만나고 1000개의 알약을 삼키고 체중이 몇십 킬로그램씩 늘었다 줄었다 한 끝에 화학 치료가 끝났습니다. 듣던 대로 마지막 몇 주는 몹시 힘들었습니다. 몸이 쇠약해진 데다 항암제의 부작용이 누적되었기 때문입니다. 주사를 한 번 맞을 때마다 다리의 통증도 심해졌습니다. 화학 치료가 끝날 무렵 저는 숨을 죽인 채 다시 병원으로 돌아가야 하는지 여부를 결정해 줄 마지막 피 검사의 결과를 기다렸습니다. "백혈구 수치가 아주 좋아요." 전화기 너머로 간호사의 목소리가 들려왔습니다. "내일은 오실 필요 없어요." 저는 수화기를 내려놓고 소파에 주저앉았습니다.

불안한 마음이 아주 없지는 않았습니다. 한편으로는 지난 7월 이후 매일같이 해오던 내 몸속의 암세포 공격이 끝났고, 다른 한편으로는 더 이상 적극적으로 문제점을 공략하지 않게 되었기 때문입니다. 우리는 제 몸이 받아들일 수 있는 최상의 치료를 했습니다. 하지만 제 핏속을 돌아다닐지도 모르는 암세포들은 완전히 사라졌을 수도 있고 그렇지 않을 수도 있습니다. 여기에 대해서는 알 길이 없습니다(그렇기 때문에 넉 달에 한 번씩 다양한 검사를 받아야 합니다). 저는 마지막 몇 주 동안 필요하다면 화학 치료를 더 받겠다고 말해보았습니다. 골암은 성인보다는 어린이들한테 더 많이 나타나는 병인데 어린이들은 화학 치료를 더 많이 받기 때문이지요. 그러나 의사들은 부작용을 생각하면 화학 치료를 더 해서 얻을 수 있는 유익이 그리 크지 않다며 치료가 끝났다고 선언했습니다. 작년 여름부터 가혹한 치료 스케줄로 빡

빠했던 시간을 이제 제 마음대로 쓸 수 있게 되었다고 생각하니 기쁘면서도 어리둥절합니다.

몇 주가 지나자 식욕과 에너지가 돌아오고 머리카락이 다시 자라기 시작했습니다. 1월에도 머리카락이 있긴 했는데, 때늦은 눈에 쓸려간 2월의 수선화 들판 같았지요. 머리카락은 듬성듬성 자라고 있어서 볼 때마다 중년에 접어들었음을 실감합니다. 그리고 린다가 임신 당시 힘들었던 기억을 지워버렸듯, 저도 불쾌한 기억들을 지우기 시작했습니다. 그래서 기억이 완전히 지워지기 전에 제가 화학 치료를 받던 마지막 날 밤에 린다에게 한 말을 여러분에게도 들려드리고 싶습니다. "부디 저와 같은 고통을 경험하지 말고 오래오래 건강하기를, 사랑하는 사람들에게 굿나잇 키스를 하고 잠들기를, 그리하여 잠든 상태에서 평화롭게 죽음을 맞이하기를……."

화학 치료가 끝난 후 가장 큰 소득은 그동안 화학 치료 때문에 회복이 더뎠던 다리의 수술 부위가 마침내 낫기 시작했다는 것입니다. 최근에 힐리 박사가 말한 것처럼 "이제부터가 시작입니다." 뼈가 보철물 속으로 단단히 들어가 박힐 때까지는 왼쪽 다리에 힘을 주지 말고 목발을 짚고 다녀야 하기 때문이지요. 수술한 지 넉 달이 지난 지금은 몸을 움직이기가 한결 수월해졌습니다. 요즘은 서서 샤워를 하고, 허리를 굽혀 구두와 양말을 신고, 잠시나마 목발에 의지해 동네를 산책하기도 합니다. 다리를 내려다보며 아직 거기에 다리가 붙어 있는 것을 보고 기적이라고 생각할 때가 한두 번이 아닙니다.

하지만 제가 진 무거운 짐과 견뎌야 할 기나긴 시간에 압도당할 때가 있습니다. 대체로 사람들은 걸을 때 근육 세 개(종아리 근육, 무릎

근육, 엉덩이 근육)가 필요한데, 저는 이 세 근육이 모두 양호한 편입니다. 하지만 세 가지 문제점이 있습니다. 발목을 자유자재로 쓰지 못한다는 점과 무릎을 굽히는 데 한계가 있다는 것, 그리고 대퇴 사두근의 3분의 1을 잃었다는 것이죠. 그로 인해 앉고 걷고 잠자고 운전하고 땅콩버터젤리 샌드위치를 만드는 것 같은 일이 힘들게 느껴질 때가 있습니다. 아내는 제가 찬장에서 접시를 꺼내올 수는 있으면서도 접시를 식기세척기에 넣지는 못한다고 투덜거리지만요.

그리고 드디어 물리 치료를 시작했습니다. 모두들 저의 회복을 돕고자 열심입니다. 지난주에는 실내 자전거를 탔고 어제는 수영장 물속에서 걸었답니다. 하지만 이 과정, 즉 우리가 치르는 전쟁의 4단계는 최소한 1년은 걸릴 거예요. 저는 치료를 받을 때마다 신음소리가 나오는 게 바로 물리 치료라고 농담 삼아 말하곤 한답니다. 또 물리 치료에는 늘 '아'나 '윽' 소리가 따라다니는데, 힐리 박사의 말에 따르면 물리 치료를 할 때 소리의 크기로 환자 상태가 얼마나 좋아졌는지를 알 수 있다고 합니다.

그런데 생일을 맞은 우리 딸들은 어떻게 지내고 있느냐고요? 지난 1월의 어느 날 밤에는 수술 후 집에 돌아와서도 늘 누워 지내다 보니, 아이들과의 관계가 소원해진 것 같다는 생각이 들었습니다. 하지만 지금은 3개월을 내리 집에서 지내면서 한 달간 목발을 짚고 계단을 오르내린 탓인지 그런 기억들이 모두 먼 옛날의 일처럼 느껴진답니다. 타이비와 에덴은 네 번째 생일을 향해 돌진하는 중입니다(혹은 '언니들이 타는' 보조바퀴 달린 자전거를 타고 질주하고 있다고 해야겠군요). 기운차고 명랑하고 말 많고 감수성과 상상력이 풍부한 아이들로 자라가고 있답니다.

최근 몇 달 동안은 많은 변화를 보였는데, 그러면서도 늘 편안하고 기분 좋은 모습을 유지하고 있어요.

아이들이 좋아하는 색깔이 늘었다는 이야기를 해드릴 수 있어서 기쁩니다. 에덴은 보라색 외에도 파란색과 녹색을 좋아하게 되었고, 타이비는 핑크색 외에 초콜릿색도 좋아하게 되었답니다. 요즘은 발레와 함께 수영도 배웁니다. 그리고 머리를 감거나 양치를 한 후에 자세히 검사받지 않아도 될 정도가 되었죠. 하지만 아이들의 정신이 가장 빛나고 웃음소리가 가장 사랑스러울 때는 상상 속의 친구들과 놀면서 노래를 짓거나, 저녁 식탁에서 운율을 맞추는 게임을 하며 낄낄거릴 때입니다.

최근 에덴과 타이비를 달리 보게 된 사건이 있었습니다. 제가 '행복한 화요일'과 '상쾌한 수요일'에 대해 이야기하자 타이비가 '그건 무슨 말이에요?'라고 묻더군요. 그래서 "이게 운율이라는 거란다."라고 말해주었더니 에덴이 "하지만 운율을 맞추려면 음이 같아야 하잖아요."라고 말하는 게 아니겠습니까. 저는 침을 꿀꺽 삼켰습니다. 순간적으로 미래의 제 모습이 눈앞을 스치더군요. 잠시 후 저는 '두운'에 대해 설명하기 시작했습니다. 세 살밖에 안 된 아이들에게 말이죠! 물론 사전에서 '두운alliteration'의 철자를 찾아보아야 했습니다. 하지만 아이들은 다음 날 다시 사전을 찾지 않고도 '두운'의 철자를 알고 있더라고요. 에덴과 타이비는 아직 숙제를 할 나이가 아니지만 우리는 아이들을 따라잡기 위해서라도 숙제를 해야 합니다.

물론 두 아이에게는 서로 다른 점도 있습니다. 에덴은 대담해서 늘 경계를 탐색하고, 주목받는 것을 좋아합니다. 타이비는 책을 읽는 속도가 빠르고 미의식이 발달했으며, 멜로드라마적인 노래를 곧잘 지어 부르곤 하지요. 또한 타이비는 좀 더 세계주의자다운 면모가 있습니다. 독일어로 된 책과 불어로 된 책을 손에 잡히는 대로 모으는 것도 그렇고, 얼마 전 인도에 다녀온 린다에게 힌디어를 가르쳐달라고 하는 것도 그렇고요. 반면 에덴은 미국을 제일로 칩니다. 최근에 타이비는 제게 왜 사랑한다는 말을 그렇게 자주 하느냐고 물었습니다.

"그건 아빠들이 사용하는 특별한 말이란다. 아빠가 열까지 어떻게 세는지 알아?" 저는 이렇게 말한 다음 "사랑해, 사랑해, 사랑해……," 하면서 '사랑해'를 열 번 반복했습니다. 타이비는 제 말이 끝나기가 무섭게 "타이비가 열까지 어떻게 세는지 알아요?" 하더니 '사랑해요'라는 말을 열 번 되뇌었답니다. 하지만 에덴은 달랐습니다. 그 아이는 "에덴이 열까지 어떻게 세는지 알아요?"라고 묻고는 이렇게 말했습니다. "하나, 둘, 셋, 넷……."

무엇보다도 지난여름 누군가 아이들과 함께하는 그 약간의 어색한 순간들만으로도 고통스러운 치료를 견뎌낼 수 있을 거라고 제게 말해주었다면, 저는 아이들과 함께 있고 싶은 마음에 눈물을 흘렸을 겁니다. 지금 생각해보면, 아이들은 저와 함께 있는 시간을 통해 좀 더 섬세하고 배려심이 깊고 정이 많은 사람이 되었다는 생각이 듭니다. 에덴과 타이비는 운동장에서 한쪽 다리가 없는 소녀를 발견하고는 달려가 안아주었고, 동화책 뒤표지의 눈에 잘 띄지 않는 그림에서 목발을 짚은 토끼를 찾아냈답니다. 또한 둘 중 하나가 콧물을 훌쩍거리기만 해도 서로를 돌봐주기로 약속했고, 삼킨 약이 잘 넘어가도록 서로를 응원해줄 특별한 방법을 생각해냈지요.

한 달쯤 전에는 지난 12월에 수술을 받은 이후 처음으로 아이들을 데리고 외출을 했습니다. 장모님과 함께 아이들을 집에서 몇 블록 떨어진 피자집에 데려갔습니다. 저녁 식사를 마친 후 아이들은 할머니 손을 잡고 모퉁이를 돌아 집으로 향했습니다. 저는 한 블록 뒤처져서 제일 마지막으로 걸어오고 있었죠. 그런데 갑자기 타이비가 할머니 손을 놓고 제게로 뛰어와 저를 부축하는 게 아니겠습니까. 그러고는 "사랑해요, 아빠"라고 말했답니다. 며칠 뒤에는 에덴이 한밤중에 잠에서 깨어 제 침대로 와서는 어떤 괴물과 악몽, 그리고 어린아이다운 공포에 대해 이야기했습니다. 저는 에덴을 꼭 끌어안고 달래준 뒤 다시 아이 방으로 데려다주었는데, 제가 침대에서 내려오자 에덴은 목발을 가져다주었습니다.

만일 지난 한 해 동안 있었던 일들과 관련해서 어떤 한 가지 기억만을 간직할 수 있다면, 그건 아마 제가 딸아이와 함께 새벽 네 시가 되기 전에 어두운 복도를 걸어 내려가던 기억일 겁니다. 제 손 밑에서 목발의 스펀지 손잡이를 쥐고 있던 다섯 개의 조그만 손가락이 생각나는군요. 그렇게 에덴과 함께 걷는 순간 제 팔에서는 목발이 녹아 없어진 듯했습니다. 목발을 짚은 사람은 제가 아니라 에덴이었으니까요. 물론 저는 더 이상 목발이 필요하지 않았습니다. 마치 공중을 떠다니는 느낌이었으니까요.

앞서 저는 우리가 딸들의 생일로 시간을 헤아린다고 말씀드렸습니다. 다시 말해, 린다와 제게는 4월 15일이 딸들뿐 아니라 우리에게도 중요한 날이라는 뜻입니다. 첫해의 4월 15일은 린다가 많은 위험 부담을 안고도 무사히 딸들을 출산한 날이었습니다. 린다는 몇 달간 침대에 누워 지내야 했고, 체중 2.7킬로그램의 아기 둘을 각각 32분에 걸쳐 낳는 시련을 겪었습니다. 그런 다음에는 아기 돌보는 법도 잘 모르면서 서툰 솜씨로 아기 둘을 돌보는, 참으로 어려운 일을 감당해야 했죠. 아기들이 자람에 따라 이유식을 먹이고 배변 훈련을 하고 식습관도 조절해가면서요.

그리고 올해를 맞았습니다. 이번에도 어려운 상황을 무사히 넘겼습니다.

린다가 임신했을 때 우리는 매일 밤 잠들기 전에 뱃속의 아기들에게 다음과 같은 시를 들려주곤 했습니다. 우리는 돌아가면서 한 마디씩 했는데, 린다가 한 말은 필기체로 표기했습니다.

아빠는 너희들을 사랑한단다.

아빠는 엄마를 사랑한단다.

엄마는 아빠를 사랑한단다.

엄마는 너희들을 사랑한단다.

너희들은 서로를 사랑한단다.

하지만……,

그래도 너희들은 서로 다른 사람들이란다.

그래도 너희들은 서로 다른 사람들이란다.

그런 다음 우리는 시간을 헤아렸습니다. 이는 쌍둥이가 36주 동안 엄마 뱃속에 잘 머물러 있도록 아기들을 격려하기 위함이었죠.

너희들은 24주 동안 엄마 뱃속에 있었지…….

12주 동안 더 엄마 뱃속에 있어야 한단다.

이 시는 우리에게 매우 깊은 의미를 띠게 되어, 타이비와 에덴이 태어나던 날 밤 저는 아이들에게 가장 먼저 이 시를 들려주었답니다. 낯선 세상에 던져진 아기들의 울음을 진정시키고 주변의 소음을 희미하게 해주려는 시도였지요. 그 후로 몇 달간 우리는 아기들을 재울 때 이 시를 들려주었답니다. 그리고 또다시 시간을 헤아리게 되었죠. 이번엔 어서어서 크라고요.

요즘엔 이 시를 1년에 한 번 낭송하는데, 내일 밤 아이들이 잠들기 전에 들려줄 생각입니다. 아이들은 못 들은 체하거나 다른 진짜 시를 읽어달라고 하거나 잠자는 시간을 늦추기 위한 지연 작전을 펴겠지요. "엄마, 물", "아빠, 조금만 더 있다 가세요", "내일은 치마를 입어요, 아니면 드레스를 입어요?" 하고 말이에요. 하지만 우리는 그런 가운데에도 서로의 어깨에 팔을 두르고 시를 들려줄 것입니다. 다 낭송하기도 전에 눈물을 흘리겠지만요.

왜냐하면 이번 생일은 또 한 번의 아주 특별한 날이 될 것이기 때문입니다. 요즘 우리는 전화벨이 울리거나 냄비가 끓는 동안 서로 눈이 마주칠 때, 딸들 중 하나가 엉뚱한 말로 우리를 즐겁게 할 때, 한때는 우리를 특이한 사람들로 만들어주었지만 이제는 아련한 향수를 불러일으키는 자장가를 들을 때, 한밤중에 상대방의 팔이 침대 중앙을 넘어와 어깨나 얼굴을 쓰다듬을 때 서로를 잃을지도 모른다는 생각만 하는 게 아닙니다. 최악의 상황은 넘겼다는 생각도 합니다. 어쩌면 또

한 해를 함께할 수 있을지도 모릅니다. 혹은 여러 해를 함께할 수 있을지도 모릅니다.

그래서 미국인이 가장 두려워하는 날들 중 하나인 이날(4월 15일은 미국의 세금 신고 마감일이다 - 옮긴이), 우리 인생의 전환점이 되어준 이 특별한 시간을 여러분이 미소로 맞아주기 바랍니다. 상처 입은 누군가에게 목발이 되어주기 바랍니다. 사랑하는 사람들에게 손을 내밀고 또 한 해가 주어졌다는 이 단순한 기적을 음미하기 바랍니다.

그리고 이 봄의 어느 날, 근처의 나무에 꽃이 필 때 저를 위해 산책을 해주기 바랍니다.

사랑합니다,
브루스

구름 뒤에 가려진
무지개를 볼 수 있다면

뉴멕시코 주 북부의 리오그란데 계곡에서 본 하늘은 둥글넓적하다. 골짜기 위의 구름들이 이쪽 끝에서 저쪽 끝까지 활 모양의 가느다란 띠처럼 펼쳐진 것이 마치 우리를 품에 안으려는 듯하다. 복숭아 색, 아몬드 색, 분홍색으로 물든 저녁노을의 풍부한 색들은 이제 도화지 한가운데에만 그림을 그리지 않고 가장자리까지 색칠을 하게 된, 네 살 난 우리 딸들의 그림을 연상시킨다. 여기서 보는 노을은 마치 물감이 번진 듯하다.

"세상 어디에서도 이렇게 아름다운 석양은 볼 수 없을걸요." 조슈아 라모가 말했다. 앨버커키 출신의 저술가이자 경영 컨설턴트인 동시에 스턴트 파일럿이기도 한 그는 베이징과 교토, 로마와 프로방스의 일몰을 보았다(그게 바로 지난달의 일이다). "이곳의 황혼은 장관이죠. 사람들이 갓길에 차를 대고 지는 해를 감상할 정도라니까요."

우리는 라마 산 중턱의 야생화 들판에 앉아 있다. 정신 수련을 위해 카슨 국립공원 내 해발 8600피트(약 2.6킬로미터)의 고지대를 찾아온 것이다. 이곳은 10여 년 전에 산불이 났었다. 지금은 무릎 높이까지 자란 세이지와 라벤더, 초롱꽃, 매발톱꽃으로 가득하지만, 하늘 높이 솟은 폰데로사 소나무들은 여전히 수피가 벗겨져 있어서 화재가 났을 그때를 떠올리게 한다. 숲이 회복되어가는 기운은 완연하지만, 그래도 이곳의 나무와 풀들을 보면 안타까운 마음이 들지 않을 수 없다.

조슈아는 가장 최근에 사귄 친구이자 아빠 위원회의 마지막 회원이다. 그는 내 몸 안에 있는 항암제의 독성을 빼고 치료의 전기를 마련하기 위해, 그리고 우리 딸들에게 들려줄 조언을 생각해보려고 나를 여기에 데려왔다.

하지만 조건이 있었다. 첫날은 명상과 단식을 하고 침묵 속에서 하루를 보내야 한다는 것이었다.

"이틀간 대화를 나누자고 미 대륙의 절반을 횡단하게 하고서, 그나마도 하루는 입을 열어서는 안 된다는 건가?" 내가 물었다.

"그게 바로 라모의 방식이라는 거죠!" 조슈아가 말했다.

그건 라모 식 역설이었다.

처음 아빠 위원회를 구상했을 때 나는 몇몇 사람들의 이름을 떠올렸다. 그들은 기꺼이 내 딸들에게 관심을 가져줄 각기 다른 개인들이었다. 그렇지만 내가 아빠 위원회에 대해 이야기하자 위원회는 진화하기 시작했다. 우선 그들은 행동에 나섰다. 어떤 사람은 정기적으로 잡지를 보내주었고, 어떤 사람은 보다 자주 우리를 만나러 왔으며, 또 어떤 사람은 우리 딸들의 사진을 더 많이 보내달라고 요청해왔다.

위원회의 아빠들 중 하나가 말한 것처럼, "위원회 회원으로서 아이들이 어떻게 자라가는지 알아야" 했던 것이다.

더욱 놀라운 것은 그들이 서로에 대해 지대한 관심(서로에 대한 호기심과 동류 의식과 경쟁심이 뒤섞인)을 갖게 되었다는 점이다. 그들은 서로 우애를 다지게 되었고, 별안간 위원회는 내 생각과는 아무런 상관없이 돌아가게 되었다. 위원회는 우리 딸들이 그 안에서 쉴 수 있는 친목 모임이나 동아리, 혹은 선사시대의 회합과 비슷한 모임이 되어갔다.

이 동아리에는 내 어릴 적 친구와 캠프 카운슬러, 대학 시절의 룸메이트, 사업상의 동료 및 가장 친한 친구가 있었다. 하지만 마지막 한 자리를 채워야 했다.

"당신의 창조적인 면을 대표할 만한 사람이 있어야 해요"라고 린다는 말했다. "당신에게는 사진을 찍듯 사물을 바라보고, 여행에서 돌아올 때 가면이라든가 베두인 족의 카펫을 사가지고 돌아오는 그런 면이 있어요. 당신은 사물을 흑백으로 보지 않고 총천연색으로 보죠. 아이들이 우리 집 벽에 왜 일본의 기모노가 걸려 있느냐고 묻거나, 당신이 왜 오렌지색을 가장 좋아했는지 물을 때 당신이 세상을 어떻게 바라보았는지 설명해줄 사람이 필요해요."

그 사람이 바로 조슈아다.

조슈아는 다른 사람들이 서로를 보며 이것저것 재고 있을 때 방안을 빙 둘러보면서 "아, 정말 아름답지 않습니까?"라고 말하는 사람이다. 또한 아빠 위원회의 막내로, 스스로가 정한 스케줄에 따라 살아가는 인물이다. 조슈아는 늘 머리가 약간 헝클어져 있는데, 추수감사절에도 이날만큼은 말끔해져 있으리라는 어머니의 기대와는 달리 턱수염을 기른 모습으로 나타나곤 했다. 그는 해야 할 일을 하는 대신 멍하니 허공을 응시하고, 무명 시인의 시나 록 음악 가사를 인용하며 진심으로 그 말을 믿는 괴짜다. 그리고 모든 여자들이 호감을 느낄 만큼 매력적인 남자다.

나는 6년 전, 유타 주의 어느 산 정상에서 열린 컨퍼런스에서 조슈아를 처음 만났다. 〈타임〉의 국제뉴스 편집자 출신인 그는 국제 문제와 관련된 공통의 관심사 때문에 린다를 알고 있었다. 당시 그는 베이징에 거주하면서 중국의 사정을 공부하는 중이었는데, 그 후 몇 년간 최고의 중국 전문가로 떠올라 신문에 기고를 하고, 〈포춘〉 선정 500대 기업의 CEO들에게 자문을 해주었으며, 베이징 올림픽 때 밥 코스타스(미국 NBC 방송국의 스포츠 해설가-옮긴이)와 함께 방송을 하는 등 왕성한 활동을 했다.

암벽 등반가의 신체에 록 스타의 저항 의식을 지닌 조슈아는 그의 이야기를 듣는 이에게 영감을 주는 인물이었다. 또한 경제학자의 지성과 시인의 영혼을 지닌 사람답게 불교의 선문답 같은 말로 사람들의 호기심을 자아낸다. 그는 제임스 딘과 스티브 잡스를 합쳐놓은 듯한 인물이다.

또한 조슈아는 미혼인 데다 기꺼이 독신으로 살아가고자 하는, 공인된 독신남이다. 유타에서의 그날 밤 우리는 하나님에 대해, 그의 들끓는 야망과 티베트에서 온 어떤 아가씨에 대해 밤늦게까지 대화를 나눴다. 새벽 세 시에 이야기가 끝나자 나는 내 방으로 돌아오고 조슈아는 더운 물 목욕을 하러 갔다. 그 후로 몇 년 동안 조슈아는 뉴욕을

지날 때 우리 집을 방문하곤 했는데, 그럴 때면 린다와 나는 차를 홀짝이거나 기저귀를 갈면서 그의 이야기에 귀를 기울였다.

　그러다가 내가 암에 걸렸고, 조슈아는 하루아침에 우리 생활의 일부가 되었다. 매달 혜성처럼 나타나 우리를 위안해주는 동료가 된 것이다. 그에게서 새로운 면(나 자신을 연상케 하는)을 발견한 것은 그즈음이었다. 조슈아는 맞춤복 정장 위에 비행 재킷을 걸치고 빌린 비행기로 나미비아 일대를 돌며 캠페인을 펼쳤다. 그는 제트기를 몰고 다니는 부유층이면서도 남아프리카에서 자원봉사로 에이즈 환자들을 돌보았으며, 아름다움을 사랑하면서도 고통에 이끌리곤 했다.

　조슈아는 잿빛의 암울한 한 해를 보내고 있던 내게 색채에 대한 사랑을 회복시켜주었다. 나는 그를 통해 비록 몸은 고통스러울지라도 늘 맑은 시야를 유지할 수 있었다. 그에게 감동받은 린다는 이렇게 말했다. "올해에 당신의 기쁨과 고통에 조슈아만큼 깊은 관심을 가져준 사람도 없을 거예요. 우리 딸들이 아빠가 이런저런 것들을 얼마나 깊이 느끼고 세상을 얼마나 생생하게 보았는지 알고 싶어 한다면, 나는 아이들을 조슈아에게 보내겠어요."

　내가 우리 딸들이 조슈아에게서 배웠으면 하는 것은 바로 그런 예민한 감수성이다. 조슈아는 아이들에게 풍경을 감상하는 법을 알려줄 것이다. 그는 고통 중에서도 경이로운 무언가를 찾아볼 시간을 낼 수 있어야 한다고 일러줄 것이고, 주변에서 일어나는 일상의 기적에 경탄하는 법을 알려줄 것이다. 조슈아는 세상을 바라보는 법을 알려줄 것이다.

　"여기에는 왜 온 거지?" 내가 물었다.

침묵과 단식의 하루를 보낸 다음 날, 우리는 사시나무 포플러가 무리지어 서 있는 숲속의 졸졸 흐르는 시냇가에 앉아 있었다. 조슈아는 잠시 침묵하다가 이렇게 말했다. "우리는 아버지다움에 대해 이야기하기 위해 여기 왔어요. 여러 면에서 뉴멕시코는 제게 아버지 같은 곳이에요. 아들에 대한 아버지의 역할은 아들을 남자답게 만들고 세상을 보는 법을 알려주는 것이죠. 우리 아버지는 놀라운 분이에요. 저의 가장 친한 친구이기도 하고요. 결정해야 할 중요한 일이 있을 때마다 제가 결국 찾아간 사람은 아버지였어요. 하지만 성장기에는 다른 무언가가 필요했죠."

그는 주변의 경치를 가리켰다. "오늘날의 저를 만든 것은 뉴멕시코의 자연이에요. 자연은 제게 아름다움을 사랑하는 마음을 심어주었고, 모험을 두려워하지 않고 스스로를 밀어붙이는 법을 알려주었어요."

"그래, 이곳의 경치를 조망하면 무엇이 보여?"

"끝없이 펼쳐지는 시詩가 보인답니다. 이 시냇물과 구름, 엊저녁에 본 것과 같은 일몰이 보이죠. 그런 것들을 보면서 자라면 사물의 아름다움을 들여다보는 것을 멈출 수가 없어요."

어떻게 하면 다른 누군가에게 그런 식으로 사물을 보는 법을 알려줄 수 있겠느냐고 묻자, 조슈아는 이렇게 대답했다.

"그건 보는 대상보다는 보는 사람 자신과 더 상관이 있어요. 그런 식으로 사물을 보려면 내면의 고요 같은 게 필요하지요. 최고의 곡예 비행사는 조종실 바깥의 상황에 크게 영향받지 않아요. 지평선을 볼 필요도 없고 지상을 내려다볼 필요도 없어요. 그보다 훨씬 더 정확

한, 하지만 개발하기는 더 어려운 방향감각을 통해 자기 내면을 들여다보면 됩니다."

조슈아의 어릴 때 꿈은 조종사가 되는 거였지만 성장한 뒤 그는 꿈을 접고 기자가 되었다. 기자가 된 지 10년 만에 주류 언론계의 기린아로 떠올랐지만, 그때는 아직 언론계에 미치는 정치적 입김이 클 때였다. 그러던 중 2000년에 콩고로 파견 근무를 나갔다가 대량학살을 목격했다. "너무나 처참한 광경을 목도했어요. 더 이상 기자 생활에 만족할 수 없었죠." 그는 기자 일을 그만두었다. 언론인이 행동가가 되기로 한 것이다.

"제가 가장 좋아하는 금언은 로마의 장군 에파미논다스가 한 말이에요." 조슈아가 말했다. "기원후 70년의 어느 날, 전투를 앞두고 병사들이 모여 있는 가운데 에파미논다스가 자리에 앉으려다가 의자가 무너지는 사건이 발생했죠. 병사들은 크게 동요했어요. 그건 불길한 조짐이었으니까요. 하지만 에파미논다스는 일어서서 이렇게 말했어요. '이건 우리가 일어서서 행동을 개시해야 한다는 신호다.'"

조슈아는 말을 계속했다. "이 말이 마음에 드는 이유는 사건을 바라보는 관점의 중요성을 알려주기 때문이에요. 우리는 흉조를 길조로 바꿀 수 있어요. 또한 에파미논다스의 말은 적극적인 삶이 얼마나 큰 힘을 발휘하는지를 알려줘요. 도처에 전쟁이나 전염병의 위협 및 생각지도 못했던 위기가 도사리고 있는 요즘에는 특히 적극적인 행동이 요구되죠."

뉴멕시코를 향해 출발하기 며칠 전 우리 가족은 공항 활주로에 갇혀 있었다. 머리 위로 뇌우가 쏟아지는 소리를 들으며 같은 비행기에 탑승한 30여 명의 승객은 점차 동요하기 시작했다.

한 시간 뒤 비가 멈췄다. 구름이 갈라지면서 서정적인 아름다움을 지닌 무지개가 나타났다. 무지개를 처음 발견한 타이비가 "에덴, 저기 좀 봐! 무지개야!" 하고 소리쳤다. 에덴이 "어디?" 하고 되묻더니 "오, 아빠, 저기 좀 보세요! 무지개를 보는 건 처음이에요. 너무 아름다워서 견딜 수가 없어요"라고 말했다. 두 아이는 기쁨을 억제하지 못하고 앉은 채로 춤을 추었다. 흡사 구름 속에서 날아 내려온 일각수가 바닷속 인어를 끌어올려 함께 왈츠를 추는 듯한 모습이었다. 에덴과 타이비의 기뻐하는 모습에 기내를 가득 메운 승객들이 박수를 쳐주었다.

시냇가에서 조슈아에게 그 이야기를 들려주자 그는 이렇게 말했다. "제가 말하려는 게 바로 그거예요. 세상은 늘 무지개 같은 기적들로 가득하죠. 때로는 힘든 상황이 닥쳐야 비로소 그런 기적이 눈에 들어오지만요." 그러고는 이렇게 덧붙였다. "또 병에 걸리면 그런 일이 일어나죠."

나는 암이 어떻게 해서 우리의 우정을 더욱 돈독히 해주었는지 물어보았다.

"당신이 암에 걸렸을 때 처음 든 생각은 이런 때 주변에 사람들이 많아야 한다는 거였어요. 더 많은 사람들의 도움이 필요하다는 생각이었죠. 그런데 당신은 아름답기보다는 추한 광경이 매일같이 펼쳐지는 시기를 어떻게 넘겨야 하는지 보여주기 시작했어요. 저 같으면 불가능했을, 편안하고 유머러스한 태도로요. 저는 당신과 함께 있어주는 걸 희생이라 여겼지만 사실 그건 희생이 아니라 인간이 무엇을 할 수 있는지를 배우는 과정이었어요."

"우리 딸들이 자네를 찾아가서 올해가 어땠느냐고 묻거든 뭐라 말해줄 텐가?"

"인간에게 닥칠 수 있는 최악의 상황에 맞서 싸운 사람을 보았다고 말해줄 겁니다. 그렇게 말할 수 있는 사람이 얼마나 있는지 한번 생각해보세요. 전 불치병에 걸린 사람들을 여럿 보아왔고, 그들이 어떤 모습을 하고 있는지 알아요. 그런데 당신은 그들과 달랐어요. 그건 당신 스스로 어떤 사람인지를 알고 있기 때문인 것 같아요. 당신은 자신이 나아갈 길을 분명히 알고 있어요."

"그래, 그런 것을 어떻게 다른 누군가에게 알려줄 수 있을까? 만약 내 딸들이 스스로에 대해 알 수 있도록 도와달라고 한다면 자네는 어떻게 할 텐가?"

"아, 그건 쉬워요." 조수아가 말했다. "가장 훌륭한 스승은 아름다움이에요. 저는 그 아이들이 오든의 시와 셰익스피어의 소네트를 암송하도록 가르치겠어요. 그들이 이 세상 어디에 있든 어느 날 오후에 나무 밑에서 오든이나 셰익스피어, 혹은 각자 좋아하는 시인의 시를 음미할 수 있도록 말이에요. 그리고 말러의 교향곡을 여러 번 반복해서 들려주어서 그 음악을 들으면 늘 비슷한 정서를 느끼게 해주고 싶어요. 중국의 서예를 감상하는 능력도 길러주고 싶고요. 서예 작품에는 내면의 에너지가 드러나죠. 마음속에 의심이 있으면 붓놀림에서 그게 나타나거든요."

조수아는 신발을 벗고 시냇물에 발을 담갔다. 우리가 도착했을 때 졸졸 흐르던 시냇물은 서서히 힘을 얻어 우리 앞의 웅덩이를 가득

채웠다. 다음 날 아침이면 우리는 차를 운전해서 산을 내려갈 것이고, 조슈아의 부모님과 함께 저녁식사를 할 것이다. 그리고 곧 그 독신남은 결혼해서 아버지가 되는 일에 대해 이야기하기 시작할 것이다. 피터 팬이 성장하고 있었다. 어린아이 같은 눈을 그대로 간직한 채.

"에덴과 타이비가 알았으면 하는 건," 조슈아가 말을 이었다. "아름다움을 발견하는 게 얼마나 쉬운가 하는 거예요. 그리고 그들이 비행기 안에서 경험한 것 같은 경이로움을 결코 잊어서는 안 된다는 거죠. 기적은 우리 주변에 무수히 많아요. 단지 구름에 가려진 기적을 볼 수 있으면, 그리고 직접 밖에 나가서 기적을 거둬들이기만 하면 돼요. 물론 저는 아이들이 늘 그런 식으로 세상을 볼 수 있었으면 해요. 그건 아이들을 사랑하는 우리 모두의 바람이기도 하죠."

비탈진 언덕에서 저글링을

존 힐리의 책상 위에는 펜웨이파크(보스턴 레드삭스 야구팀의 홈구장-옮긴이)의 포스터가 붙어 있다. 그것은 어린 소년의 눈으로 본 야구장으로, 슈퍼맨의 타이즈 색과 같은 빛깔의 하늘 위로 성조기가 나부끼고 '녹색 괴물(높이 11.3미터에 달하는 펜웨이파크 좌측 담장의 별칭-옮긴이)'이 아래를 굽어보는 광경을 담고 있다. 포스터 오른쪽에는 칼 야스트르젬스키가 1983년 10월 2일 마지막으로 타석에 섰을 때의 사진이 있고, 왼쪽에는 레드삭스의 달력이 지금으로부터 아홉 달 전인 작년 10월인 채로 펼쳐져 있다.

"아시다시피 야구는 제 첫사랑이었죠." 보스턴 외곽에서 자란 힐리 박사가 말했다. 그래서 내가 어떻게 해서 저글링을 배우게 되었느냐고 물었을 때 그가 야구 이야기를 꺼낸 것도 전혀 놀라운 일이 아니었다.

"저는 고등학교 시절 야구선수였어요." 힐리 박사가 말했다. "그런데 코치가 예일 대학 야구부 사람들에게 제가 그리 우수한 선수는 아니라고 말하는 바람에, 대학에서는 야구부에 들어가지 못했죠. 그렇지만 저는 1학년 리그에서 놀라운 타격감으로 팀을 이끌었어요. 실은 타율이 0.406으로, 제가 좋아하는 최후의 4할 타자 테드 윌리엄스의 타율과 같았답니다."

대학 야구부에 빈자리가 없었던 관계로, 코치는 이 2학년생 야구 천재를 후보 선수로 받아들였다. 후보 선수가 된 힐리 박사는 연습은 할 수 있었지만 원정경기에 갈 때 탈 버스를 대절하는 등 갖가지 잡무를 맡아야 했다. "그해 타석에 열 번 섰어요." 힐리 박사가 회상했다. "저는 주로 벤치를 지켰죠. 당시에는 벤치에서 시간을 때우기 위해 담배를 씹는 선수들도 있었지만 저는 저글링을 배웠답니다."

그는 저글링의 매력이 공이 그리는 궤적에 있다고 말했다. "저글링은 제가 가장 좋아하는 기하학적 형태인 포물선을 연상시켰어요. 플라이볼이나 파울팁을 지켜보고 있노라면 참으로 아름답다는 생각이 들어요. 사람의 마음을 차분하게 해주는 효과가 있죠. 마치 새 옷을 입었는데 그 즉시 편안한 느낌이 들 때처럼요. 그게 바로 저글링의 매력이랍니다. 게다가 저글링을 하면 한꺼번에 포물선 세 개가 그려지잖아요!"

"잠깐만요. 가장 좋아하는 기하학적 형태가 있다고요?" 내가 물었다.

"물론이죠. 저는 수학 공식을 좀 안답니다. 그리고 저글링에는 멀리서는 보이지 않지만 물체의 회전 같은 흥미로운 현상이 있어요."

힐리 박사의 룸메이트는 예일 대학 최초의 마스코트 의상(머리가 커다란 불독)을 디자인했다. 힐리 박사는 1년에 몇 차례 열리는 미식축구 경기에서 그 의상을 입었다. 미국 최고의 암 전문의가 예일 대학 최초의 저글링하는 마스코트였던 것이다. 나중에 그의 친구가 링글링 형제서커스 대학에 지원했을 때, 힐리 박사는 친구를 따라갔다가 즉흥적으로 오디션을 보았는데 입학을 거절당했다고 한다.

그로부터 35년이 지난 지금, 저글링은 아직도 그의 삶과 관련이 있을까?

"그렇고 말고요. 저는 지금도 야구장에 가서 플라이볼이나 배트에 맞은 공을 보는 게 좋습니다. 어떤 공은 잡기 쉽지만 어떤 공은 잡기가 몹시 어려워요."

"그리고 비유적인 의미에서," 힐리 박사는 말을 이었다. "제가 인생을 바라보는 방식과도 비슷해요. 쉬운 공은 누구라도 잡을 수 있어요. 하지만 진짜 프로가 되려면 회전이 많이 걸려서 받기 힘든 공을 받을 수 있어야 해요. 제 목표 중 하나는 공의 회전수를 줄여 받기 쉽게 만드는 거예요. 그러려면 부단히 노력해야겠죠. 저는 장애물을 다루기 쉬운 무언가로 바꿔놓고 '방법을 안다'고 말하는 데서 편안함을 느낀답니다."

사실 존 힐리는 그의 일에서 큰 성공을 거두었다. 그의 사무실 벽은 레드삭스의 기념품들이 자리한 벽을 제외하고는 표창장과 학위기, 감사장, 〈뉴욕〉의 '명의'호에 실린 기사와 '암과의 전쟁에 있어서의 희망'이라는 제목 아래 사진이 실린 〈타임〉 표지의 확대본 등으로 가득했다. 힐리 박사의 이력서는 250개의 학술 논문과 책의 40개 장에 이르는 글과 5건의 특허로 빽빽하다. 그는 엘리트 의사들의 모임인 '알파 오메가 알파' 회원이고 국제사지보존협회(이렇게 직설적인 협회 명은 처음 들어본다)의 회장이다.

그러나 이런 것들이 그에 대한 강렬한 인상을 심어주는 것은 아니다. 그보다는 산타 문양이 들어간 나비넥타이와 천진한 미소, 예기치 않게 터져 나오는 웃음과 우리 아버지가 자랑스러워했을 법한 현명한 어구들이 더 깊은 인상을 준다. 그가 한 말 중에서 다음과 같은 말들이 특히 기억에 남는다. '저도 당신만큼이나 당신의 암을 혐오합니다.' '이건 전쟁이고, 저는 이 전쟁에서 이길 작정입니다.' '이런 일들은 대개 우리를 더 나은 방향으로 변화시킵니다.'

무엇보다도 이런 말을 하는 방식이 인상적이었다. 힐리 박사는 각각의 질문에 대답할 때마다, 혹시 내가 말실수를 하지는 않았는지 의심이 들 정도로 오래 침묵한 뒤 입을 열었고, 느릿느릿 말하며, 《해리 포터》 속 등장인물 같은 독특한 분위기를 풍겼다. 게다가 그의 이름은 J. K. 롤링조차도 더 이상 좋은 이름을 생각해낼 수 없을 만한 이름이다. 치유 불가능한 사람을 치유하고, 보존하기 힘든 신체 부위를 보존할 수 있도록 해주는 이 덤블도어(《해리 포터》 시리즈에 나오는 호그와트 마법학교의 교장 선생─옮긴이) 같은 인물을 뭐라 부를 것인가? 결국, '힐리Healey('heal'은 '치유하다'의 의미─옮긴이)'밖에 없지 않을까?

내가 암 선고를 받은 지 1년째 되는 날, 나와 아이들을 위해 그를 만나볼 생각을 하게 된 것도 그의 경구들과 그 이면에 있는 해박함 때문이었다. 내 '상실의 해'가 끝나기 전에 그의 말을 들어볼 필요가 있었다. 아빠 위원회와 함께한 해에 그는 내게 아버지 같은 인물이었다.

나는 왜 의사가 되었느냐는 질문으로 시작했다.

"저는 의사가 되고 싶었답니다." 힐리 박사가 말했다. "제게 그런 소원이 생긴 것, 그리고 개인적으로 제 의무라고 생각하는 일을 하게 된 것, 신이 주신 재능을 활용하여 세상을 보다 나은 곳으로 만드는 일을 할 수 있게 된 것은 축복이었어요. 저는 제가 잘할 수 있는 무언가를 발견했을 뿐만 아니라, 자랑처럼 들릴지 모르지만 이 분야에서 세계 최고가 되려고 노력했어요. 실은 매일 아침, 잠에서 깨어 면도를 할 때 거울을 들여다보면서 '나는 오늘 세상에서 가장 훌륭한 의사가 되겠어'라고 말하곤 한답니다. 아직 그런 상태에 도달하지는 못했지만 그렇게 되기 위해 끊임없이 노력하고 있죠."

"그러는 과정에서 매 단계마다," 내가 말했다. "의과대학원에 입학하고 정형외과를 전공하고 다시 암을 전공하기까지 당신은 점점 더 좁고 어둡고 힘든 길을 걸어왔어요."

힐리 박사는 우수 어린 표정으로 고개를 끄덕였다. "저는 각기 다른 때에 각기 다른 일곱 개의 뼈를 부러뜨렸답니다. 제 자신이 실제보다 크고 강하고 기량이 뛰어나다고 생각하고 운동을 해왔기 때문이죠. 하지만 그 모든 부상을 극복하고 야구장으로 복귀했어요. 그래서 처음에는 스포츠의학을 전공할 생각이었답니다. 그렇지만 곧 주말에 테니스를 치는 사람들을 돌보는 것만으로는 충분치 않다는 것을 깨달았어요. 그건 중요한 깨달음이었죠. 전 가장 흥미로운 분야에 마음이 끌렸어요. 암은 그 지평이 가장 넓고 치료하기 힘들고, 가장 많은 연구가 필요한 까닭에 제가 암을 전공하게 된 것은 당연한 귀결이었죠."

"그렇지만 그건 선생님의 환자 중 많은 사람이 회복되지 않는다는 것을 의미하는데요?"

"암 치료에 성공한 것보다 더 큰 성공도 없고, 암 치료에 실패한 것보다 더 큰 실패도 없죠. 그래서 그런 데서 오는 부담감을 감당할 수 있어야 해요. 부담감을 느끼지 않는 시점이 오면 그때는 자기 일을 제대로 해내고 있지 못한 겁니다. 하지만 부담감이 너무 심해도 마비 상태에 빠지죠. 용기란 무턱대고 위험한 상황에 뛰어드는 게 아니에요. 얼마나 위험할지 잘 알면서도 용감하게 그 일을 행하는 거예요. 패튼 장군의 말을 인용하자면, 전쟁은 인간에게서 최선의 것을 끄집어낸답니다. 물론 최악의 것을 끄집어내기도 하지만, 그와 동시에 최선의 것을 끄집어내기도 하죠. 그리고 제가 몸담은 분야에서는 암과의 전쟁이 가장 큰 전쟁이에요. 그래서 이 엄청난 도전에 직면한 사람들의 마음을 어렴풋이나마 이해하죠. 또 그들이 자기 자신도 몰랐던, 심지어 그들의 어머니조차도 몰랐던 힘을 발휘하는 것을 봅니다. 그들은 인류와 인간이 얼마나 위대할 수 있는지를 보여줘요."

그는 잠시 말을 멈췄다.

"그래서, 실패를 통해서도 인간의 위대함을 엿볼 수 있어요. 사실 제가 아는 가장 위대한 사람들은 암을 이겨낸 사람들입니다. 그들에게는 삶에 대한 명료한 이해와 자신이 이루고자 하는 것에 대한 뚜렷한 인식이 있죠. 이를 지켜보는 건 그들을 돌보는 의사에게 주어진 특권입니다."

"처음 만났을 때 선생님은 암에 걸린 사람들 대부분이 변화한다고 말씀하셨어요. 대개는 더 나은 방향으로요. 그게 무슨 뜻인가요?"

"암 환자들은 자신을 더 잘 이해합니다. 덧없고 사소한 일들에 마음 쓰는 일이 줄어들고 가족의 소중함을 깨닫게 되죠. 또한 대체적으로 교의가 아니라 실생활의 경험에 기초한 건설적인 영성을 개발합니다. 그리고 다른 사람들의 고통에 보다 민감해집니다. 인간을 위대한 존재로 만드는 공감의 능력을 갖게 되는 것이죠."

"이제 누구라도 물어볼 만한 질문을 드리겠습니다. 어떻게 하면 질병으로 고통받지 않고도 그런 상태에 도달할 수 있을까요?" 나는 내 다리를 가리켜 보이며 물었다.

"글쎄요, 제가 그 경우에 해당되는 것 같습니다만……." 힐리 박사가 말했다. "저도 조금은 그렇게 된 것 같으니까요. 저도 그렇지만 우리 의사들은 좋은 일을 하면 병에 걸리지 않는다고 믿고 싶어 하는 게 사실입니다. 물론 말도 안 되는 소리이지만, 그래도 우리는 그렇게 믿고 싶어 하죠. 우리는 다른 사람들을 치료하는 과정에서 간접 경험을 하는 것 같습니다. 인간의 온갖 다양한 감정을 접하면 스스로의 삶에도 큰 도움이 된답니다. 그래서 제가 말씀드리고 싶은 건, 어려운 상황에 처한 사람들과 교류하고 그들이 처한 상황을 이해하도록 노력하라는 것, 그들의 말에 귀를 기울이라는 것입니다. 우리 아버지가 말씀하신 것처럼 '입을 열고 있는 동안에는 아무것도 배우지 못하지만, 귀를 열면 사정이 달라지니까'요."

나는 저글링을 학교에서 배운 게 아니라 열세 살 때 여름캠프에서 배웠다. 캠프 카운슬러가 전설적인 무언극 배우 마르셀 마르소 밑에서 마임을 배운 사람이었는데, 그는 우리에게 눈에 보이지 않는 유리창을 만지거나 상상 속의 밧줄을 가지고 줄다리기를 하는 동작 등 다양한 트릭을 가르쳐주었다. 어느 날 아침 그는 우리에게 저글링을 가르치는 일에 착수했다. 우리는 식당에서 오렌지를 가져다가 텐트 바깥의 자갈 언덕에서 처음에는 하나씩 던지다가 점차 두 개, 세 개로 개수를 늘려서 던지는 연습을 했다.

그런데 한 가지 문제가 있었다. 비탈진 언덕에서 연습을 하다 보니, 오렌지를 손에서 놓칠 때마다(초기에는 수백 번씩 놓치곤 했다) 그 햇살 머금은 조그만 구체가 땅에 떨어져 으깨지곤 했다. 그리고 언덕 아래로 굴러 내려가는 바람에 허둥지둥 그것을 주우러 다니다가 온몸이 오렌지 껍질과 즙으로 범벅이 되었다. 참으로 바보 같은 짓이었다. 우리는 자신의 어리석음을 인정하지 않으려 드는 광대 같았다.

그런데 그 방법은 효과가 있었다. 그날 이후 그 어이없는 실험은 내 삶의 좌우명 비슷한 것이 되었다. '저글링을 배울 때는 경사진 언덕에서 배워라'라는……. 무언가를 하려면 실제로 그 일을 해봐야 한다. 영화감독을 하는 내 친구의 말처럼 어떤 자세를 취하려면 실제로 그 자세를 취해야 한다. 어중간하게 해서는 안 된다.

십 대 시절의 공통된 경험 때문인지, 아니면 힐리 박사를 구원사로 여길 필요가 있었기 때문인지는 잘 모르지만 나는 힐리 박사를 이와 같은 이상을 구현한 인물로 보게 되었다. '이건 전쟁이고, 저는 이 전쟁에서 이길 작정입니다.' '마지막까지 최선을 다할 것입니다.' '나는 오늘 세상에서 가장 훌륭한 의사가 되겠어.'

그는 비탈진 언덕 위에서의 삶을 살았다. 그런 점에서 나는 힐리 박사가 나의 사례에서, 특히 내가 실패 사례로 판명되었을 때 어떤 교훈을 끌어낼지 궁금했다.

"지금으로부터 15년 뒤에 우리 딸들 중 하나가 선생님을 찾아와서 '우리 아버지가 왜 돌아가셨나요?'라고 물으면 뭐라고 말씀해주시겠습니까?" 내가 물었다.

힐리 박사는 그 어느 때보다 오래 침묵하더니 목청을 가다듬고 상체를 앞으로 기울였다. "그리 간단히 대답할 수 있는 문제가 아니라고 말하겠습니다. 한편으로 생각할 때 사람은 누구나 죽지요. 저는 그 아이에게 암에 걸린 많은 사람들이 목숨을 잃지만 당신은 살아났다고, 단지 우리가 기대했던 것만큼 오래 살지 못했을 뿐이라고 말해주겠어요. 비록 당신이 여기 없어서 슬플지라도 당신이 그들을 얼마나 사랑했으며, 그들을 위해 얼마나 열심히 암과 싸웠는지 생각하며 위안을 삼으라고 이야기하겠습니다."

"그 아이가 '선생님은 죽어가는 사람들을 많이 보아오셨으니까 말씀해주실 수 있겠죠. 앞으로 제가 어떻게 살아야 할까요?'라고 묻는다면요?"

힐리 박사는 또다시 1분간 생각에 잠긴 뒤 이렇게 말했다. "지금 하는 모든 일에서 기쁨을 찾으라고, 주변 사람들을 돕고 자신이 이 세상에 온 흔적을 남기라고 말하겠어요."

"아이가 '그러다가 병이 들어서 병원 신세를 지거나 그 비슷한 상황에 처한다면 저만의 전쟁을 어떻게 치러내야 할까요?'라고 말한다면요?"

힐리 박사는 침묵을 떨쳐버렸다. 그는 의욕이 넘쳤다. 힐리 박사는 1년 전 나를 처음 만나서 "제 손을 잡으세요. 제가 방법을 알려드리죠. 우리는 함께 이 병을 이겨낼 겁니다"라고 말하던 전사로 돌아왔다. 다리의 상태가 가장 안 좋고 눈동자도 그 어느 때보다 두려운 빛을 띠었던 그때, 나는 그런 말을 들으면서 그가 이끄는 대로 어디든 지 따라갈 마음이 생겼다.

"저는 이렇게 말해주겠어요. 해야 할 일을 하라고요. 가장 좋은 의료진과 친구들을 모으고, 목표에 초점을 맞춰야 한다고요. 그리고 뒤돌아보지 말라고 말해주겠어요. 뒤를 돌아보면 에너지가 분산되고 초점이 흐려질 뿐이니까요. 그리고 자신과 주변 사람들을 파괴할 수 도 있는 의심과 비난이 싹틀 뿐이니까요. 이건 제가 사첼 페이지 식 접근 방법이라고 부르는 겁니다. 모든 시대를 통틀어 가장 위대한 투 수라 할 수 있는 사첼 페이지는 흑인이었기 때문에 메이저리그에 진 출할 수 없었죠. 하지만 그는 흑인 최초로 메이저리그에 진출한 재키 로빈슨(현 LA 다저스의 전신인 브루클린 다저스에서 활약한 선수-옮긴이)에 뒤이어 클리블랜드 인디언스의 투수가 되었고 마흔두 살의 나이에 마 침내 올스타 팀에 선발되었어요. 기자가 '전성기 때 메이저리그에서 활동하지 못한 게 아쉽지 않나요?'라고 묻자 사첼은 '뒤를 돌아다봐 서는 안 돼요. 그러면 마음만 괴로울 뿐이니까요'라고 대답했답니다. 저는 그런 태도가 암이나 그 밖의 다른 질병 및 인생의 모든 국면에도 적용된다고 봅니다. 과거로부터 배울 필요는 있지만 거기에 지나치게 골몰해서는 안 된다는 거죠. 깨달음을 얻을 필요는 있지만 과거에 얽 매여서는 안 됩니다. 저는 당신 아이들에게 미래를 보라고 말해주겠 어요. 아버지도 그러길 바랄 것이라고, 왜냐하면 그 자신도 그렇게 살 았기 때문이라고 말이에요."

7월 13일

가족 및 친지 여러분께

이번 주에는 아침 햇살이 스너그 항구 너머까지 희미하게 반짝이네요. 케이프코드의 하늘은 오늘 아침 우리 딸들이 따온 블루베리만큼이나 넉넉합니다. '잿빛의 5월'과 '음산한 6월'로 불리는 뉴욕의 우중충한 날씨와, 연중 가장 흐린 날이었던 하지가 지나고, 맑고 화창한 일기와 초록의 들판을 접하니 여간 반가운 게 아닙니다.

　지난주에는 한동안 만나지 못했던 친구를 보러 갔습니다. 뉴욕의 현대식 식육가공업 거리에 있는, 미러볼과 표범가죽 소파와 핑크빛 머리의 아가씨들에게 둘러싸인 그의 사무실에 앉아 대화를 나눴지요. 마이클 안젤로(네, 그게 그의 본명이랍니다)는 우리가 마지막으로 만난 이후 제게 닥친 시련에 대해 듣고는 저를 꼭 껴안아주었습니다. 그러고는 일하러 갔어요. 그때가 상실의 해 마지막 날 오후 5시 30분이었고, 저는 지난 1년간 하지 못했던 무언가를 하기로 했습니다.

　머리를 자르기로 한 것이죠.

　왼쪽 대퇴골에 골육종이 생긴 것을 처음 안 때로부터 12개월이 지났습니다. 분기별로 하는 건강검진의 최근 검사 결과가 아주 좋게 나왔습니다. 제 뼈나 폐에 암의 흔적이 보이지 않는다고 하네요. 보철물도 대퇴골 속으로 잘 들어가 박혔고요. 힐리 박사가 "당신은 회복 중에 있어요. 정말로요."라고 말했는데, 과연 그런 것 같습니다.

힐리 박사는 그 다음에 이렇게 덧붙였죠. "하지만 우리는 둘 다 알고 있어요……."

한 가지 걱정스러운 것은 화학 치료의 후유증으로 몇 개의 손가락 끝에 신경장애가 왔다는 것입니다. 그리고 이식한 종아리뼈와 대퇴골이 우리가 기대했던 방식대로 접합되지 않아서 어쩌면 이를 교정하기 위한 수술을 받아야 할지도 모르겠습니다. 다리를 움직이는 것도 아직 불편하고요. 그렇지만 샴페인을 터뜨리지는 못해도 편안한 마음으로 1주년을 맞았습니다. 상실의 해는 끝났습니다. 아직 갈 길이 멀지만요.

지난 4월부터 맨해튼의 특수외과병원에 있는 대단히 훌륭한 물리 치료 시설에 다니기 시작했습니다(공식적인 명칭은 직원들의 유니폼에서도 볼 수 있듯이 '탈장 환자들과 지체부자유자들을 위한 병원'입니다). 저는 한때 천재적인 농구선수로 활약하다가 지금은 메츠와 양키즈 등 스포츠 팀 선수들의 건강을 정기적으로 돌보는 테레사 치아야의 현명하고 세심한 손길에 맡겨졌습니다. 제가 처음 그곳을 찾아갔을 때 테레사는 제 다리를 굽혔다 폈다 하더니 주의 깊게 살펴보고는 전망이 밝다고 말했답니다.

테레사는 제게 운동과 웨이트 트레이닝 및 실내 자전거 타기로 구성된 엄격한 스케줄을 적용했습니다. 저는 수영장 안에서 운동을 하고 아쿠아시저에서 걷기 운동을 했는데, 아쿠아시저는 근본적으로 러닝머신과 같은 것으로, 다만 물을 가득 채운 어깨높이의 유리 상자 안에서 걷는다는 게 다를 뿐입니다. 그 안에서 걷다 보면 마치 세탁기 안에서 산책을 하는 듯한 느낌이 들지요.

고무적인 소식은 제가 많이 좋아져서 가끔은 목발을 하나만 짚고 다니기도 하고, 가을쯤에는 목발 대신 지팡이를 짚을 수도 있으리라는 것입니다. 하지만 52주(대략 제 인생의 3퍼센트에 해당하는)간 지속적으로 목발을 사용해온 까닭에 때로는 목발 없이 다니기가 몹시 힘이 듭니다.

사람들은 종종 기적과도 같은 의학 발전의 혜택을 누릴 수 있을 만큼 오래 살고 싶다고 말하죠. 저는 그런 혜택을 누릴 만큼 오래 산 것 같습니다. 20년 전 같았으면 의사들이 다리를 자르자고 했을 거예요. 10년 전만 같았어도 지금과 같은 수술은 불가능했을 겁니다. 오늘 제가 서 있는 건(그것도 두 발로) 잘 훈련받은 수많은 사람들의 의술과 따스한 마음의 효력을 입증해줍니다. 앞으로 어떤 삶을 살아가든 그것은 전적으로 그들의 은혜에 힘입은 것이며, 우리는 늘 그 점에 감사할 것입니다.

그래, 아이들은 어떻게 지내느냐고요? 독립기념일이 지났으니 이제는 에덴과 타이비의 4월 15일 생일도 마침내 막을 내렸다고 말할 수 있겠네요. 아이들에게 준 마지막 선물은 캘리포니아에서 한 주를 보낸 것이랍니다. 캘리포니아에서 아이들은 레고랜드를 둘러보고 비버리힐스에서 직접 옷도 만들어보고 레모네이드 가판대에서 처음으로 레모네이드를 만들어 팔기도 했죠. 기업가 정신이 강한 애들 엄마는 운동장의 손님들을 독점하다시피 하는 아이들의 솜씨에 흐뭇해하면서도 레모네이드 값이 너무 싼 게 아닌가 걱정했답니다. 10센트가 아니라 25센트는 받아야 하는 것 아니냐고 말이죠. 아이들은 한 가지는 확실하게 배웠답니다. 바로 돈궤를 모래놀이 통 속에 두어서는 안 된다는 것이었어요.

로스앤젤레스를 떠날 때가 되자 타이비는 "브루클린으로 돌아가고 싶지 않아요."라고 선언했습니다. 사람들이 잘 대해주었기 때문이기도 하지만 그보다는 끊임없는 부모의 관심 때문이 아닌가 싶습니다. 타이비와 에덴은 요즘 부쩍 성장하고 있습니다. 아이들은 손가락으로 제 머리카락을 쓸어내리는 것을 좋아합니다. 그동안 힘들었던 표시는 거의 나지 않습니다. 무엇보다도 아빠가 예전 모습을 되찾았다는 점에 감사하고 있죠.

최근에 한 '좋은 일과 나쁜 일' 게임에서 에덴의 좋은 일은 "아빠가 이제 목발을 하나만 사용하게 되어서 아빠 손을 잡을 수 있는 것"이었습니다. 타이비의 말에는 일말의 지혜가 담겨 있었습니다. 그 아이는 이렇게 말했어요. "제 안에는 사랑이 너무 많아요, 아빠. 그래서 아빠를 껴안고 뽀뽀하는 것을 멈출 수가 없어요. 그리고 사랑이 바닥나면 우유를 마시면 돼요. 우유를 마시면 다시 사랑이 생기니까요."

애들 엄마는 어떻게 지내고 있느냐고요? 내가 암 선고를 받은 지 1년이 되기 며칠 전, 린다와 저는 여섯 번째 결혼기념일을 맞았습니다. 우리는 발코니에서 고기를 굽고, 결혼식 피로연에서 사용했던 그릇들을 꺼내 음식을 차리고, 우리가 받은 축복을 헤아려보았습니다.

그리고 대화를 나눴습니다.

11년 전 린다를 처음 만났을 때 그녀는 강하고 역동적이고 카리스마가 넘치는 사람이었습니다. 제가 만나본 사람들 중에 가장 밝은 사람이기도 했죠. 그녀는 삶에 대해 이야기하라면 늘 엄지손가락을 위로 치켜들거나 고작해야 수평으로 눕히는 정도에 불과할 정도로 긍정적인 시각을 유지해왔습니다. 스스로도 인정하는 것처럼 린다는 마음의 상처에 대해 잘 알지 못했고, 고통받는 친구가 있을 때 그 친구에게 어떻게 해줘야 할지 잘 몰랐어요.

그런데 지난 1년이 그녀를 변화시켰습니다. 저는 린다가 힘든 일을 겪으면서도 결코 굴하지 않고 오히려 마음을 새롭게 하는 것을 보아왔어요. 린다의 엄지손가락이 아래로 향하는 날들도 있었지만 고통을 이겨낸 경험이 힘을 발휘했죠.

어느 날 린다는 "전 이번 일을 계기로 고통 중에 있는 사람들에게 다가가게 됐어요."라고 말했습니다. "예전 같았으면 불편해하거나 뭐라 말해야 할지 몰랐을 거예요. 하지만 이제 무슨 말을 하느냐가 중요한 게 아니라는 것을 알아요. 무언가를 말한다는 게 중요한 거죠."

게다가 예전에는 늘 혼자 힘으로 해내는 것을 자랑스러워했지만 이제는 자신의 연약함을 받아들이게 되었답니다. 린다는 비즈니스 세계에서 활동하다 보니 여성으로서의 자격지심 같은 것 때문에 더더욱 힘에 의존하려는 성향이 강했습니다. 하지만 사람들을 포용하게 되면서 일하기가 한결 수월해졌고, 그러는 과정에서 보다 공감적인 지도자가 되었다고 합니다.

린다가 지난 한 해를 감사하게 생각하는 또 한 가지는, 모든 것을 보다 간단하게 결정할 수 있게 된 것이라고 합니다. 현대식 용어로 말하자면 잡음이 줄어들고 신호가 보다 잘 잡힌다고 해야 할까요. 아이들의 부모이자 나의 배우자로서, 그리고 지인들의 친구로서 그녀의 바람은, 다시 앞을 향해 발걸음을 내딛을 때 그런 명료함에 도달하는 것입니다. 그리고 그런 명징한 상태를 유지하는 것입니다.

저는 어떻게 지내느냐고요? 암 선고를 받은 지 몇 주 후에 저와 마찬가지로 암에 걸려 화학 치료를 받고 있는 친구를 만난 적이 있었습니다. 그는 청력의 대부분과 인지능력의 15퍼센트가량을 잃었고 감각이 마비된 손가락과 발가락이 여러 개라고 했습니다. 그 말을 듣고 얼마나 무서웠는지 모릅니다.

오늘 저는 그동안 어떤 육체적 고통을 겪었든 마음과 정신은 그대로라고 말씀드릴 수 있습니다. 핏속의 세포는 파괴되었을지언정 삶의 활력을 불러일으키는 정신은 그대로입니다. 저는 본연의 제 자신입니다.

지난 4월에는 린다와 함께 친구의 딸인 앨리슨의 바트 미츠바(소녀의 열두 번째 생일에 종교적 성년에 도달했음을 기념하는 유대인의 축하 의식-옮긴이)에 참석했습니다. 센트럴파크 안에 위치한 '보트하우스' 레스토랑에서 치러진 성년식에서, 앨리슨의 어머니는 딸아이에게 노래를 불러주었습니다. '부모의 기도'라는 제목의 노래였어요.

> 하나님이 네게 요셉의 아들들에게 주신 것과 같은 생명과 힘을 주시기를,
> 네가 우리의 축복받은 조상들을 닮게 해주시기를.

식당 안에 있는 대부분의 사람들이 그랬던 것처럼 저 역시 눈물을 흘렸습니다. 우리 딸들의 미래와 언젠가 저 없이 치러질 이런저런

행사들이 떠올라 눈물이 멈추지 않았습니다. 얼굴을 가리려 했지만 가릴 수가 없어서 목발을 가지고 식당에서 나왔습니다.

밖으로 나와 보니 호수 위에 보트가 떠 있더군요. 사람들이 가족 단위로 나와 연중 가장 따뜻한 날씨를 즐기고 있었습니다. 마치 마네의 그림에서 툭 튀어나온 듯한 광경이었어요. 저는 몇 주 만에 처음으로 어깨를 들먹이며 울었습니다. 그때 이런 감정이 완전히 사라지는 일은 결코 없으리라는 것을 깨달았죠. 이 마음속 괴물은 늘 제 안에서 살다가 예기치 못한 순간에 다시 나타날 겁니다.

바트 미츠바에서 앨리슨은 레위기를 읽었습니다. 레위기는 성경에서 가장 사랑받지 못하는 책일지 모르지만 그 안에는 '성결법전'이 담겨 있고 고대의 지고한 윤리가 표현되어 있습니다. 자유의 종에도 레위기 25장 10절에 나오는 "그 땅에 있는 모든 주민을 위하여 자유를 공포하라"라는 문구가 새겨져 있습니다.

위 구절은 농부들이 7년에 한 번씩 경지를 놀리는 안식년의 전통과 관계가 있습니다. 그리고 7년씩 일곱 번이 반복되면 1년간 경지를 놀리는데, 이 기간 동안에는 모든 노예가 자유를 얻고 헤어졌던 가족이 다시 만나며, 모든 이가 가난한 사람과 병자를 돌봐야 합니다. 이 50번째 되는 해를 희년僖年이라고 부릅니다.

전 아직 쉰 살은 안 됐지만 지난해는 희년이나 마찬가지였습니다. 꼼짝없이 한 해를 쉬어야 했고, 허영과 야망, 겉치레 등 현대 생활의 사치품들을 모두 벗어버려야 했으며, 성경에서 그린 대로 다른 사람들의 도움을 받고 사랑하는 사람들과 다시 만나야 했으니까요.

상실의 해는 저의 희년이었습니다.

쉬는 동안 저는 더욱 비옥해졌습니다. 그리고 보다 건강한 내일을 위한 씨앗을 뿌렸습니다.

물론 배운 교훈을 잊지는 않을까 걱정이 되기도 합니다. 악이 이끄는 대로 쉽게 끌려갈 것도 같습니다. 옛날 옷을 모두 벗어버렸는데도 다시 옷장에서 옛날 옷들을 꺼내 입고 아무 일도 없었던 것처럼 예전 생활로 돌아가고 싶어질지도 모르겠습니다.

그러나 그 옷들의 제일 밑에는 제가 어떤 사람이었는지를 상기시켜주는 무언가가 있습니다. 창세기에서 야곱은 어느 날 밤 천사와 씨름을 하게 되었습니다. 좀처럼 승부가 나지 않자 천사는 야곱의 분투를 기념하여 그의 허벅지에 상처를 냈고, 그날 이후로 야곱은 다리를 절게 되었죠.

저도 허벅지에 상처가 있습니다. 야곱의 상처에 비할 바는 못 되지만, 제가 병마와 씨름했음을 나타내주는 표식입니다. 상처 부위를 건드리면 절망의 나락에 떨어졌던 가장 어두운 순간들과 다른 사람들이 우리를 도와주었던 가장 밝은 순간들이 생각납니다.

앨리슨의 바트 미츠바가 있고 나서 며칠이 지난 어느 날 밤, 에넨이 울면서 침대에 누워 있는 제게로 왔습니다. 괴물이 나타나서 강아지 인형 '두잇'을 빼앗으려 한다는 거였어요. "괴물을 물리칠 가장 좋은 방법은 우리 가족이 힘을 합쳐 싸우는 거야"라고 저는 말했습니다. "오늘 밤 내가 두잇이랑 같이 잘까? 괴물이 나타나면 '안 돼, 이 괴물아, 안 돼!'라고 말할게. 그러면 괴물이 계단을 내려가 문밖으로 사라질 거야."

또다시 우리 삶에 썩 잘 어울리는 비유를 만났던 것입니다. 작년에도 우리 가정에 괴물이 침입했습니다. 괴물은 여러 달 동안 우리를 깨어 있게 했지만, 우리는 힘을 합쳐 괴물과 싸웠지요. 적어도 당분간은 괴물이 우리 가정에 들어오지 않을 듯합니다. 그래도 우리는 괴물이 다시 나타날까 두렵습니다. 괴물이 다시 돌아오지 않는다는 보장은 없으니까요. 하지만 만일 다시 나타난다면 가장 효과적인 방어는 우리가 할 수 있는 최선의 공격, 즉 가족이 힘을 합쳐 싸우는 것이라는 사실을 우리는 잘 알고 있습니다.

한 해 동안 우리 가족과 함께해주신 데 대해 감사드립니다. 매일 엽서를 보내준 친구와 메모와 눈요깃거리와 냄비요리를 보내준 친척 및 친지 여러분, 아이들 그네를 밀어주고 화분의 분갈이를 해주고 우리의 눈물을 닦아준 많은 분들, 그리고 이 편지를 읽고 잠시 생각에 잠기거나 기도를 해준 모든 분께 감사의 마음을 전합니다.

한 해가 가고 이 편지들을 점점 띄엄띄엄 쓰게 되면서 우리의 생각은 여러분에게로 향합니다. 여러분이 고통 중에도 일말의 기쁨을 누리고 두려움을 향해 "안 돼, 이 괴물아, 안 돼!"라고 명령할 수 있기를, 그리고 끊임없이 우유를 마시며 사랑이 어디에서 샘솟는지 기억할 수 있기를 바랍니다.

그리고 저를 위해 산책을 해주기 바랍니다.

사랑합니다,
브루스

거북이와 함께 길을 걷다

'내 곁의 대니Danny by My Side'라는 노래의 서두에는 브루클린 다리에 대한 판타지가 담겨 있다. '일요일의 브루클린 다리는 연인들의 산책길이라네.' 그리고 소설 《나를 있게 한 모든 것들A Tree Grows in Brooklyn》에 나오는 한 병사는 "만일 뉴욕에 가게 된다면 브루클린 다리 위를 걸어보고 싶었지"라는 말로 브루클린 다리의 매력을 표현한다.

브루클린 다리는 건축자에게는 '문명의 미래'라 불렸고, 어떤 열광적인 지지자에게는 '시대의 장관壯觀'이라 불렸다. 한 국회의원은 "바빌론에는 공중정원이 있고 니네베에는 탑이 있고 로마에는 콜로세움이 있다. 우리도 이 위대한 기념물을 길이 남기자"라고 읊조렸다.

지은 지 126년 된 이 다리는 내게는 폭풍우가 모든 것을 쓸고 간 뒤에 발견한 무지개였다.

"애들아, 이리 와." 어느 날 아침 내가 말했다. "브루클린 다리로 산책을 갈 거야."

"야호!" 타이비가 외쳤다. "나침반을 가져가도 돼요?"

"만세!" 에덴이 소리쳤다. "소풍을 가도 돼요?"

두 시간 뒤에 우리는 현관을 나섰다. 누군가 한 차례 울어대고, 넷이 옷을 갈아입고, 셋에게 억지로 자외선 차단제를 발라주고, 다시는 소풍을 데려가지 않겠다는 위협을 적어도 한 차례 하고 난 후였다. 어쩌면 누군가가 브루클린 다리 위를 걷는 모든 연인에게 경고를 해줘야 할지도 모르겠다. 어떤 기념물들은 발전을 거부한다고 말이다. 네 살배기 아이들은 결코 달라지지 않는다.

녀석들은 어른들이 더 이상은 못 참겠다고 생각하는 순간에야 간신히 진정이 된다. 월트 휘트먼 공원을 지나 브루클린 다리로 접어들었을 때 아주 깔끔하게 머리를 묶은 타이비가 나를 쳐다보며 말했다. "아빠, 브루클린 다리는 어떻게 지어진 거예요?"

브루클린 다리는 처음부터 슬픔의 그림자가 드리워져 있었고 폐허에서의 부활을 상징했다. 남북전쟁 이후 지어진 세계에서 가장 긴 이 현수교(1903년 윌리엄스버그 다리가 건설될 때까지 세계에서 가장 긴 현수교였다. 현재 세계에서 가장 긴 현수교는 일본의 아카시 대교다-옮긴이)는 맨해튼의 상업 밀집지구와 변두리 지역인 브루클린을 연결해주고 있으며, 과학이 인간의 불행을 이겨낼 수 있음을 입증한다.

브루클린 다리를 설계한 엔지니어 존 뢰블링은 교량 역사상 최초로 차가 지나다니는 도로 위쪽에 보행로를 추가로 만들어 "날이 좋을 때 한가한 사람들과 노인이나 어린이 환자들이 브루클린 다리 위를 산책하며 아름다운 경치와 상쾌한 공기를 즐길 수 있게" 하겠노라고 약속했다.

뢰블링은 슬픔을 아는 사람이었다. 독일 이민자인 뢰블링은 죽은 아내와 대화를 나누며 다리를 설계했고, 공사가 시작되기도 전에 나룻배에 발을 부딪쳐 파상풍으로 사망했다. 그의 뒤를 이어 공사 감독을 맡은 아들 워싱턴은 물속에서 기초공사를 하던 도중 공기색전증으로 불구가 되었다. 글을 읽지도 말을 하지도 못하게 된 그는 공사가 진행되는 마지막 몇 년간 브루클린하이츠에 있는 자택에서 쌍안경으로 그의 걸작을 바라봐야 했다. 그리고 15년간의 공사 기간 동안 20명이 사망했다.

그러나 브루클린 다리는 병자들과 희망을 잃은 시민들과 국민 모두에게 회복을 상징했다. "다리가 솟아오른다!"라고 브루클린에 살았던 월트 휘트먼은 말했다.

브루클린 다리는 내게 그랬던 것처럼 그 당시의 사람들에게도 긍정의 상징이자 회복의 방주가 되어주었다.

우리는 첫 번째 주탑으로 향하는 경사로를 올랐다. 타이비와 에덴은 린다 옆에서 깡충깡충 뛰기도 하고, 엉덩이를 씰룩거리거나 머리칼을 홱 뒤로 넘기거나, 혹은 '나 근사하죠?'라고 말하기라도 하는 것처럼 두 팔을 활짝 벌리는 등 록 스타 포즈를 취하기도 했다. 나는 제일 끝에서 목발을 짚고 따라왔다.

우리의 싱어송 라이터들은 금세 노래를 하나 만들어냈다.

우리는 브루클린 다리 위를 걷고 있어요.

아빠한테는 꿰맨 자국과 상처가 있어요.

우리는 브루클린 다리 위를 걷고 있어요.

걱정할 것 없어요, 그리 멀지는 않으니까!

우리는 브루클린 다리 위를 걷고 있어요.

그리고 꼭 록 스타처럼 노래해요.

내가 병들고 나서 가장 먼저 포기한 일이 걷기였던 까닭에, 나는 이 가장 기본적인 인간 행동에 대해 생각하며 여러 달을 보냈다. 직립 보행은 우리를 인류의 먼 조상들로부터 구별해주는, 인간의 가장 기본적인 특징으로 간주된다. 그리고 여기에는 더 이상의 발전이 불가능하다. 400만 년 전 인류가 처음 걷기 시작한 이후로 걷는 행위에는 기본적으로 아무런 변화가 없었다. 나를 돌봐주는 물리 치료사의 말에 따르면, 인간은 한 걸음 내딛을 때마다 한 차례 전쟁을 치른다. 한쪽 다리가 비틀거리면 다른 쪽 다리가 몸을 지탱하여 넘어지지 않게 해주는데, 그것은 중력과 서투른 동작과 불운과의 끊임없는 싸움이다.

그러나 걷기는 의미 있는 일이기도 한다. 인간이 신을 숭배하는 한 사람들은 신에게 가까이 가려 한다. 성경에서는 길을 떠날 때 영적 쇄신이 일어났다. 아브라함은 약속의 땅으로 향했고, 이스라엘 백성들은 홍해를 건넜으며, 이스라엘 민족은 포로가 되어 바빌론으로 끌려갔다. 하지(이슬람교의 성지 순례―옮긴이)에서 '십자가의 길'에 이르기까지, 최고의 성지 순례도 걷기와 관련이 있다. 그리고 많은 순례자가 일부러 더 힘든 방법을 택한다. 속도를 늦추기 위해 맨발로 걷거나 불편한 옷을 입거나 신발에 돌을 넣고 걷는 것이다.

이제 그 이유를 알 것 같다.

목발에 의지하여 걷는 것의 가장 단순한 결과는 천천히 걷게 된다는 것이다. 한 걸음 한 걸음이 꼭 필요한 걸음이어야 한다. 내 경우에는 앞으로 나아가려는 추진력과 그에 따른 통증이 손끝에서 발끝까지 퍼져나간다. 목발을 짚고 걷는 것은 직립보행 이상으로 온몸을 써야 하는 일이다. 그러는 과정에서 우리는 보다 인간적으로 되어간다.

그런데 속도를 늦추면 더 많은 사람들과 대화를 나눌 수 있다. 우리는 열다섯 걸음도 채 가지 않아서 "우와! 목발을 짚고 다리를 건너려고요? 행운을 빌어요!"라고 말해주는 사람들을 만났다. 속도를 늦추면 몸이 불편하거나 다쳐서 잘 걷지 못하는 사람들과의 유대감이 형성되기도 한다. 낯선 이들에게 동류 의식을 느끼는 것이다. 브루클린 다리를 건너기 며칠 전, 나는 무릎보호대를 한 사업가와 농담을 주고받았고, 목보호대를 한 남자와 서로 질병을 교환하자고 제안했으며, 보행기에 의지하여 걷는 여인의 등을 두드려주었다.

고백하건대 목발을 짚고 있을 때보다 더 사람들에게 친절했던 적도 없었던 것 같다.

마크 트웨인은 브루클린 다리가 완공되기 몇 년 전에 뉴욕에 와보고는, 조급하게 서두르는 사람들로 가득 찬 쓸쓸하고 황량한 거리를 묘사했다. 그 안에는 오늘날 내가 아는 사람들의 대부분이 등장한다. "모든 사람이 인생을 두 배로 살아야 한다고 느끼기라도 하는 것처럼 서두르고 서두르고 서둘러서, 대화를 나눌 여유도 없다. 그들에게는 돈과 의무와 사업과 관련된 일 밖에는 마음대로 쓸 시간이 없다."

이런 삶에서 벗어나는 길은 느리게 사는 것이다. 그리고 이는 타인을 자신의 삶에 초대하는 것으로 이어진다. 지위와 권위를 벗어버린 병자들은 지역사회에 마음을 열게 된다. 빨리 걸으면 오직 목적지에만 이를 뿐이고, 불가피하게 혼자 도착한다. 그런 사람들은 세상에 맞서 '나'를 주장하려 한다. 천천히 걸으면 주변을 둘러볼 수 있을 뿐만 아니라 늘 낯선 사람들의 도움을 받아 목적지에 도착한다. 그런 사람들은 삶의 이치를 발견한다.

유럽 전역에서 걷기가 여가 활동이 되기 시작한 1840년대에는 새로운 유형의 보행자가 파리에 등장했다. '산책자'라고 불리던 그들은 상가 주위를 느릿느릿 돌아다니고 주변 경관을 감상하며 여유롭게 공원을 산책했다. 그런 한가로움을 잘 나타내주는 것 중 하나가 당시 산책자들 사이에 유행하던, 거북이를 데리고 다니면서 거북이의 속도에 맞춰 걷는 것이었다.

이는 느리게 살기에 대한 찬가다. 나는 거북이와 함께 걷는다는 생각이 무척 마음에 든다. 특히 노아의 방주와 비슷한 역사를 지닌 브루클린 다리에 잘 어울리는 듯하다. 브루클린 다리를 처음 건넌 사람은 수탉과 함께 마차를 타고 다리를 건넜다. 당시 다리를 건너는 데 소는 5센트, 돼지와 양은 2센트를 내야 했다. 다리가 개통되자 P. T. 바넘은 아스팔트 포장이 채 마르기도 전에 도로 위로 코끼리 21마리를 몰고 다리를 건넜다.

무엇보다도 나는 산책자들의 여유로운 생활 방식에 공감할 수 있었다. 할아버지의 테이프에서 아버지와 힐리 박사의 삶에 이르기까지, 아버지다움에 대해 연구하면서 접한 가장 보편적인 지혜 한 조각은 서두르지 말라는 것이었다.

속도를 늦춰라. 거북이와 함께 산책하라.

걸음을 멈춘 상태에서 세상을 바라보라.

그리고 이따금 완전히 멈춰라.

우리는 다리의 가장 높은 곳에 도달했다. 정오가 되기 직전이었다. 에덴은 곧바로 도시락을 먹고 싶어 했고, 타이비는 셔츠를 입지 않고 조깅하는 사람들에게 관심을 보였다. 타이비는 "아빠, 아빠는 언제 셔츠를 벗을 거예요?"라고 물었다. 우리는 주탑 아래 널찍한 공간에 베이글과 크림치즈, 과일, 우유 등을 펼쳐놓았다. 포도알 한 알이 바닥 널빤지 사이의 빈틈으로 굴러들어가 다리 아래 도로를 지나다니는 자동차 위로 떨어져 내리자, 타이비는 자기도 널빤지 사이로 들어가 포도알을 되찾아올 수 있을지 궁금해했다. "그러려면 내가 아주 작아져야 하겠죠"라고 타이비는 말했다.

"얘들아, 점심을 먹고 나면 깜짝 선물이 기다리고 있단다. 그게 뭘까?" 내가 말했다.

"컵케이크인가요?" 에덴이 말했다.

"아니, 먹는 게 아니라 하는 거야." 내가 말했다.

산책을 좋아하기로 유명한 휘트먼은 나룻배를 타고 브루클린과 맨해튼 사이를 오갈 때가 많았다. 후대에 그처럼 강을 건널 사람들에 대한 그의 감정은 언젠가 나 없이 강을 건널 딸아이들을 향한 내 마음과도 같다.

그대들이 강과 하늘을 바라보며 느끼듯이

나 또한 그렇게 느꼈고

그대들이 강물의 기쁨과 빛나는 흐름에 상쾌해지듯이

나 또한 상쾌해졌습니다.

이것들과 그 밖의 다른 모든 것들은 그대들에게 비친 그대로

내게도 그렇게 비칩니다.

무엇보다도 나는 아이들에게 되도록 자주 강을 건너라고, 그리고 휘트먼처럼 "나 또한 살았었다"고 말할 수 있어야 한다고 이야기해주고 싶다.

도시락을 다 먹은 후 우리는 먹다 남은 베이글과 포도 줄기를 치웠다. 린다가 "아빠의 깜짝 선물이 뭘까?"라고 말하자 아이들은 기대감에 손을 비볐다. 자전거 타는 사람들과 조깅하는 사람들이 우리 옆을 지나쳐갔고, 그들의 호루라기 소리에 놀란 보행자들이 길을 비켰다. 십 대들이 휴대전화로 사진을 찍고 있었고, 화가 한 사람이 목탄화를 팔고 있었다. 토요일 오후의 브루클린 다리는 몹시 붐볐다.

나는 아이들을 가까이 다가앉게 한 뒤 가방을 열었다. 아이들은 가방 속에서 빨간색과 노란색 문양이 섞인 작은 식탁보를 꺼냈고, 나는 그것을 널빤지 위에 깔았다. 아이들은 다시 컵받침과 컵, 크림 그릇과, 어젯밤에 내가 금간 부분을 접착제로 붙여놓은 설탕 그릇을 꺼냈다. 마지막으로 내가 차를 꺼냈다.

정오가 조금 지난 시간에 우리는 오른쪽에 자유의 여신상, 왼쪽에 엠파이어스테이트 빌딩을 둔 채, 바쁘게 움직이는 수백 명의 사람들 속에서, 단지 긴 한 해의 끝에 도달했다는 이유만으로 찻잔을 부딪치고 찻주전자를 기울여가며 세상의 정상에서 티파티를 했다.

나는 수년간 어떤 꿈을 반복적으로 꾸었다. 꿈속에서 나는 걷거나 산을 오르거나 무언가에게서 도망치거나 하다가 옴짝달싹 못하게 되곤 했다. 다리가 으깨지거나 유사流砂에 빨려 들어가거나 어떤 실존의 늪에 빠졌기 때문이었다. 두려움 속에서 숨을 헐떡이며 깨어나 보면 온몸이 피곤에 절어 있곤 했다.

　　나는 그 꿈에 대해 아무에게도 말하지 않았다. 어쩌면 한 10년쯤 지나서 나의 야망이나, 아니면 내가 원하는 곳에 도달할 수 없을지 모른다는 뿌리 깊은 두려움에 관한 꿈이 아닐까 생각했었다.

　　그런데 브루클린 다리로 소풍을 가기 전 어느 날, 나는 병든 이후로 그 꿈을 꾼 적이 없음을 깨달았다. 그것은 놀라운 발견이었다. 딱히 좋아하는 것은 아니지만 늘 보아오던 친척을 잃은 듯한 느낌이었다고나 할까. 하지만 내 경우 그것은 보다 섬뜩한 느낌으로 다가왔다. 걷지 못하게 되면서 걷지 못하는 꿈을 꾸지 않게 되었고, 거의 아무 곳에도 갈 수 없는 해에 원하는 곳에 도달하지 못하는 꿈을 꾸지 않게 되었다는 것은.

　　여기에는 두 가지 해석이 가능하다. 첫 번째 해석은 내 다리의 상태를 몸이 알고 있다는 것이다. 유전자 기능의 이상으로 나의 무의식이 언젠가 내가 꿈을 꾸지 않으리라는 경고 신호를 보내온 것이다. 또 한 가지 해석은 보다 바람직한 것으로, 내가 더 이상은 불만에 차 있지 않다는 것이다. 삶의 속도를 늦춘 이후로 나는 내가 도달할 수 없는 곳에 도달하려 애쓰지 않게 되었다. 서둘러 무언가를 할 수 없는 해에, 나는 어딘가를 향해 서둘러 가려는 노력을 중단하게 되었다. 다른 어딘가에 도달하려는 노력을 중단한 이후 마침내 나는 현재에 만족하게 되었다.

티파티가 끝나자 나는 아이들에게 다리의 끝까지 걸어갔다가 택시를 타고 집으로 돌아오고 싶은지, 아니면 왔던 길을 되짚어 집까지 걸어가고 싶은지 물어보았다. 에덴이 먼저 말했다. "다리의 끝까지 걸어갔다가 다시 걸어서 집으로 돌아가고 싶어요!" 린다가 나를 쳐다보며 윙크를 했다. "우리 아이들이 저렇다니까요!"

내 안의 '괴물'을 끌어안아라

9월 1일

타이비와 에덴에게

늦여름 무더위에 꼿꼿이 서 있던 마지막 바다귀리조차 고개를 숙이고, 오후의 태양은 하늘을 호박색으로 물들이며 타이비 해변의 물웅덩이를 향해 작별 인사를 하는구나. 또 한 번의 여름이 가고, 그와 함께 엄마와 내게 늘 너희 둘의 이름을 떠올리게 하는 이 해상의 파라다이스에서의 시간도 흘러간다.

　나는 작가로서 늘 다른 사람들이 읽어주기를 바라는 마음으로 글을 써왔단다. 그런데 이 글을 쓰는 지금, 너희들이 아주 오랫동안 이 글을 읽지 않았으면 하는 마음이 간절하구나.

　그럼에도 이렇게 편지를 쓴다. 말로 해야 할 것들을 글로 쓰자니 기분이 묘하구나.

　너희들은 태어나서 이태 만에 글자를 알아보았단다. 문자와 언어와 친해진 너희들을 보면서 엄마와 나는 얼마나 기쁘고 신기했는지 몰라. 너희들의 두 번째 생일에 우리는 집안을 알파벳으로 장식했지. 그런데 글자들이 벽에 잘 붙지 않아서 우리가 잠옷을 입은 너희들을 안고 아래층으로 내려왔을 때는 밑으로 처진 글자도 있었어. 하지만 에덴이 무지개 빛깔의 알파벳을 쳐다보고는 "모든 글자들이 찾아왔어!"라고 소리를 질렀단다.

이듬해에 발레와 요정들에게 사로잡힌 너희들을 위해 집안에 핑크색과 보라색의 튀튀(발레용의 짧은 스커트–옮긴이)와 화관을 걸어놓자 이번에는 "모든 튀튀들이 찾아왔어!"라고 소리 질렀지.

그로부터 몇 주 후, 나는 정기 건강검진을 받으러 병원에 갔단다. 이상한 점이 발견되어 여러 병원을 전전하다가 결국 내가 매우 드물고 심각한 병에 걸려 위험한 상태라는 것을 알게 되었지. 나는 맨해튼 거리의 계단에 앉아 손으로 얼굴을 감싸 쥐고 울었어. 그리고 몇 시간 뒤에 집으로 돌아와 침대에 누웠지. 너희들은 곧장 내 뒤를 따라 들어왔어. 그러고는 거울을 보며 손을 맞잡고 빙글빙글 돌다가 바닥에 넘어지며 즐거워했지. 그 모습을 보고 있자니 마음이 무너져내렸어.

너희들에게 주지 못할 그 모든 포옹과 너희들에게서 받지 못할 그 모든 키스를 떠올렸단다. 앞으로는 너희들의 상한 마음을 달래줄 수도 없고 눈물을 닦아줄 수도 없을 거라고 생각했어. 너희들의 웃음소리를 들을 수도 없고, 의심을 누그러뜨려줄 수도 없고, 노래를 지을 수도 없겠지. 너희들이 킬킬거리며 눈동자를 굴릴 때까지 계속해댈 아버지로서의 충고('날마다 뭔가 새로운 일을 해보렴. 사실에서부터 출발하면 저절로 결론이 날 거야. 아무리 해도 안 되거든 설명서를 읽어보거라.')도 할 수 없겠지.

내 목소리에 대해, 그리고 그 목소리를 듣지 못하는 너희들의 삶이 어떨지에 대해 생각했어.

사흘 뒤 새벽에 잠이 깼는데 너희들에게 내 목소리를 들려줄 아이디어가 떠올랐어. 바로 내 삶의 각 시기별로 나를 대표할 만한 사람들에게 연락해서 너희들이 커가는 모습을 지켜봐달라고 부탁하는 거였지. 그들은 너희들에게 조곤조곤 이야기하거나 노래를 불러주거나 조언을 해주거나 편지를 써 보내거나 할 거야. 그리고 트랙터에 태워주기도 하고 따로 불러내어 꾸지람을 하기도 할 거야. 또, 그들은 너희들을 도와주거나 턱을 치켜 올려주거나 머리를 쓰다듬어줄 거야. 그냥 너희들의 이야기를 들어줄 거야.

내가 너희들의 삶에 늘 함께했으면 하는 목소리가 되어줄 거야.

아빠들이 찾아온 거지.

나는 그들의 모임을 '아빠 위원회'라고 부르려고 해. 이 모임에 속한 사람들이 내 유일한 친구들은 아니야. 내 유일한 멘토이거나 스승이거나 안내자도 아니지. 그 사람들은 내 형제나 가족도 아니야. 안타깝게도 너희 아빠도 아니야.

하지만 그들은 나의 다양한 모습을 갖고 있어. 그들은 나의 대변인들이란다. 내가 죽고 없을 때 그들은 내 삶을 이어갈 수 있어. 내가 말이 없을 때 나를 대신하여 말을 이어갈 수 있어.

이 위원회를 어떻게 활용할지는 너희들에게 달려 있단다. 나에 대해 물어봐도 되고(나 같으면 어떻게 생각하고 무슨 말을 했을지), 너희들에 대해 물어봐도 되고(힘든 상황에서 어떤 결정을 내리고 어떻게 꿈을 실현할 수 있는지), 그들 자신에 대해 물어봐도 되지.

그 사람들을 위원회에 초대하면서, 나는 그들에게서 너희들에게 줄 수 있는 교훈을 한 가지씩 찾아보았어. 그들의 지혜를 전부 합쳐놓으니 마치 삶을 위한 기도문처럼 들리는구나.

아이처럼 처음인 것처럼 여행하라.

남이 뭐라든 당당히 너의 길을 걸어라.

실패의 고통보다 성공의 기쁨에 집중하라.

우리는 모두 진흙탕에서 자랐음을 잊지 마라.

마음 속 풀리지 않는 모든 것을 인내하라.

구름 뒤에 가려진 무지개를 발견하라.

이 중에는 듣는 즉시 이해할 수 있는 것도 있고 이해하는 데 조금 시간이 걸리는 것도 있을 거야. 그러나 모두 깊은 진리를 담고 있는 말이란다. 그리고 나는 우리 아버지와 두 분 할아버지, 그리고 내가 만난 다양한 아버지들과 나 자신이 주고 싶은 교훈들('저글링을 배울 때는 경사진 언덕에서 배워라', '거북이와 함께 산책하라')을 모아 이 책을 썼단다.

아빠 위원회는 내게 '부모 됨'의 엄청난 역설을 생각하게 해주었어. 너희들 없이는 못살 것 같을 때조차도 우리의 주된 과업은 너희들이 우리 없이 살아갈 수 있도록 준비시키는 것이라는 걸. 어떤 의미에서 우리의 임무는 우리 스스로를 불필요한 존재로 만드는 거란다. 너희들은 전적으로 다른 사람에게 의존해야만 하는 상태로 우리에게 왔고, 우리는 그런 너희들을 독립적으로 생활할 수 있도록 해줘야 한단다. 우리 없이도 잘 지낼 수 있도록 말이야.

조만간 그런 상황이 닥칠 것 같아 두렵구나. 그렇지만 너희에게는 엄마가 있고, 엄마는 너희들도 알다시피 그 자체로 위원회가 되기에 충분한 사람이란다. 엄마 말에 귀를 기울이면 방안 가득히 모인 남자들이 알고 있는 것보다 훨씬 더 깊은 진리를 알게 될 거야.

하지만 아빠는 이 세상에 존재하지 않을 테지. 내가 있던 자리에는 구멍이 뻥 뚫려 있을 거야. 너희들은 그 구멍을 사랑이나 슬픔, 분노나 두려움, 막대사탕이나 괴물로 메우겠지.

그러나 그 빈자리를 무엇으로 채우든 너희들 자신에게 관대해지렴. 지금의 상황은 너희 잘못이 아니란다. 이 시련은 너희 운명이 아니란다.

세상에서 가장 용감한 조종사들조차도 인생의 가장 큰 시련을 어떻게 다루어야 할지에 대한 좌우명을 갖고 있단다. 공군에서는 신병들에게 위기 상황에 직면했을 때 두려움을 떨쳐버리려 하지 말고 껴안으라고 가르치지. 그들은 "괴물을 끌어안아라"라고 말한단다. 두 팔을 벌려 너희들의 두려움을 감싸 안고, 두려움과 씨름하여 굴복시키렴. 두려움을 여유롭고 의미 있는 무언가로 변화시키렴.

괴물을 끌어안으렴.

내가 너희들의 팔이 되어줄게. 너희들이 나에 대해 아무것도 모를지라도 아빠가 너희들을 사랑했다는 것은 알아주었으면 하니까. 나는 아침에 너희들이 내 배 위에 기어올라와 내 품에 안겨 있을 때가 가장 좋다고 말할 때도 너희들을 사랑했고, 나의 짓궂은 장난에 킬킬대고 나의 말장난에 신음소리를 낼 때도 사랑했고, 노래를 짓거나 운율을 맞추는 놀이를 하거나 춤을 출 때도 사랑했단다. 특히 인사할 때의 너희들은 정말 사랑스러웠지. 나는 너희들을 의자에 앉히거나 언성을 높이거나 "하나…, 둘…, 둘 바아아아안……,"이라고 소리를 지를 때조차도 너희들을 사랑했단다.

제대로 껴안고 뽀뽀해주기 전에는 책을 읽어주거나 스테이플러를 가져다주거나 간식을 주지 않겠다고 말할 때도 너희들을 사랑했고, 내 목발을 만지거나 내 상처를 만질 때도 사랑했고, 불꽃놀이를 하는 동안 무서우면 내 손을 잡으라는 내 말에 너희들이 내 손가락을 꼭 쥐었을 때도 너희들을 사랑했어.

내가 떠난 후에도 너희들은 그렇게 지낼 수 있단다. 그때는 서로의 손가락을 꼭 쥐는 거지. 그러면 내가 어디에 있든 나도 그것을 느낄 수 있을 거야.

너희들이 태어난 몇 주 후에 우리는 친구들에게 너희들을 소개하기 위해 파티를 열었단다. 그날 밤 나는 짤막하게 축배의 말을 했지. "너희가 하는 첫 번째 말이 '모험'이고 마지막 말이 '사랑'이 되기를." 그 소망의 절반은 이루어졌다고 말할 수 있겠구나. '모험'은 너희들이 가장 먼저 알게 된 단어들 중 하나이자 가장 좋아하는 단어이니까. 너희들은 조그만 입술을 동그랗게 만들어 복잡하고 신비로운, 알려지지 않은 모든 것을 담은 그 단어를 말하곤 했지.

우리가 "오늘은 특별한 모험을 하게 될 거야"라고 말하면 너희들의 눈에는 기대감이 가득했단다.

내가 말한 소망의 남은 절반(너희가 하는 마지막 말이 '사랑'이 되기를 바란단다)은 너희들이 하기에 달렸단다. 내가 질병으로부터 배운 게 있다면, 우리가 마지막 말을 언제 하게 될지 결코 알 수 없다는 거야. 그래서 너희에게 부탁하는데, 부디 매일같이 사랑을 덧입으렴. 친구의 사랑도 좋고 친척이나 애인 혹은 자녀의 사랑도 좋아. 그들 모두의 사랑도 좋고 단 한 사람의 사랑도 좋아. 하지만 마지막 유언을 남겨도 된다면 나는 그것이 늘 너희들 서로에 대한 사랑이었으면 좋겠구나.

무슨 일이 있어도 늘 서로에게 위안이 되어주거라.

다른 건 몰라도 너희들은 서로를 통해 늘 엄마와 나에게 연결되어 있을 거야.

부모 됨의 역설이 부모를 불필요한 존재로 만드는 것이라면, 자녀 됨의 역설은 부모의 도움 없이도 잘해나갈 수 있다고 느낄 때 비로소 자신이 얼마나 부모를 필요로 하는지 알게 된다는 것이란다. 독립적으로 살아가기 위해 평생 노력하다가 마침내 홀로 서지만, 부모의 말을 듣지 못하는 순간 부모가 늘 하던 말의 의미를 깨닫는 거지.

그때까지 이 아빠는 기다리고 있으마. 너희들이 내 목소리를 들을 수 없을지라도 너희들의 귓가에 속삭여줄게. 너희들이 나를 만질 수 없을지라도 너희가 홀로 설 수 있도록 부드럽게 등을 떠밀어줄게. 너희들이 나를 볼 수 없을지라도 괴물이 나타나면 꼭 붙잡으라고 손가락을 들고 있어줄게.

여행을 떠나렴, 애들아. 운을 시험해보는 거야. 자, 출발하렴.

그리고 이따금 나를 위해 산책을 해주렴.

사랑한다,
아빠가

감 사 의 말

제 생명을 구하는 데 도움을 주신 분들이 매우 많습니다. 다이애나 산티니 박사는 제 알칼리성 인산분해효소의 수치를 측정해서 제가 암 치료를 받을 수 있는 계기를 마련해주었고, 베스 슈빈스타인 박사는 귀중한 조언과 함께 유능한 의사를 소개시켜주었습니다. 존 힐리 박사는 영감을 주는 의사이자 제가 이제까지 만나본 사람들 중에 가장 매력적인 사람이었습니다. 로버트 매키 박사는 제가 매우 암담하고 힘들었던 시기에 조언과 우정을 아끼지 않았으며, 비벅 메라라 박사는 신사이자 훌륭한 외과의였습니다. 앨리슨 하임스 박사는 매일 지혜로운 조언을 해주었으며, 우리가 이 시련을 겪는 동안 늘 함께함으로써 가족과도 같은 존재가 되어주었습니다.

우리의 부름에 응하고, 긴장을 풀어주고, 손을 잡아준 많은 의료진들에게도 따스한 감사 인사를 전합니다. 특히 힐리 박사 사무실의 조디 로스, 매튜 스틴즈머, 페이즐 칸과 매키 박사 사무실의 스티븐 레인, 린다 안, 엘리자베스 로드리게즈, 그리고 5층 화학 치료실의 사라 덩컨, 스테이시 오닐, 사라 마르티네즈, 레이 로드리게즈, 히더 괴치, 캐런 곰즈먼에게 감사드립니다.

치료 과정에서 중요한 도움을 주신 조 벤더 박사와 밥 메이어 박사, 앨런 뮈니 박사, 데이비드 데비도프 박사에게도 감사 인사를 전합니다. 제가 무릎을 깊이 구부릴 수 있고 잠깐이나마 무대에서 춤을 출 수 있었던 것은 특수외과병원 스포츠재활 팀의 비할 데 없이 총명한 테레사 치아야와 전체 팀원들 덕분입니다.

클래리사와 에드거 브런프먼 2세 부부의 선의는 우리에게 큰 감동과 위로를 주었고, 벨과 웬스 카사레스 부부와 멜리사와 팀 드레이퍼 부부, 폴 프리버그, 앤과 제이슨 그린 부부, 에이미와 존 그리핀 부부, 피터 켈너의 사랑 역시 크나큰 감동을 주었습니다.

도처에서 우리를 위해 기도해주고 시를 써 보내주고 페이즐리 숄과 냄비요리를 보내준 모든 친구와 가족들에게도 감사드립니다.

적절한 시기에 적절한 도움을 주신 분들이 있습니다. 진 애크먼, 캐런과 빌 애크먼 부부, 서니 베이츠, 닉 베임, 킴벌리 브래즈웰, 저스틴 카스틸로, 앤디 코언, 트레이시와 데이비드 프랭켈 부부, 캐터리나 페이크, 잔과 고든 프란츠 부부, 애브너 고런, 다이앤 갤리건과 브렌든 해선스탑 부부, 웨스 가든슈워츠, 리자 카프, 데이비드 크레이머, 코비 쿰머, 제인 리어, 리아 레빈슨과 에반 오펜하이머 부부, 수전 레비, 서즈 리페, 이렌느 레프, 안드레아 메일, 베카와 디키 플러프커 부부, 조애너 리스와 존 햄 부부, 그레친 루빈, 피터 슈크, 대니얼 슈워츠, 칩 실리그, 데이비드 셴크, 켄 슈빈 스타인, 조 와이즈버그, 알렉시 워스, 주디와 밥 운시 부부에게 감사드립니다.

늘 곁에서 우리가 힘들어하는 모습을 지켜본 로라 벤저민과 캐런 레먼 블로크, 브래들리 블로크, 수전 첨스키, 캐런 에섹스, 로렌 슈나이더, 테레사 트리치에게도 감사드립니다.

라울 불버스와 올리비아 폭스, 토드 하임스는 우리의 긴 여정에 함께해주었습니다.

메건 브라운과 캐런 글리머빈, 팀 호킨스, 소리블 홀권, 재지 잉그램, 그렉 태쿠드스에게 특별한 감사 인사를 전합니다.

치료를 받는 동안 가까워진 많은 사람들, 앨런 버거와 헬렌 추르코, 수전 엘링우드, 크레이그 제이콥슨, 린 골드버그, 베스 미들워스, 브라이언 파이크, 루시 레피지와 칼턴 세드젤리 부부, 로저 트림스트라, 샐리 윌콕스에게도 고마움을 표하고 싶습니다.

하퍼콜린스의 친구들과 동료들은 처음 치료받을 때부터 거의 매일같이 마음을 써주었습니다. 지속적으로 안부를 묻고 도움을 베풀어준 브라이언 머리와 마이클 모리스, 리아트 스텔리크에 대한 고마움은 평생 잊지 못할 겁니다. 실 밸런거와 린 그레이디, 타비아 코월추크, 션 니콜스, 샤린 로젠블럼, 매리 슈크, 대니 골드스타인, 니콜 키즈마르 역시 소중한 동료들입니다. 20년 가까이 책을 써오면서 헨리 페리스보다 더 깊은 신뢰와 존경 속에서 긴밀하게 협력해온 편집자는 없었습니다.

특별히 처음부터 저를 믿어준 리자 갤러허에게 따스한 포옹을 보냅니다.

파일러가와 로텐버그가 사람들 모두가 늘 팔을 뻗으면 닿을 만큼 가까운 곳에 있으면서 우리가 필요로 할 때면 자신의 삶을 제쳐놓고 기꺼이 달려와주었습니다. 그러는 과정에서 이따금 내가 흩뿌려놓은 불행이 그들에 대한 저의 깊은 사랑을 감추지 않았기만을 바랄 뿐입니다.

이 책에 등장하는 여섯 남자는 제 삶에 중추적인 역할을 해왔습니다. 그들은 늘 한결같은 우정으로 저의 투병 생활을 지켜봐주었을 뿐만 아니라, 제가 우리 딸들을 위해 그들 삶의 가장 비밀스러운 부분까지 엿보고 탐구할 수 있도록 배려해주었습니다. 앞으로 제 남은 생이 얼마가 되었든 그들이 보여준 인간적인 면과 기쁨, 공감의 수준에 도달하도록 노력하겠습니다.

린다 로텐버그는 이 책에 나오는 어구 하나하나에 영감을 불어넣어주었습니다. 그녀는 이 엄청난 시련을 겪는 동안 스스로의 두려움을 감추고 제 두려움의 일부를 없애주었습니다. 그녀의 그런 놀라운 면을 거의 매일같이 우리 딸들에게서 볼 수 있어서 얼마나 기쁜지 모릅니다. 그리고 아빠 위원회가 그 본래의 기능을 수행하게 되더라도 린다가 잘 인도하리라 믿기에 마음이 놓입니다.

마지막으로 타이비와 에덴에게. 이 책은 너희들을 위한 것이란다. 너희들이 이 책을 읽을 날이 두렵지만, 여기에 담긴 진실을 알아주리라 믿는다. 그리고 평소 잠들기 전에 내가 들려주던 말을 늘 기억해줬으면 좋겠구나. 내가 "아빠는 너희들을 아주 많이……"라고 속삭이면 너희들은 "사랑해"라고 말하곤 했지.

KI신서 3095

아빠가 선물한 여섯 아빠

1판 1쇄 발행 2011년 1월 28일
1판 2쇄 발행 2011년 3월 15일

지은이 브루스 파일러 **옮긴이** 박상은
펴낸이 김영곤 **펴낸곳** (주)북이십일 21세기북스
출판콘텐츠사업부문장 정성진 **출판개발본부장** 김성수 **인문실용팀장** 심지혜
기획 · 편집 최혜령 **디자인** 박선향 **해외기획** 김준수 조민정
마케팅영업본부장 최창규 **마케팅** 김보미 김현유 강서영 **영업** 이경희 우세웅 박민형
출판등록 2000년 5월 6일 제10-1965호
주소 (우 413-756) 경기도 파주시 교하읍 문발리 파주출판단지 518-3
대표전화 031-955-2100 **팩스** 031-955-2151 **이메일** book21@book21.co.kr
홈페이지 www.book21.com
21세기북스 • **트위터** @21cbook • **블로그** b.book21.com

ISBN 978-89-509-2851-3 03840
책값은 뒤표지에 있습니다.